El lloro, el moro, el mico i el senyor de Puerto Rico

Biblioteca Universal, 160

Ramon Barnils, Quim Monzó,
Jordi Vendrell

El lloro, el moro, el mico i el senyor de Puerto Rico

Entrevistes amb Miquel Batllori,
Albert Boadella, Maur M. Boix,
Pere Calders, Xavier Domingo,
Manuel Ibàñez Escofet i Josep Termes

Editorial Empúries

Barcelona

La primera edició d'*EL LLORO, EL MORO, EL MICO I EL SENYOR DE PUERTO RICO* va ser publicada l'any 1987 dins la col·lecció «Tros de paper» d'Editorial Empúries

Primera edició dins «Biblioteca Universal Empúries»: novembre de 2001

Editorial Empúries, s. l.,
Peu de la Creu, 4, 08001 Barcelona
www.empuries.com
correu@grup62.com

Imprès a Liberdúplex, s. l., Constitució, 19,
bloc 8, local 19, 08014 Barcelona

Dipòsit legal: B. 46.827-2001
ISBN: 84-7596-850-3

Pròleg a la primera edició

Estimats,

Quim Monzó, Ramon Barnils i Jordi Vendrell, el vostre desig que el meu nom i les meves paraules encapçalin d'alguna manera l'edició en forma de llibre d'aquestes entrevistes, m'ha sorprès i enorgullit alhora. També m'ha emocionat. He d'afegir, però, que em sento com dins d'un subtil parany. Però en tot cas un parany que accepto i en el qual no em sap gens de greu d'entrar. És la paradoxa amb la qual us agrada jugar.

Som-hi doncs.

Quan el cap de programes de Catalunya Ràdio va proposar-me de fer la producció del programa «El lloro, el moro, el mico i el senyor de Puerto Rico», em vaig quedar una mica desconcertada i sorpresa. Dels tres components bàsics de la Mercantil Radiofònica, el Jordi Vendrell, el Quim Monzó i el Ramon Barnils, jo acabava de descobrir el Quim Monzó com a escriptor que m'havia fascinat, i la llegenda era que tots tres junts formaven una pinya més o menys entre (satírica?) eroticosarcàstica, que feia les delícies dels oients de la nit a l'emissora. Però era justament aquesta pinya el que em feia por. La ironia, el sarcasme intel·ligent i lúcid, són virtuts admirables, però em preguntava com m'acollirien, en què podia jo intervenir o completar un equip ja tan sòlid.

La nostra primera trobada oficial ja va tenir alguna cosa de paradoxal i surrealista. El cap de programes, per presentar-nos, ens va convidar a ells i a mi a unes pastes al seu despatx. Sembla que la cosa havia de ser un te amb pastes... En tot cas, de te no n'hi va haver i, per tant, ens vam quedar sense beguda de cap mena. Les primeres paraules que recordo d'a-

quella espècie de reunió estranya són les del Ramon Barnils, que va dir-me: Tu, ¿ets de dretes o d'esquerres? I jo, que volia semblar despreocupada, vaig contestar: De dretes, naturalment! I així vam anar trampejant obstacles.

Després va venir la meva real incorporació diària al programa. I així van néixer aquestes entrevistes.

Treballar amb aquests tres personatges és fascinant i estimulant alhora. Cada un d'ells per separat té la seva personalitat i la seva característica específica, però és el conjunt el que els fa inigualables. I el que va fer l'èxit del programa.

Crec que a la ràdio el més important és el sentit del ritme, i és aquesta la característica més acusada en la personalitat de Jordi Vendrell. A banda de la veu tan personal, i les idees, que les té, naturalment, és el sentit del ritme, repeteixo, la seva característica més acusada. Si a això hi afegiu el geni creatiu de la paraula del Quim Monzó i la inesgotable curiositat i la lucidesa mental del Ramon Barnils, tindreu la base del que va ser aquell programa, que ja ha entrat a la història de la ràdio catalana.

Ara bé, les entrevistes van ser només una part del programa. Una part important, si voleu, però només una part. Podríem dir que justament van ser el resultat d'aquesta barreja entre subtil i surrealista que durant un temps vam formar plegats. Jo no podia entrar en el seu joc, que em depassava sovint, però en canvi vaig servir de pont per posar-los en contacte amb aquests personatges que veureu a continuació. I els que mai havíeu sentit el programa, descobrireu un llenguatge viu, amb el qual, amb una aparent volguda frivolitat i un humor corrosiu, es tracten els temes més candents del moment que ens ha tocat de viure.*

EUGÈNIA CREIXELLS

Pedralbes i Llafranc, agost de 1987

* Insuperable, Eugènia, es diu «pont insuperable». J., Q. i R.

Un lloro, un moro i un mico,
i un senyor de Puerto Rico

Un senyor de Puerto Rico
al balcó tenia un lloro
de rica ploma i bon pico:
un lloro dels que fan oro,
dels lloros que costen pico.

Un veí seu, que era moro,
de Tetuan, va rebre un mico.
Amarra aquest mico, el moro,
al balcó, quedant el lloro
a l'altre, però lluny del mico.

Mes tant i tant xerrà el lloro,
que un dia s'empipa el mico,
i amb rabiós alè de toro
l'envesteix. S'amaga el lloro,
trenca la cadena el mico,

salta a la gàbia del lloro,
surt el lloro, pica al mico,
xiscla el mico, xerra el lloro
i, amb l'esvalot, surt el moro.
I el senyor de Puerto Rico.
—¿Per què no tanca el seu lloro?
—¿Per què no amarra el seu mico?—

Exclamen els dos fent coro,
volguent l'un agafar el lloro
i estirant-li, l'altre, el mico.

Cau el mico sobre el lloro.
El lloro li clava el pico.
Reganya les dents el mico
i, esverat, mossega el moro
i el senyor de Puerto Rico.

Aquest renega del lloro,
prometent matar el mico,
mentre que, furiós, el moro
provoca l'amo del lloro
i envesteix lloro i mico.

Cap amunt s'enfila el lloro,
cap avall s'escorre el mico
i, faltant tots al decoro,
agarrats queden el moro
i el senyor de Puerto Rico.

—*¡Ay, moro, si pierdo el loro!*
—li diu el de Puerto Rico.
Replica, cremat, el moro:
—Pagaràs ben car el lloro,
oh, cristià!, si es perd el mico.

Creix el brogit: vola el lloro,
cau al carrer sobre el mico...
Burrango el de Puerto Rico,
veient-se amb perill el lloro,
altra volta sobre el mico!

Es desfà com pot, del moro.

Entra i pega un tiro al mico,
però l'erra i mata el lloro.
Cau desmaiat. Riu el moro
i fuig a buscar el mico.

Eixerit, retorna el moro
amb el lloro mort i el mico.
Auxilia el de Puerto Rico...
I després li envia el lloro
amb una carta, pel mico,

que diu: «*Seis onzas en oro*
per l'atemptat contra el mico,
d'un cristià reclama un moro.
Guardi's, dissecat, el lloro.
Pagui'm ara, a mi, aquest pico.»

Veu això l'amo del lloro.
Es tira damunt del mico.
Mata el mico, mata el moro,
i, mort moro, mico i lloro,
fa un farcell... i a Puerto Rico!

ANÒNIM

Josep Termes

J. V. Avui, dimarts, la Mercantil Radiofònica farà una de les seves teòriques en companyia del Pep Termes, que és historiador, ¿oi, Ramon?

R. B. I del Barça.

J. T. Efectivament, sí senyor; i de Gràcia.

R. B. I assistent al congrés de Toledo, al «concili de Toledo».

J. T. Ja m'ha portat prou disgustos, ja.

J. V. ¿Només pel fet d'haver-hi anat?

J. T. Com que hi va haver una mica de polèmica..., és una presumpció pensar que allò va influir en això, però des d'aquella època no m'han tornat a trucar mai més de Madrid; i relativament em trucaven bastant. Ajuts per a treballs científics que he demanat al ministeri, me'ls han negat tots, i etc. Sí, sí; ara, a mi em diverteix bastant, i estic molt content que sigui així.

R. B. És la famosa història: diuen que a Toledo, en una reunió secreta a la qual només havien convidat historiadors, el Felipe González va dir que el perill real eren els catalans, i no pas ETA.

J. T. Això sempre ha sigut una olla, perquè són polítics més fins d'expressió i es va simplificar una mica l'expressió. No voldria insistir en això de Toledo, perquè més que secret era reservat. De tota manera, crec que l'esperit és que la classe política i, sobretot, la classe intel·lectual espanyola creuen que perden parcel·les de poder cada vegada que es dóna alguna cosa a Catalunya o a algun altre lloc; és un esperit molt centralista i amb molta incomprensió dels fenòmens de les nacionalitats perifèriques. Tot i amb això, entenen molt més el fenomen basc que no el català; precisament avui, al treball que feia, he trobat una citació d'en Giménez Caballero, en un llibre publicat el 1943 adreçat a la joventut espanyola, on hi ha un tros que diu (sabeu que Giménez Caballero era un feixista literari sonat, però amb prou gràcia): «¿y el vejete vasco?». ¿Aquell separatista? Diu: no, no; el van enganyar quatre botiguers catalans, «tres brutotes gallegos», quatre jueus francesos i «algún castellano mal nacido». Aleshores, aquesta mitologia del «chicarrón del norte» i del basc i tal s'ha portat molt; realment jo el País Basc me l'estimo molt i crec que han patit molt, però nosaltres també, i, en tot cas, han tingut una línia que a Madrid els tenen pels «chicarrones del norte» i gent sana i una mica el que deia l'Unamuno: l'«alcaloide de lo español»; i el Banc de Bilbao, i el de Biscaia, moltes coses...; més l'ús del castellà com a idioma normal i usual (tret d'una raríssima i desgraciada i fotuda minoria, que fa servir l'èuscar); més el fet que la cultura fonamental al País Basc és, malauradament, la castellana; tot plegat fa que realment entenguin i tinguin més simpatia cordial pel basc que no pel català, fins i tot ara, en ple terrorisme. Aquí, en canvi, és perifèric; Catalunya funciona en una altra galàxia cultural i lingüística, i per això l'entenen menys, ¿no? Això em sembla que seria un resum millor que no agafar frases puntuals i atribuir-les a l'un o a l'altre.

R. B. Per liquidar aquesta qüestió de Toledo...

J. T. Toledo ha de ser famós perquè hi ha l'espasa de Toledo i és la seu de l'Espanya imperial; amb això ja en té prou, no cal anar més enllà.

R. B. En aquesta famosa reunió, reservada, de polítics i historiadors es va dir una data per...

J. T. Sí, una cosa així com vuit o deu anys... Realment, s'ha de dir en honor dels polítics que han mostrat un gran respecte davant la intel·lectualitat orgànica espanyola: em va sorprendre, perquè no t'ho esperes, de veure primers ministres i exprimers ministres que davant un professor d'universitat... (perquè els professors d'universitat són una colla de bona gent, una mica desgraciadeta des del punt de vista econòmic, social i d'influència real); però allà vaig veure que o aquesta intel·lectualitat orgànica de Madrid té un poder que jo desconec en profunditat o el nucli de polítics (que són gent que parla molt bé, però que més aviat són de cultura escassa, perquè per fer política tampoc no cal saber aquestes coses de l'*Eneida* o dels Capets de França)... Davant l'intel·lectual van mostrar un enorme respecte i una enorme dosi de paciència, aguantant interrogatoris sistemàtics i llarguíssims... Aleshores, tot això configura una activitat de molts dies, de moltes hores, que es va dir des del començament que quedava reservada. Ja que ens van ser tan francs d'explicar-nos moltes coses, i algunes força delicades, jo crec que s'ha de tenir una mica de respecte i deixar simplement que passin els anys.

J. V. Però hi ha una cosa que a mi m'encurioseix: ¿qui va ser el personatge més interessant (en funcions, diguem-ne, de polític)?

J. T. Tots, tots. Són gent que té molt mamat el poder. És a dir, la impressió que em va fer és que hi ha una continuïtat del poder polític per damunt de les circumstàncies; i realment entre ells estan amb un «ara em dónes tu i després et donaré jo», que vol dir que varen estar, evidentment, molt barallats i discutint-se i així, però jo crec que amb una impressió claríssima: que formen l'elit, la classe política, i que entre ells porten el joc; són diferents, es poden fer atacs i cops baixos, però entre ells estaven molt, molt d'acord. Aleshores, tots en sabien molt; potser algun em va semblar una mica més pallús i uns altres una mica més fins, alguns amb una punta més de gràcia expositiva; però jo diria que tots bastant interessants, sí, incloent-hi algun secretari de bisbe, com el Martín Patino, que va ser un dels polítics més fins que vaig conèixer allà. Realment, l'Església és un poder fàctic políticament important.

J. V. Home, hi ha una bona escola.

J. T. I és una escola que, si s'empelta de Vaticà, té una qualitat diplomàtica de primer ordre.

R. B. M'explicava un militar, un oficial de carrera que ja no és a l'exèrcit, que quan hi era va fer unes missions d'aquestes que en diuen d'intel·ligència (no ens fem il·lusions: eren missions sobretot d'espionatge industrial), i em va dir que quan ells volien una informació sòlida recorrien al Vaticà.

J. T. Està bé; em sembla perfecte.

R. B. Una informació sòlida de qualsevol aspecte, de qualsevol banda del món: a qualsevol banda del món hi ha un rector o un missioner, i al missioner el bisbe li demana una informació sobre la seva parròquia...

J. T. Però han sortit informacions (em refereixo a la mateixa premsa) del tipus que altes instàncies dels Estats Units demanen al Vaticà en un moment donat consultes sobre aspectes, per exemple, del món comunista; perquè aquesta gent poden saber coses de Polònia o de Rússia que realment ni la CIA no hi arriba.

R. B. Aquella història dels cristians pel socialisme, jo sempre en deia els «socialistes pel cristianisme».

J. T. És clar.

J. V. Hi ha un concepte que el trobo curiós: un cop vas parlar de l'«exèrcit d'ocupació cultural»; ¿què volies dir, amb aquesta definició?

J. T. En un moment donat de la transició política, em va semblar que els partits polítics posaven massa èmfasi en picabaralles i qüestions d'estratègia i massa poc en algunes qüestions...

J. V. ¿Partits catalans?

J. T. Sí, partits catalans de tota mena posaven massa èmfasi en qüestions de tipus estratègic, de cara al poder de Madrid, i certes qüestions crucials de la política contemporània de l'època de la transició hi quedaven poc reflectides. Concretament, una d'aquestes qüestions que sempre m'ha preocupat molt, em continua preocupant i em sembla un punt crucial de la història del país, és fer que la gent de fora, llevat d'alguns brètols i alguns elements perillosos d'ordre inferior, la massa d'aquesta gent, que són persones saníssimes i honradíssimes, una de les tasques fonamentals del país és que actuïn com a ciutadans de Catalunya; i em semblava que s'hi posava poc èmfasi. Aleshores, en un moment donat, hi havia massa gent que, de cara a interessos de partit o personals, es despreocupava d'aquestes coses; és a dir, que convenia fer un cop d'atenció, encara que fos una mica líric, dient que hi havia gent que defensava els de casa i gent que formava part d'un, si ho voleu, místic exèrcit imperial d'ocupació.

J. V. Arma cultural, diguem-ne.

J. T. Cultural i alguna cosa més, sí; però deixem-ho en unes certes boires poeticoliteràries, que de tant en tant convé mantenir.

R. B. I això, des d'una posició d'esquerres, ha tingut un resultat formidable (entre cometes, o, si ho vols, sense), que és que la immigració ha votat Pujol, no tota, però déu n'hi do.

J. T. Als que ens interessa la sociologia electoral no ens estranyem gens d'aquestes coses. Recordo que, fa vint anys, algun socialista prominent em deia: «Escolta, Pep, pensa que, a Itàlia, vint anys després de la Segona Guerra Mundial, el cinquanta-u per cent dels obrers voten Democràcia Cristiana, no socialisme o comunisme.» Això és lògic, aquestes correlacions classes socials-vot electoral valen només en grans línies en uns moments determinats, però no per la vida electoral quotidiana: penso que és ben clar que si aquesta piràmide social de baix a dalt, de pobres a rics, que ens ha dibuixat un cert marxisme sociològic simple, funcionés a la realitat, guanyarien sempre les esquerres i les ultraesquerres.

J. V. La història, de fet, no és gaire dialèctica, ¿oi?

J. T. Gens. La història va a trompades, en el sentit metafòric i en el sentit real.

J. V. O sigui, que estaries més pel cantó d'un Spengler que d'un Marx...

J. T. No, tampoc m'entusiasma Spengler. Jo crec que Marx ha sigut un dels grans autors del pensament social; però aquestes fixacions en un sol element convé poder tenir-les amb la mare, perquè de mare només n'hi ha una, però de pensadors socials n'hi ha molts; aleshores, agafar només Marx, com aquell que és la mare que el va parir, és un error cultural immens, perquè la formació d'un pensament és molt complexa i hi juguen moltíssims i distints elements culturals; Marx és un gran pensador, però agafar-se Marx al peu de la lletra és com aquell que vol viure només de pa i aigua.

J. V. Tinc entès que últimament, a les universitats d'aquí concretament, l'única història que se sent és aquesta.

J. T. Déu n'hi do. Quan era perillós no n'hi havia tant, de

marxisme; ara que no és perillós n'hi ha molt més, perquè és una simplificació i és fàcil, dóna un catecisme. I crec que hi hauria d'haver una reacció dels marxistes contra el marxisme, perquè n'hi ha massa, ho estan ocupant tot massa, són massa primaris, són massa catecisme; i els que en són de veritat i els estudiosos que realment apliquen un mètode marxià a fons, que són molt pocs i que van dient tota la vida que els altres no són marxistes, perquè realment els que hi han treballat més s'adonen que els altres en fan una simplificació, doncs aquesta gent haurien de fer una certa reacció i demanar més serietat en l'aplicació d'aquestes simplificacions doctrinals. Però això és molt avorrit; tot això de la filosofia de la ciència, de la filosofia de la història, és molt poc radiofònic.

J. V. Què dius, poc radiofònic!

R. B. I si ho és, és igual, home.

J. V. De fet, a nosaltres ens interessa, ¿no?

R. B. ¿No veus que això és una emissora de la Generalitat? Pública! No de l'estat, no; pública.

J. T. Sí, ja ho sé, ja ho sé.

R. B. Per tant, aquí fem el que ens dóna la gana. Perquè això és del públic.

J. T. Està bé, està bé. L'únic que em sembla és que és una mica eixut, això. Però vaja...

R. B. Si és eixut ja canviaran d'emissora, home. Això rai!

J. T. En canvi, no poden canviar anar a fer el servei militar. És la diferència entre una cosa i una altra. Pagar els impostos; no pots dir: «Passo, canvio d'empresa i de companyia.» Això és un condicionament històric de primera magnitud.

R. B. És el que em fa pensar que les societats occidentals no són tan perfectes.

J. T. No, ni de lluny, ni de lluny.

J. V. ¿Hi ha cap exemple històric de societat bastant perfecta?

J. T. No n'hi ha cap. Però els nostres avis vivien més malament que nosaltres, en general, potser tret d'algun fabricant arruïnat, que el seu avi estava més bé; però, en general, com a conjunt social, estaven molt pitjor els avis i els besavis.

J. V. ¿És cert, el progrés?

J. T. Sí. El que passa és que té uns límits i uns condicionaments. Però pensa que, això, fa uns segles, en definitiva era com això del Khomeini, una tenebra total, et podien liquidar per un no res; en canvi, ara s'hi pensen més. Comptat i debatut, crec que sí, que la societat nostra, això de l'Europa industrialitzada i etc., ha patit els darrers dos o tres segles una evolució enorme, que ha provocat una gran millora de les condicions de vida en general. Ara, no sé si això té un límit o si en el futur es podrà sostenir, si no caurà, etc., etc., però fins ara hi ha hagut una millora enorme.

J. V. Hi ha una paraula que a mi em volta pel cap, que és aquella tan famosa fa uns anys: el lerrouxisme; ¿continua encara, això?

J. T. Sempre n'hi haurà, això és com els bolets dolents.

J. V. ¿Què és el lerrouxisme?

J. T. Històricament és una cosa, i la simplificació que n'han fet els historiadors d'ús polític n'és una altra. Històricament, és un moviment que va des del final del segle XIX, quan Lerroux comença a ser una figura pública a Madrid i ve a Barcelona, cap al 1901, i que dura fins a la segona república, amb etapes molt diferents. A Catalunya té una importància enorme. És un moviment complex, bastant poca-solta en algunes coses; aleshores, aquí se n'ha fet una simplificació inevitable d'ús polític: que el lerrouxista és el partidari de la desnacionalització de Catalunya, o el que des de Catalunya fa una política contrària als interessos propis de Catalunya, el que tendeix a fer una política que, sota una capa verbalista, radical, social, política, realment el que amaga és un cop baix, etc., etc.; que són trets que, en bona part, tenia el moviment de Lerroux a Catalunya.

J. V. I jo diria que ara hi ha algú que també en té, d'aquests trets.

J. T. Sí, evidentment, aquest esquema crec que és aplicable a bastantes persones; realment, n'hi ha hagut sempre. Hi ha països on tothom és defensor de la identitat pròpia; amb tots els seus vicis i virtuts, però creu en la defensa del país. I inevitablement hi ha molta gent amb mentalitat, anava a dir sucursalista, però és paraula massa vista, amb mentalitat de funcionari colonial, de representant, de cònsol, de delegat, de viatjant de comerç.

J. V. De virrei...

J. T. Són gent que, en comptes d'esperar-se vint anys a millorar de vida, necessiten fer-ho en quinze dies, i, és clar, això és condicionant; i aleshores hi ha facilitats per pujar dins l'*establishment* i això es nota, ¿no? I no ho dic amb mala intenció, ho dic com una descripció social més.

J. V. El Pep Termes, historiador i moltes coses més, suposo que és culer, ¿no?

J. T. Efectivament; gairebé des d'abans de néixer, sí, de molt petitet.

J. V. Et van fer el carnet del Barça...

J. T. No, no, perquè no hi havia peles. Però des de molt petit hi anava, sí, amb un cosí meu. Jo crec que...

J. V. ¿De quin tipus de família vas sortir?

J. T. Família de pagesos sense terra emigrats a Barcelona, que posen el típic establiment ínfim i que quan se'n mor un pagues quatre cosetes i et queden quaranta mil pessetes a repartir entre la família. O sigui, mitjana-alta...

J. V. Mitjana-alta i culer.

J. T. Sí, això sí, el personal, en aquests barris obrers, tenia molt clar que tot lligava bastant, i que realment hi havia coses que, a nivell simbòlic i de treure els mals humors... la gent era del Barça.

J. V. ¿I aquesta temporada, estàs content?

J. T. No gaire, no gaire. Per dir-t'ho sincerament, estic més content quan perdem, perquè és quan la gent està més satisfeta de la vida. Som un país de perdedors nats: quan es perd, la gent treu els mals humors, s'emprenya i vibra.

J. V. La catarsi.

J. T. Sí, sí, és una situació de normalitat. En canvi, és perillós anar bé. Jo no seria gens partidari que anéssim dos o tres anys seguits així; i ho dic seriosament, ¿eh? Aleshores hi hauria una desmobilització afectiva.

J. V. ¿Tu li canviaries el nom, a l'Espanyol?

J. T. No. ¿Per què? És bastant idoni, ¿no? Han canviat, han canviat, ¿eh? Hem de ser sincers.

J. V. És clar.

J. T. Ara no em vull deixar portar per la demagògia. L'Espanyol té uns orígens prou equívocs i eclèctics (no hi ha res que sigui al cent per cent, és clar); jo penso que els darrers anys, per ser seriós (allò altre era una broma; em recordo de l'època de les aficions juvenils i de les baralles) —aquests darrers anys comencen una mica amb el Vila Reyes i tot aquell xivarri—, el Vila s'adona de la mala implantació de l'Espanyol i comença a fer aflorar les coses d'una altra manera, perquè entre el públic de general de l'Espanyol hi ha prou presència de gent del país, i el Vila ho descobreix i ho intenta normalitzar, i va malament, i em sembla que el Meler ho va mantenir i aprofundir molt lentament i tranquil·lament, amb prou habilitat. I, al marge de la rivalitat històrica Barça-Espanyol, que potser no s'acabarà mai i que, a vegades, em molesta molt (per exemple, que aplaudissin el gol de... d'en Quini l'altre dia d'empat a dos al camp de l'Espanyol em va emprenyar moltíssim, i vaig desitjar que baixessin a tercera regional); però al marge d'això, realment el públic ha canviat, és molt més del país, i només cal veure les banderes que utilitzen. Hem de ser conscients que hi ha un canvi i, per tant, a vegades s'ha d'aguantar que siguin tan antibarcelonistes, perquè a un li molesta; però hi ha un canvi i l'equip s'ha fet molt més del país. A part, les circumstàncies generals juguen a favor d'aquesta línia, perquè, com que a Guadalajara són tan bèsties, l'hi foten gairebé igual quan hi va el Barça que quan hi va l'Espanyol, perquè no distingeixen.

J. V. Tots són catalans.

J. T. Sí, sí, i també han patit molt anant per aquests camps... I, parèntesi, *inter nos*: no estic gens d'acord i m'emprenya molt la gent que creu que això que rebin malament el Barça és un problema del Núñez; això no ha sigut mai veritat.

R. B. És clar, que no!

J. V. Però el Núñez hi ha col·laborat.

J. T. Dóna l'excusa per poder fer això; això s'ha fet sempre, absolutament sempre, per raons... i bé, ja en parlarem el dia que plegui el Núñez i pugi de president del Barça «sor María de los Dolores de no sé què de la Santísima Virgen»...

J. V. Encara plorarà més que el Núñez, no fotem!

J. T. Doncs el dia que pugi el Gilbert Bécaud, el que vulguis, tu, el Paul Newman, president del Barça; passarà exactament igual quan vagis a jugar per algun d'aquests camps de la Península que coneixem; és un problema del Barça, que els molesta; i, si a més poden dir que té molts diners i tal, vinga, tots amb el «separatismo catalán burgués», queda explicadíssim. No hi estic gens d'acord: el Núñez els ha servit d'excusa fàcil per atacar.

R. B. Per això estic contra el Núñez: perquè és una excusa; és a dir, les coses clares, els serveix de coartada...

J. T. Aquell número del José María García: «Noo, esta afición tan sana», garrotada; home, és una tècnica de la més vella època dictatorial: fas com que elogies el paio i, per sota, garrotada; si ho vols, ho podem practicar una estona. El que passa és que sempre és delicat i perillós. Llavors, aquest senyor de Madrid: «una afición sanísima»; el que passa és que el president sempre és don Luís, per cert, ¿no?

J. V. Sí, és veritat, això, i don Antonio.

J. T. I don Antonio, és clar. Tots llegeixen el *Boletín Oficial del Estado* i cobren del Banco Exterior de España; aleshores, aquesta gent fan crítica radiofònica i són molt perillosos. Potser sí que tens raó tu que els serveix d'excusa, però també penso que hi ha massa gent que pica aquí i que l'arbre no els deixa veure el bosc amb profunditat. Que el Barça, com que és en un moment de creixement econòmic i de socis, els fot negres, tu; i només falta que guanyi!

J. V. És clar, tots estan carregats de deutes...

R. B. A tu el Núñez t'està bé, de president.

J. T. Com és ben sabut, jo vaig fer campanya contra el Núñez, i em vaig equivocar totalment. Valia molt més que els altres, i sento dir-ho perquè hi havia bellíssimes persones; però com a home d'empenta, que és el que necessitava el Barça després del moment històric amb el Montal, que va ser molt bo políticament i culturalment, però que havia arribat una mica en un carreró sense sortida i convenia una reforma una mica empresarial... I em sembla que el Núñez va fer això positivament. Perdó, em sembla que sempre acabo defensant causes perdudes, amb tothom en contra: haig de dir que vaig fer campanya una mica en contra i em vaig equivocar. I el Núñez ha demostrat una cosa que històricament és molt certa: quan les gallines adopten el paper dels elefants, acaben sent elefants; aleshores, el Núñez, que procedia d'un ambient poc del país, en certs aspectes, es va trobar amb una suma de tensions socials, de tal manera que ha acabat adoptant, i segurament molt d'acord, un paper que *a priori* no li era atribuït; l'han baquetejat tant des de tot Espanya, que ha acabat fent un paper d'honradíssim defensor de les essències del Barça. Per tant, crec que convenia dir-ho, no des d'ara sinó des de fa molt temps, i vaig començar a dir-ho tres setmanes després de les eleccions; m'ho vaig començar a olorar, que acabaria sent un president que durant uns anys seria molt acceptat pel soci i pel simpatitzant en general. La prova és que ha desaparegut, seriosament, tota mena de crítica alternativa al Núñez i que no hi ha candidats, que no hi ha crisi. Els primers anys es va fer molt de número polític una mica banal amb això, perquè, és clar, una de les coses dramàtiques d'aquest país és que l'esquerra de vegades és molt innocent, va pel món amb el lliri a la mà i fins al cap de quinze dies o dos mesos un no s'adona que està equivocat i llavors se'n surt; i amb això, igual: no vam veure que tindríem una crítica tal de tot Espanya que obligaria el Núñez a adoptar un paper diferent que aquell que segurament, m'ho sembla, ell volia fer, i que l'adoptaria amb el pas dels anys, d'una manera bastant objectivament assumida.

J. V. Una qüestió: ¿què et diuen les paraules *catalanisme* i *revolució burgesa*?

J. T. Una rucada de dret polític feta pel Solé Tura per motius polítics i que, al marge del valor intel·lectual del Solé Tura, em sembla que històricament no té gens de sentit, que va servir perquè fora de Catalunya ens poguessin dir que tots som fabricants de vetes i fils, que potser si n'hi haguessin hagut més a tot Espanya, d'altra banda, segurament hi hauria hagut menys misèria i menys immigració espanyola; i que aquest llibre i aquesta teoria reflecteixen poc la realitat històrica del que ha sigut Catalunya i molt la realitat d'algun professor de dret polític comunista, amb molta afició al poder.

J. V. O sigui, que és una manipulació de la història de cara a una carrera personal.

J. T. És una construcció doctrinària a partir d'uns criteris molt simplificadors. Parlar de tot això ens demanaria moltes nits. A l'Europa Occidental, el marxisme s'articula a determinats països, bastant unificats i molt unificadors (França, Gran Bretanya, Alemanya i tal), i dins aquesta cultura les qüestions nacionals, les nacionalitats, no hi entren. Aleshores, el poc que hi ha sobre el tema ens ve d'un Lenin, un Stalin, mal llegits, que apliquen el problema de les nacionalitats a un món colonial tsarista, és a dir, de les colònies de l'època del tsar, absolutament primari, tribal, ramader, de pastors de cabres i tal; i aleshores teoritzen sobre tot això; el Lenin ho diu molt clar, com l'Stalin: el problema nacional és un problema agrari, de pervivència d'un món anterior a la industrialització que desapareixerà amb la industrialització. Bé, aleshores, això aplicat aquí, a Catalunya, que es comença a gestar els anys trenta, dóna lloc a unes simplificacions extraordinàries. El que vull dir amb això no és que sigui una manipulació, va fer-ho amb bona fe; però des del punt de vita intel·lectual no crec que reflectís la realitat de la història de Catalunya, sinó que el que reflecteix és la mentalitat de l'autor que ho va escriure i els seus tics a l'època que ho va fer.

R. B. O sigui, que és un llibre sobre el Solé Tura.

J. T. Sí, exacte, i sobre l'òptica de certs intel·lectuals comunistes que no eren historiadors; reflecteix aquesta mentalitat de l'any seixanta i tants, quan va sortir el llibre, però no la història de Catalunya.

R. B. Està bé: és una autobiografia del Solé Tura, l'autobiografia de l'intel·lectual orgànic.

J. T. Bastant, bastant, i els seus tics i les seves maneres d'interpretar la societat com un problema simplement d'ideologia, amb tres grans esglaons socials: burgesia, petita burgesia i proletariat; molt simples, que l'un es baralla amb l'altre i després d'un en ve un altre; i això és una simplificació bastant evident de la història de Catalunya.

R. B. Deixa'm dir alguna cosa a favor del Solé Tura.

J. T. I totes les que vulguis. Jo li tinc un enorme respecte com a hàbil intel·lectual polític, al marge d'un respecte personal, perquè en aquest país en què tan poca gent va lluitar contra la dictadura, als pocs que ho feien se'ls ha de tenir un mínim de respecte; i això és veritat: gent que la va passar més o menys magre anant i venint... em penso que de tant en tant convé dir-ho.

R. B. Diguem-ne una altra a favor: últimament diu, en petit comitè, que ja no té res a fer, perquè ell és un dels pares de la constitució, i difícilment un paio condecorat per haver fet un text constitucional pot fer res que pugui qüestionar cap aspecte d'aquest text; això ho diu en petit comitè, llavors, de cara enfora, diu totes aquestes coses que diu, però ell sap...

J. T. Una mica, és veritat. És molt important, home, un senyor que ha estat un dels fabricadors de la constitució (perquè les constitucions són etèries, però també tenen pares i mares), és un senyor que seu i redacta, no és broma, i això és una feina intel·lectual i política de primera magnitud, a la qual no tothom arriba. Aleshores, ser un d'aquests progenitors o «matricultors» (no sé si es diu així)... Ho dic de debò, és una feina intel·lectualment de primera magnitud, i això suposo que deu condicionar molt l'obra que s'ha de fer; és com aquell senyor que ha parit un nen mongòlic i l'ha de passejar pel món, això condiciona molt i estàs al servei de l'obra feta. I això és molt important.

R. B. I ara, últimament, que, com sempre, vol ser alguna cosa i fa propostes..., sempre em fa molta gràcia fixar-me que mai no diu mal de la constitució; és clar, aquest home no pot dir mal de l'estatut ni de les transferències, no pot oposar-s'hi...

J. T. És clar. Si tu ets una empresa que l'has acabat de crear, una de dues: o trenques, t'arruïnes i fots el camp de l'empresa, i aleshores dius que el Ramonet Fustegueres i Companyia és una empresa brètola que vol vendre armilles a Guinea i no se'n sortiran o, si continues allà al costat, és obvi que això condiciona molt. M'imagino que és una situació tensa, des del punt de vista polític.

R. B. Crec que la té impossible: el que pot fer és anar netejant-la, polint-la; però res més.

J. V. Avui, un diari deia que tenim una bona constitució.

R. B. Això està molt bé; l'acudit és bo, diu «tenim bona constitució», això vol dir... ¿Com ho has dit?

J. V. Que no morirem d'infart.

J. T. De tota manera, hem de ser prudents: el país que ha tingut millors constitucions és Bolívia.

J. V. ¿De debò?

J. T. Sí. És un país hispànic d'aquests de la *tradicional amistad*; tenen cent o dues-centes constitucions i n'hi han de boníssimes, realment n'hi ha de primera.

R. B. És un país que ha tingut més cops d'estat que anys d'existència, ¿oi?

J. T. Sí, sí, realment dóna una proporció de dos cops d'estat per any d'existència. Però això són drames de la vida, tampoc no en tenen la culpa els bons bolivians.

J. V. Escolta: ¿societat civil o SA?

J. T. Societat de consum, que cantava el Raimon en una cançó que no em va fer gaire feliç perquè em semblava massa innocent.

J. V. Sí, noi: abans era la *unidad de destino en lo universal* i ara és la *sacrosanta unidad de mercado*, ¿no?

J. T. Sí, és veritat. Tornant al tema, *societat civil* és una expressió molt periodística i molt manipulada, però em sembla que el que hi ha al darrere, que vol dir la gent del carrer, la gent no vertebrada funcionarialment i no el mariscal de camp ni el general ni el ministre ni el secretari ni el cap de negociat ni el director general ni el contradirector general, doncs jo crec que, com que totes les societats són dolentes, fet i fet aquesta és bastant millor que l'altra, són treballadors i gent que s'espavila i fica un negoci, una fàbrica de calçotets, l'altre fa una empresa i intenta vendre suros congelats..., i tot això és molt positiu. És molt millor el fenici que no el *militar de campo*, sí.

J. V. I tant! De tota la vida.

J. T. En definitiva, el primer sempre et proposa un pacte, i si ets viu el pots ensarronar.

J. V. Però sempre hi ha un joc.

R. B. Sí: «si me'n compra deu, li faré descompte».

J. T. Sí. I al final es posa a explicar acudits.

R. B. ¿Com és que no ets conseller del Consell de Cultura de la Generalitat?

J. T. ¿Qui ho diu, que no ho sóc? Me'n van nomenar.

J. V. Olé! Ets un Rigoletto!

J. T. De Rigoletto res. Jo crec que s'ha d'afermar el migradíssim govern català, i vaig declarar en un full perdut que col·laboraria amb la Generalitat de Convergència, i hauria col·laborat amb una Generalitat en mans de la CNT-FAI si haguessin fet política catalana.

J. V. ¿Casen, l'anarquisme i el nacionalisme?

J. T. Com totes les doctrines: en abstracte, no casen gens; vull dir que el vegetarianisme casa amb ell mateix i el liberalisme casa amb ell mateix. El que passa és que hi ha hagut anarquistes que han sigut molt de la terra i uns altres que no; molts, moltíssims: recordo un home ja gran, el Roc Llop, que era de cap allà Gandesa, si no ho recordo malament, que als anys cinquanta i seixanta portava una llibrerieta de la CNT a París, perduda, pobra i trista; hi presentava versos, i si l'hi haguessis demanat, t'hauria dit, naturalment, que era antinacionalista, però ell presentava els seus versos als Jocs Florals de la Llengua Catalana (uns versos lírics molt bons, sí).

R. B. Tornem a això, del Consell Assessor. Ja ho sabia, que n'eres.

J. T. Jo t'ho he cregut molt innocentment perquè realment hi ha una massa d'informació tal, que no la pots seguir tota ni de bon tros.

R. B. Ho sabia i volia (ara t'ensenyaré les cartes, que són molt senzilles de veure), volia veure com reaccionaves; i has reaccionat amb violència, cosa que m'ha agradat molt, i has dit això: «Jo col·laboro al Consell Assessor de Cultura tant si hi són els uns com els altres.» Molt bé, ¿quant temps durareu?

J. T. No en tinc gaire seguretat. Em sembla que, si fos pel Rigol, que és un home del món catòlic, minyó de muntanya, amb tota la bona fe i les ganes de treballar del món; si fos per ell, em sembla que molt; ara, sempre és fotut de parlar en nom d'un altre. Però passa que les circumstàncies són complexes, el país no té ni un duro, l'autonomia catalana està estrangulada econòmicament...; això costa quatre rals, però és possible que hi hagi problemes prioritaris que en un moment determinat facin que això sigui massa complex i equívoc, perquè realment és el que en castellà en diuen *encaje de bolillos* i no sé com s'ha de dir en català, aquesta combinació, llevat que, efectivament, no hi ha ni dones ni científics.

J. V. Sí, són les crítiques principals. Tu, ¿de quina comissió ets?

J. T. Això de les comissions ha sigut una mica..., funciona per plens i així. Suposo que perquè sóc menys polític, em van posar en una d'investigació i alta cultura, que ens inventem coses sobre com investigar algunes qüestions i com connectar amb coses de l'estranger; és la comissió menys política, en certa manera, ¿no?, al costat d'unes altres que són de combinacions amb distints grups polítics i amb distints estaments i institucions polítiques. Però tornem a la pregunta; estic segur que, pel Rigol, pot durar molt; ara, és possible que arribi un moment que això esclati per la mateixa diversitat interna, tot i que hi ha gent que ja és grandeta i fa molts anys que es coneix, i que la immensa majoria, per no dir tots, són dels que estaven contra el règim anterior i això sempre dóna uns lligams; però podria ser que algun dia (penso que quan es comenci a escalfar l'ambient preelectoral), tot això, se'n vagi en orris, per les tensions entre partits.

R. B. A mi em sembla que el Consell, per damunt de tot, és un organisme amb ganes de fer coses, però que el fet de formar-ne part no us dóna un tint, que diguin el que vulguin, polític.

J. T. Això és un avantatge. Jo n'he fet molta, de política, a la meva vida, gosaria dir que força més que la major part de ministres del govern de la corona, durant molts més anys, moltes més hores i bastant més perillosament; vaja, hi ha distàncies abismals, i, a més, no és ni vanitat ni no vanitat, és la pura realitat. Aleshores, arriba un moment que la política et cansa, que trobar-te amb coses no diré tècniques sinó de programar, de pensar..., ja ho sé, que tens el perill de fer volar coloms, però també tens una certa sensació que, sense estar allà patint per la picabaralla de si un diu una cosa o una altra, intentes crear coses, i això estimula. Jo no em considero gaire cosa, però en tot cas l'any cinquanta-sis vaig començar a tirar papers clandestins per Barcelona, que déu n'hi do el temps que fa d'això; i ningú no me n'ha dit mai res. Ara, ho dic en conya, sense plorar...

J. V. ¿I qui els firmava, aquests papers?

J. T. El PSUC. L'any cinquanta-sis era perillosíssim, el PSUC; tirar papers del PSUC, no ho recomano...

J. V. Claríssim, segur...

J. T. Sí, sí, era perillós, sí; i més amb l'avantatge que jo no era gaire marxista-leninista. Però ves, era un moviment que et trobaves que començava a actuar a la universitat i no en vaig trobar cap més. Però bé, deixem aquesta història. Doncs, tu vas passant coses i ningú no te'n diu res, de manera que, sincerament, jo tenia un problema personal. A mi, l'únic senyor que m'ha dit «escolti, ¿vostè vol venir aquí a ajudar a fer alguna cosa?», és el senyor Rigol, d'Unió Democràtica de Catalunya. Llavors, el país és ple de senyors que són o es diuen d'esquerra, que ocupen llocs que, sumant, tenen el mateix pressupost que la Generalitat, i que no m'han dit mai res. D'acord, perfecte: dec ser de dreta i, per tant, no cal dir-me res. I aleshores surt un senyor que em diu si vull anar-hi i col·laborar i no hi tinc cap inconvenient; a mi m'agrada el meu país i, per tant, em sembla que s'ha d'ajudar quan hi ha una mínima possibilitat d'autogovern, s'ha d'estimular aquest autogovern. ¿Que després no en surt res, d'això? Doncs mala sort. També vaig intentar sortir amb la Brigitte Bardot i no ho vaig aconseguir, i no passa res... És broma, ¿eh? Ho dic com a metàfora.

J. V. Ens hauria agradat a tots, això, ¿eh?

J. T. Està molt envellida, i no sé què fa amb les foques i...

J. V. Ah, ella!

J. T. Sí.

J. V. Em pensava que era problema teu.

J. T. No; jo cap, cap ni un.

J. V. Però està de molt bon mirar, ara mateix, ¿eh?

J. T. Sí, però hi ha coses millors: la pròpia, sense anar més lluny.

J. V. Et volia demanar, simplement, si el treball redimeix l'home.

J. T. I la dona també.

J. V. ¿Ah, sí?

J. T. Sí, sí. Com que no tenim cap altra solució que produir per sobreviure, tret dels rendistes...

J. V. Però, en el fons, ¿no t'agradaria ser rendista?

J. T. Sí, si no n'hi hagués un altre, d'explotat, sí que m'agradaria.

R. B. Doncs hi ha una cosa que és d'aquelles típiques que tu devies dir per dir, però que a mi m'ha influït decisivament a la meva vida, tu potser ni te'n recordes; en una entrevista, no sé on, es queixaven d'una cosa que és certa: que tu no vols, que et fa mandra escriure articles, procures fer-ne com més pocs millor; i els en vas donar la raó, que era que t'havia agradat molt més llegir que escriure.

J. T. Això és veritat, sí.

R. B. Doncs m'ho vaig creure i ho he portat a la pràctica, i també m'estimo més llegir que no pas escriure.

J. T. És molt millor la lectura. Quan arribes a la concepció d'un tema és quan ets feliç. No sé si en aquella època o no, vaig complementar això dient que hi havia una etapa que jo ja sabia que no treballaria per a les grans masses, que era ruqueria pensar que un investigador de la història del segle XIX ompliria el Price com si fos el Julio Iglesias, i jo sabia que fent aquesta investigació treballava per cinc-centes persones; però va arribar una època que això ja no m'interessava gaire, que respectava molt les cinc-centes persones però que una mica m'era igual, i que treballava per una dotzena d'amics i coneguts; aleshores, al cap d'un temps, vaig descobrir que ni per aquesta dotzena d'amics i coneguts (que també m'estimo), sinó que treballava per mi mateix: amb el que he estudiat, investigat, analitzat un tema, me l'he fabricat dins el cap, i ja en tinc prou, ja me l'he explicat a mi mateix i ja el sé. I això és bastant veritat, de vegades et pressionen i l'has de fer i tal, i tinc molts temes morts per això, perquè me n'he arribat a imbuir tant, que liquidar-los en forma de guió o de llibres de fitxes i tal en una redacció..., és que ja no trobo hores per fer una cosa que m'avorreix una mica.

R. B. Això m'ha influït (suposo que devia estar-hi preparat —de miracles no n'hi ha—) i he pensat el mateix: que llegir és un luxe, vius de renda, ets rendista perquè xucles el que t'han dit els altres i tu no fas res, no escrius ni una línia; ho xucles tot, per exemple Stendhal o, si ho vols, la història de la Revolució Francesa, que la tinc a casa i és un dels meus llibres...

J. T. ¿Tens aquella edició que és un volum gros?

R. B. Això mateix. Amb moltes il·lustracions, molt boniques. Doncs quan llegeixes allò dius «ostres, tu! La feinada que m'he estalviat!». És a dir, tu agafes la Revolució Francesa i t'interessa, llavors se suposa que el que has de fer és investigar-ho, i t'ho trobes fet. Llegir és la mentalitat del rendista (el que passa és que en aquest cas no fas mal a ningú), i, en canvi, escriure és el proletari encadenat.

J. V. ¿I tu escrius a mà o a màquina?

J. T. A mà, a mà, i després ho passo a màquina, amb els dos dits i el gros que s'encarrega de l'espai, que ja vaig més de pressa que quan era petitet. A mà, realment ho tinc tot fet a mà.

J. V. ¿T'agrades, quan et mires al mirall?

J. T. No, no. Tampoc m'hi he molestat mai gaire, ¿eh? També es veritat que si fossis a certs llocs procuraries mirar qui hi ha al darrere perquè no dispari o per veure si té un bon aspecte; però, si no, t'acabes de pentinar tranquil·lament...

J. V. ¿Has anat mai, en una sala X?

J. T. No, aquí a Espanya, no. Fa moltíssims anys, a Amsterdam, l'any de la picor, quan treballava a l'Institut d'Història Social...

J. V. Allà on hi ha les famoses caixes de la CNT, ¿no?

J. T. Sí.

J. V. ¿Tu els has vist, aquells papers?

J. T. No, aquells concrets de la CNT, aquelles caixes famoses que venien i se n'anaven, una història rocambolesca, no els he arribat a veure. De tota manera, tampoc no m'interessa gaire l'època que toquen, que es la de la guerra civil. Vaig anar en alguna sala X, que a Amsterdam no crec que en diguessin X ni fu ni fa. De tota manera, estic en contra que la gent hi estigui en contra, perquè, si a algú l'entreté, tampoc no li has de prohibir gaires coses.

J. V. ¿Quina és la teva màxima predilecta?

J. T. Home, em fots... Alguna que m'he inventat jo en alguna època de la meva vida... «De model de societat, com de mare, només n'hi ha un», o alguna collonada d'aquestes per provocar el personal, que en algun moment m'ha divertit; però allò de les divises no, això és pels aristòcrates i els toreros.

R. B. ¿Hi vas, al Barça?

J. T. Els darrers dos anys poc, perquè tinc canalla petita i em deixen poc temps, i els diumenges a la tarda, entre treballar i entretenir-los i tal... I, a més, l'última vegada que hi vaig anar vam empatar amb el València, i de vegades agafo manies que hi arribo jo i es perden punts. Però hi tornaré a anar.

R. B. D'un temps ençà noto, i no perquè el Barça guanyi, noto que hi ha... Mira, per exemple, el Xavier Folch, un company teu...

J. T. Home, ell i jo, la segona vegada que vam tirar octavilles al camp del Barça... La primera vegada vaig ser jo amb l'Anna Sellés, un partit que el Barça va guanyar, per vuit o nou a un, al Santander, i que hi jugava el Luisito Suárez; havíem de tirar les octavilles des de dalt el camp, que ja devia ser el nou (era el cinquanta-nou o el seixanta), i els cinc últims minuts controlàvem el temps per sortir tres minuts abans i tirar les octavilles, i el Suárez vinga marcar gols, i no m'adonava de res; al final vam tirar les octavilles i queien i el vent les pujava cap amunt i queien sobre... bé, una por terrible. I, al cap de poc temps, en vam tonar a tirar amb el Xavier Folch; com que ell era dels pocs que hi era aficionat, vam anar-hi un dia i en vam tirar de tipus polític, no comercial.

R. B. Em deia l'altre dia, el Xavier Folch, que, si no m'equivoco també és editor teu...

J. T. Sí, sí.

J. V. ¿És el teu editor?

J. T. El meu editor no, jo no sóc un artista que té editors en exclusiu. Em va publicar una de les darreres coses.

R. B. Doncs fa una setmana em deia que ell ja torna a anar al camp del Barça. De manera que afanya't, ¿eh?

J. T. Fa bé. És una persona intel·ligent i prudent, i, per tant, fa bé de tornar-hi. Als que són partidaris dels moviments de masses els convé d'anar al Barça, perquè allà realment t'adones que això de les masses és molt complex, s'articulen d'alguna manera, no saps ni quan ni com...

J. V. ¿Qui escoltes, fent els partits?

J. T. Diversos, bastant el Puyal, però canvio molt; m'agrada escoltar gent diferent, i no solament en català, també en castellà, i no tan sols favorable, també desfavorable. M'agrada molt, sóc partidari de fitxar els enemics del poble, sí, sí, en el futbol com en altres camps.

J. V. En altres camps, ¿com els fitxaries, els enemics del poble?

J. T. Escolta, només llegint el diari te'n fas una llista cada setmana que ja no caben a casa.

J. V. Llavors en fas un arxiu.

J. T. Mental, mental.

J. V. Però a casa teva en deus tenir molts, d'arxius.

J. T. A casa meva tinc deu mil llibres, quatre mil fullets, set o vuit mil números de periòdics, etc. És bastant, sí.

R. B. Explica'ns la història d'aquell arxiu d'en Figueres.

J. T. Biblioteca, més que arxiu.

R. B. Pels oients de Catalunya Ràdio, el Figueres és el president de les cambres de comerç, que va comprar el camp del Barça de les Corts i hi va especular, és a dir, hi va fer els seus pisos. I en un d'aquests pisets hi va muntar una biblioteca de material de la guerra de 1936-1939. És a dir, que aquest senyor, especulador, etc., etc., tenia una biblioteca on treballàveu, i, si no m'equivoco (parlo del temps del franquisme), era un dels llocs on es podia treballar més a gust, on hi havia més material, ¿no?

J. T. Sí, sí.

J. V. ¿I qui hi treballàveu, allà?

J. T. Home, hi vam anar la mitja dotzena de persones que ens interessava la història política i social; alguna època hi van passar el Bricall, els Molas (els dos Molas: el Quimet i l'Isidre), el Fontana..., i gent que investigava. Jo no sé si el camp el va comprar ell o empreses on ell estava ficat, perquè de vegades això de l'economia se m'escapa una mica.

J. V. Continuem parlant amb el Pep Termes, historiador, professor i mil coses més, que ara veig que agafa el càntir (perquè ens ha portat un càntir); ¿és fresca, l'aigua?

J. T. Fresqueta. Càntir o pitxell, com en deien al poble de la meva mare.

R. B. ¿D'on era, la teva mare?

J. T. La mare era d'un poble que es diu la Fatarella, al costat de Gandesa.

R. B. Batalla de l'Ebre.

J. T. Exacte: Vilalba, Gandesa...

R. B. ¿La Creu, o la Cruïlla?, de Camposines...

J. T. Allò són els Masos de Camposines, que llavors en castellà en van dir «la Venta de Camposines».

J. V. ¿«La Venta»?

J. T. És clar, perquè «els masos», traduït a l'«idioma imperial», doncs «la venta», i alguns catalans en diuen la Venta de Composines (com allò típic que ha passat amb el Pla de Palau, que és la «Plaza Palacio», doncs la «Plaça Palau»); ha quedat aquesta confusió. A més, va sortir en una novel·la molt interessant del Cecilio Benítez de Castro, *Se ha ocupado el kilómetro número dos*, que era la crítica i la superació de *Sin novedad en el frente*, de l'Erich Maria Remarque; el que era pacifisme antibèl·lic al Remarque, aquí era vocació de lluita, de guerra; i hi surt tot això de Camposines i tal.

R. B. ¿Hi vas, per allà?

J. T. Fa anys que no hi vaig, però em vaig estar vint anys de la meva vida anant-hi tres mesos l'any; de manera que parlava tranquil·lament amb l'accent d'aquella zona (que hi puc parlar ara, si...). I ara que dic això, de vegades ho he fet servir a València i sona exactament igual.

J. V. Home, doncs mira, va, respon aquesta pregunta amb aquest accent: ¿et preocupa més l'ètica o l'estètica?

J. T. No m'interessen ni l'una ni l'altra.

J. V. ¿Ah, no?

J. T. No. Me la bufen.

J. V. Manoi, aquests historiadors, ¿no?

R. B. Això és de poeta: quan el Felipe González parla de l'ètica, fa poesia; és Machado pur.

J. T. El més dolent de Machado.

J. V. ¿Poblet o Montserrat?

J. T. Jo he nascut en un ambient de Montserrat; Montserrat representava la continuïtat d'una certa resistència (parlo de molt abans de la fama dels anys cinquanta). Sempre recordaré, quan ja anàvem per aquí (l'ambient del barri ja ho portava, tot i que tots havíem sigut menjacapellans), una vegada que el Jordi Arquer (que en pau descansi), un dirigent i fundador del Bloc Obrer i Camperol, tornant de l'exili d'amagatotis, un dia d'estiu em va trucar, no el coneixia i se'm va presentar, va venir a casa i aleshores, parlant i així, el vaig conèixer; al cap de pocs dies, parlant amb un amic obrer del barri, que va ser el que me'l va enviar, m'ho va explicar, diu «Cada vegada que ve aquí, va dient: "aneu poc a Montserrat i heu d'escriure més en català"»; aquest era un dirigent del comunisme heterodox dels anys trenta, i l'any cinquanta-set o cinquanta-vuit deia això. Aleshores, Montserrat. Poblet està bé: les tradicions històriques, el comtat de Barcelona i tal; i el Tarradellas ho ha mogut per mostrar una mica les seves dèries anticlericals, anti-Òmnium Cultural, anti-Pujol, dèries de postguerra que crec que tenen una base anticlerical una mica d'estil Esquerra Republicana de Catalunya de l'any trenta-u, una mica innocentota, i que no s'ho miren des de dins sinó des de l'exili. Penso que el joc de Montserrat ha sigut més natural del que semblava des de l'exili, l'espontaneïtat d'anar canviant..., i, per tant, amb tot el respecte pel que significa Poblet a la història, i amb la seva gràcia arquitectònica i artística, políticament sóc més de Montserrat.

R. B. ¿Creus que passarà a la història, el Tarradellas?

J. T. El meu ideal és que fins i tot nosaltres tres, passem a la història. Em penso que el Tarradellas hi ha de ser.

R. B. ¿Al segle XXI es parlarà del Tarradellas?

J. T. L'erudició parla d'unes coses increïbles.

J. V. A tu et faria il·lusió, passar a la història?

J. T. Home...

J. V. És que jo no ho acabo d'entendre, què vol dir passar a la història.

J. T. Sí, per un motiu: perquè em penso que els fills i els néts en podrien treure algun profit.

J. V. ¿Vols dir?

J. T. Home, no se sap mai..., provar-ho tampoc no costa res.

R. B. A l'*Enciclopèdia Catalana* ja hi deus ser, no?

J. T. Només faltaria que no m'hi haguessin ficat. Vaig ser un dels pocs que vaig treballar en aquell piset del carrer Balmes fent l'*Enciclopèdia Catalana* quan el Max Cahner i l'Enric Lluch van tenir la idea; els primers que hi vam anar.

J. V. ¿La idea va ser del Lluch?

J. T. De l'Enric, no de l'Ernest. De totes maneres, l'Ernest també és dels primers que hi va treballar. Com que treballàvem a la Planeta guanyant-nos la vida fent enciclopèdies, hi vam anar i hi vam començar a treballar. Potser m'hi van posar per això, perquè era dels primers.

R. B. Segons el Rubert de Ventós, no sap si els dos ministres catalans a Madrid són representants nostres o ostatges... No són pas ells sols: hi ha el cas de l'«operació Roca» i tot això. ¿I tu, la veus, en termes generals, aquesta anada dels catalans a Madrid?

J. T. Salvant les persones, perquè sóc amic i conegut de tots ells, n'hi ha molts altres que formen una mica l'*establishment* català a Madrid, uns centenars de persones: directors generals, de vegades hi ha hagut bisbes...

J. V. Algun banquer...

J. T. Banquers... N'hi ha un que es diu com jo, amb gran desesperació meva, perquè fa uns anys, quan deien Termes, era jo, i ara és aquest banquer.

J. V. Home, tu et dius Pep i ell es diu Rafael...

J. T. Sí, però home, el Termes era jo, ¿no? I això em fot molt, em fot molt...

J. V. Oh!, m'estàs sortint molt vanitós, ¿eh?

J. T. Molt, molt, una cosa bàrbara. El que passa és que ho faig per divertir-me.

R. B. ¿T'hi has trobat, amb el Rafael Termes? ¿Hi has parlat?

J. T. No tenim res en comú, no crec ni que sigui del Barça... ¿Per què ha de perdre el temps ell i per què m'ha d'amargar a mi?

R. B. Estic segur que alguna vegada també a ell l'han confós amb tu.

J. T. No ho crec. I si ha sigut així, em divertiria moltíssim.

R. B. ¿Eh, que sí?

J. T. Si mai ho saps, m'ho expliques.

R. B. Ja ho crec.

J. T. Em compensarà dos o tres disgustos forts que he tingut amb això: «¿Que ets família del banquer?» L'hòstia! ¿Què has de fer perquè et situïn una mica? Bé, deixem al marge això. N'hi ha un grup: el Pedrol Rius, els advocats... Jo crec que això és un moviment interessant; hi ha una gent actuant a la capital de l'estat i, ves, va bé que hi siguin; ara, crec que de cara a Catalunya això dóna poc, ¿eh?, dóna realment molt poc. Sí, és lògic, perquè cada país provoca una immigració d'ordre diferent: n'hi ha d'obrers i n'hi ha de *qualité* (de polítics, d'intel·lectuals...) cap a àrees més (i no ho dic amb mala intenció) dominants, més poderoses. I això és natural i em sembla molt bé i no hi tinc res en contra, sempre és satisfactori tenir alguns catalans situats allà que algun dia poden ajudar. El que passa és que ja no començo a estar-hi d'acord quan expliquen que això és tan útil per a la meva família; jo em penso que, als meus oncles, això no els afavoreix gaire; el fet que es diguin Puig en comptes de Martínez, sent al Ministeri de Governació, no canvia gaire les coses. De manera que, si m'ho posen com a benefici per Catalunya, no hi estic gaire d'acord, la veritat. Això t'ho dic pel que fa a la persona que figura a l'administració de l'estat i a l'alta política madrilenya.

J. V. Aleshores, per aquesta regla de tres, ¿com la veus, l'«operació Cambó»? Ai! Vull dir la...

J. T. És una mica diferent, perquè això intenta ser un pacte polític, és una mica diferent (no sé si gaire). A cada època, Catalunya, com que és un país subordinat, necessita algú que negociï. Aleshores, ja ho sé, que això és una gamma: qui hi va de director general també fa això; però em temo que no és veritat. Molta gent t'explica en privat, però no en públic, i jo no tinc cap problema per dir-ho en públic, que, per exemple, hi ha un *lobby* basc, i que hi ha sigut amb el franquisme, i abans de l'Esquerra Republicana, i que hi és ara i que des de ministres fins a directors generals combinen i, si poden, afavoreixen l'economia basca. Jo no estic gens segur que hi hagi un *lobby* català: som un país més liberal, més eclèctic, i, per tant, els que van a Madrid són gent que val molt, moltes vegades, professionalment, i que han tingut l'ocasió de sortir d'un món petit com Barcelona cap a un món més gran i fer la seva vida. El que passa és que jo crec que, als mons petits, si un s'hi aclareix una mica, s'hi està molt millor, hi pots fer més feina i ajudes més la família; i tampoc no tens perquè anar-te'n a Logronyo a triomfar.

J. V. ¿Vols dir que, al final, els de Madrid ens entendran?

J. T. No, no. Ho veig pel segle XXIII o XXIV, això. I no per culpa nostra, sinó perquè aquí hi ha una predisposició a mirar el que passa fora sota el catalanisme tancat; estem pendents del que passa a Úbeda, a Logronyo i a Càceres, disposats a escoltar a tothom, a assimilar de tot arreu, precisament una mica per aquest tremp fenici, obert i liberal i dialogant. És a Espanya, que no estan preocupats per això. He sentit anècdotes delicioses: un dia, a Barcelona, fa anys, en vaig sentir una que em va donar la clau de moltes coses; anaven a l'autobús tres persones parlant d'un partit del Madrid, òbviament, eren immigrants i favorables al Madrid, «el Madrí ha perdío dos a uno», i jo anava escoltant tot satisfet, diu «sí, claro, en el extranjero», i l'altre deia «bueno, sí, claro, pero el otro equipo no era griego, era inglés», diu «sí, es igual, pero ha perdío en el extranjero»; doncs per a aquell senyor era a l'estranger, i tant era que l'altre equip també fos de lluny d'Atenes; per a ell, eren ells i tots els altres, que eren «el extranjero». Això, no hi ha cap català, ni analfabet, que sigui capaç de dir-ho, n'estic convençut. O el que li va passar a un amic meu, de trobar-te una senyora a mi em va passar una vegada a Tolosa)... em penso que a Ginebra o a Lausana, que el va aturar pel carrer i li diu «oiga, por favor, ¿la calle no sé cuantos?», així, tranquil·lament; diu «escolti, és una sorpresa; li contestaré en castellà, però així no...»; no ho entenia. La citació d'en Giménez Caballero ja ho explica: «El castellà és l'idioma per parlar els reis i els sants, i els papes, les princeses, els poetes, els artistes...»; estava molt sonat, ¿eh?, el Giménez Caballero, i n'està.

J. V. ¿És viu, encara?

J. T. Sí, és viu.

R. B. ¿No és el pare del Jimmy Giménez Arnau?

J. T. Sí. Però la conya catalana sobre això, les brometes del tipus del Francesc Pujols, distanciades i iròniques, que diu que hi haurà «algun dia que un català anant pel món, pel sol fet de ser-ho, ho tindrà tot pagat», és una conyeta distanciada i tal. Enfront d'això, el Giménez Caballero es creu que el castellà és per parlar els reis i els papes, i els sants i els poetes... Jo crec que nosaltres podem parlar amb la senyora de la cantonada, l'escombriaire i el botiguer del davant, i anem feliços i contents... Perdó pel xovinisme inevitable que respira alguna de les meves paraules, però crec que hem de contestar una hipercrítica exagerada que tenim al país: el país és molt obert, i hi ha moltes dificultats fora per entendre'l, més que no pas aquí per entendre el que passa fora.

R. B. La història d'anar-se'n a Madrid, a mi em sembla que és una qüestió fins i tot de falta de càlcul pràctic; si aquí diem «obrim-nos al món», anar-se'n a Madrid és fer volta.

J. T. Ara parles des d'un punt de vista intel·lectual; des d'un punt de vista polític no és exactament veritat, perquè a Madrid hi ha el poder real, i per això és necessari que hi hagi algú allà que negociï i pacti amb el poder real. El poder cultural ja és una altra història. ¿Per què no heu recollit aquestes coses que surten a la tele?, ¿que Madrid és tan important o més, des del punt de vista de l'art i les lletres, que Nova York o París? Home, és deliciós, és sensacional; d'aquí uns anys això seran perles històriques. Jo crec que aquí no hi ha sigut mai, aquest xovinisme.

J. V. ¿Què fas, normalment, en aquestes hores, Pep Termes?

J. T. N'hi ha d'explicables i de no explicables; darrerament són més explicables que no explicables: normalment llegeixo.

J. V. ¿I què llegeixes, bàsicament?

J. T. Llibres d'història, que em distreuen. Em distreu més un informe sobre la Conxinxina al segle XVIII que qualsevol novel·la; he arribat a extrems surrealistes que, vaja, un tractat de comerç em diverteix més que la novel·la més entretinguda del món. Són drames de la superprofessionalització. En canvi, de més jove llegia molt de tot: poesia, teatre, novel·la...

J. V. ¿Quin és el llibre més divertit d'aquests que has llegit?

J. T. Fullejo una mitjana de deu llibres al dia, cosa que vol dir que practico un sistema de lectura ràpida, cop d'ull ràpid, amb una paraula cada dues o tres frases, et vas fent una idea del que vas llegint; aleshores, a vegades em costa saber què he estat llegint les darreres hores. Una és *Amor a Catalunya*, *La maté porque era mía* (ho diu textualment), del 1942; un llibre sobre l'òpera a Barcelona durant el segle XIX, tot i que l'òpera no m'interessa gens ni mica, però ho faig per situar-ho al segle XIX; unes coses de l'almanac del *Diari de Barcelona* del 1920; coses variadíssimes...

R. B. ¿Has llegit el conte de *Los nacionalismos* del noi Colomer?

J. T. Sí, me'l vaig llegir, i ara no tinc ganes de parlar-ne, perquè és tard i seria un altre tema llarg: és un problema de dret polític i d'una esquerra que ha perdut una mica de vista algunes coses tradicionals i tal; però ja ho vam discutir algun dia en algun lloc i ara preferiria deixar-ho córrer, entre d'altres coses perquè, encara que no ho sembli, practico poc l'agressivitat personal i la disputa és més doctrinària que no sembla, i política, no personal; per tant, ja en vaig dir alguna cosa, i ara deixa-ho córrer, que no és història tampoc, ¿eh?

R. B. I *El País*, ¿que el llegeixes?

J. T. No, no llegeixo *El País*, no.

J. V. ¿T'hauria agradat ser a Barcelona al tombant de segle?

J. T. Sí, moltíssim. El final del XIX i començament del XX va ser extraordinari: tot allò del modernisme i de la bohèmia i tal; va ser un gran moment de Barcelona, sí, en arquitectura, pintura, política; i el naixement del catalanisme, i un anarquisme entre bombes i romàntic. M'hauria interessat molt, com qualsevol època, perquè una de les coses que costa més és reconstruir l'ambient del passat; tot historiador, si no té aquesta mena de nostàlgia, de dir «cony! no he viscut l'ambient de la revolució del seixanta-vuit a Barcelona, no he viscut la guerra del Francès», doncs malament rai.

J. V. ¿No ha de ser molt difícil, trobar-se, per exemple, a Ripoll al segle X? ¿Entendre-ho?

J. T. Les reconstruccions històriques novel·lesques dels historiadors de vegades són molt poc satisfactòries; recordo, per exemple, parlant d'allò de l'Umberto Eco i *El nom de la Rosa*, algun professor amic meu, especialista en història medieval i cultura aràbiga, dient penjaments del món de l'Umberto Eco, «pocavergonya! xoriço! però, ¿què ha escrit, aquí?».

J. V. Doncs ara està molt de moda, això de la novel·la històrica.

J. T. A mi em passa de vegades: llegeixo llibres novel·lats del segle XIX sobre la República i els trobo d'un cartó pedra tan espantós...

R. B. Stendhal, ¿l'has llegit?

J. T. Sí, però me'l vaig llegir de jovenet, quan estudiava la carrera, ja no me'n recordo, *La Cartoixa de Parma*, *El roig i el negre*, aquelles coses; no em va distreure gaire. Més aviat m'agradava la literatura dolenta, la que reflectia més l'ambient del carrer; m'ha agradat més un tipus de literatura amb menys qualitat literària i més realitats de carrer; per exemple, de jove he sigut un bon lector de Blasco Ibáñez i de Baroja; molt més això que els avantguardismes i la literatura més literària.

J. V. O sigui que aleshores et deu interessar la novel·la negra.

J. T. Sí, la novel·la negra m'ha interessat més, però no gaire tampoc. ¿Què vols dir, novel·la negra americana o la novel·la negra catalana que tenim? Perquè, a part del Jaume Fuster, ¿qui més hi ha, de novel·la negra catalana?

R. B. El Llorenç de Sant Marc.

J. T. És veritat. Encara no l'he llegit.

R. B. Aquest és el pare del Carandell.

J. V. Home, nen, i aquell de València...

R. B. El Ferran Torrent és bo.

J. T. ¿Que és el de...?

R. B. *No emprenyeu el comissari.*

J. T. Que ha publicat Tres i Quatre. No me'ls ha enviat; li vaig demanar que m'enviés allò de *La Corona Valenciana* però encara no m'ho ha enviat.

R. B. No hi perdis el temps, amb *La Corona Valenciana*.

J. T. No ataquem els amics.

R. B. Jo també sóc amic del Fuster, però...

J. T. ¿No t'ha interessat tant?

R. B. Segons diuen els valencians, *La Corona Valenciana* està escrita amb una guia turística a la mà.

J. T. Ho ha fet molta gent, tu; i han sortit bones.

R. B. Doncs aquesta no hi ha sortit. I, en canvi, el del Torrent està bé, es pot llegir. Deixa'm arriscar una opinió: ¿eh que et va agradar molt *Los misterios de Barcelona*?

J. T. Sí.

J. V. ¿Què és, això?

R. B. Si no m'equivoco, era del germà del gandul; eren dos germans, cèlebres a l'època, que l'un era molt gandul...

J. V. Ah! Aquell de la mandra... ¿Com es deia?

J. T. Altadill. Tot un novel·lot. En tinc una bona col·lecció a casa: *L'Orfeneta de Menàrguens*, la Catalunya agonitzant, tota una novel·la per entregues de mitjan segle XIX, molt interessant... En aquest cas, és més divertit *El caso Savolta*, del Mendoza, ¿eh?

J. V. ¿Està bé, des del punt de vista històric?

J. T. En tot cas no em va molestar, no estava malament, no; vaig trobar en algun moment que hi olorava el cartó-pedra, però en uns altres era prou viu, sí.

R. B. Sobre el baró de Koening no s'ha fet res.

J. T. Sí, un article del Jordi Ventura Subirats.

J. V. ¿Qui era, aquest manso?

J. T. Un espia alemany que era a Barcelona i que, quan se li va acabar això de l'espionatge a la Primera Guerra Mundial, es va llançar a fer acció terrorista contra la CNT; va dirigir els Sindicats Lliures, era sobretot terrorisme d'acció directa contra la CNT. Fins que el van liquidar.

R. B. És un personatge que se n'ha fet molt poc cas i aquest sí, que mereix tres-centes pàgines, ¿eh?

J. V. És novel·lesc, aquest noi, ¿eh?

J. T. Sí, molt novel·lesc, sí.

J. V. Ara, pregunta concreta: segons el Pep Termes, ¿quin és el personatge més fascinant de la Catalunya d'aquesta època del tombant de segle?

J. T. Molts, molts: des del Rusiñol fins als anarquistes tipògrafs, els Llunes i Pujals, el Gaudí; n'hi ha molts. Realment era una època molt florida (exagero una mica), que semblava que tot era possible; et podies muntar el que haguessis volgut: intel·lectual, artista, polític... Era una època oberta; això l'hi vaig sentir a dir al president Pujol un dia en una reunió a *Serra d'Or*, l'any de la picor, a l'època que era moda parlar bé del noucentisme i malament del modernisme, va dir «Oh, és que això del modernisme va tenir un gran impuls vital»; i és veritat.

J. V. ¿Saps quin és, exactament, l'any de la picor?

J. T. No ho sé; a més, no sé d'on ve, això.

J. V. Això ho explica l'Amades al *Costumari*. Abans, al camp, els anys no es deien per números, sinó que un any era «l'any de la guerra del Francès», l'altre era «l'any de la secada», l'altre era... I diu que l'«any de la picor» hi va haver una plaga estranya...

J. T. Les coses es perden. La dona, que fa classes de batxillerat, m'explica que els nanos, a base d'aquesta educació científica que els donen, un dia els va dir alguna cosa com la torre de Babel o així, i no sabien què era. És perillós, això, ¿eh?

R. B. És la descristianització, home.

J. T. Això és la pèrdua de cultura. I, a partir d'aquí, totes les que vulguis; no els sonava res, res. Per mi és bastant fort, sí.

R. B. La universitat, res, ¿oi?

J. T. Poca cosa. ¿Es tracta de dir les veritats oficials o les realitats?

R. B. Les realitats.

J. T. Poca cosa: massificada, en crisi, descoordinada de la societat real...

R. B. Digue-me'n alguna cosa bona, si no et fa res.

J. T. Sí: que és plena d'alumnes i de professors, no dic tots, de bona fe, que van fent.

R. B. Deixa-m'ho dir amb una expressió que és molt pedant però que m'agrada molt de dir-la: és una illa de llibertat.

J. T. Bastant, també, sí. Realment, a vegades penso que, com que és improductiu, hi pots dir el que et passi pels nassos.

R. B. Exacte. Hi ha llibertat perquè tant els fum, els és ben bé igual; llavors diuen «feu el que vulgueu».

J. T. Comença a agafar uns tons poètics, en el sentit que cert món menestral... Tu, aquí, dius, critiques, parles, opines, queda tot en el buit, i, per tant, no molesta. Jo he parlat tota l'estona molt lluny del micro, per cansament. A més, amb les ulleres una mica a la boca, que deu tenir un toc de dentadura postissa...

J. V. Sona molt bé. És que, el Pep Termes, heu de saber que porta, a la moda, unes ulleres penjades d'una cadeneta al coll, i mentre parla, amb el..., ¿com es diu, això?, amb el pal...

R. B. La patilla.

J. V. La patilla de les ulleres posada entre les dents.

J. T. Perquè no em puc fotre el paquet i mig de Winston que em fumava fins fa poc.

J. V. ¿No fumes?

J. T. No em deixen. Vaig haver de deixar-ho, i, per tant, ves, alguna cosa has de fer...

R. B. ¿A quin barri vius, ara?

J. T. Exactament a vint metres d'allà on vaig néixer, que és al Camp del Grassot, Nàpols cantonada Rosselló.

J. V. ¿Fas vida de família?

J. T. Molta, moltíssima. A més, m'encanta, està molt bé, és molt sana.

R. B. ¿Quants fills tens?

J. T. Dos, només: la gran té quatre anys i el petit ara en farà dos; i donen molta feina.

J. V. ¿De vídeo, en tens?

J. T. Sí. Sóc partidari dels invents de la ciència i de la tècnica. Però en aquest país no es pot programar mai res, perquè programes per l'hora i et surt abans la Conchita Velasco dient que a continuació el rei farà un discurs... No es pot programar mai; només a TV3 quan comencen els dibuixos animats, és l'únic que es pot programar tranquil·lament, perquè comença a les dinou quaranta-set en punt.

J. V. La ràdio, ¿t'agrada escoltar-la, a casa?

J. T. M'agrada escoltar la ràdio, veure la tele i llegir el diari.

J. V. ¿Et compraràs un ordinador personal?

J. T. Sí, ho vam dir, per als nens.

J. V. ¿I el teu arxiu, què?

J. T. El meu arxiu és el meu cap. Tota la vida fent memòria, necessitaria massa hores per posar l'arxiu en funcionament.

J. V. O sigui, que comprareu un ordinador personal pels nens.

J. T. Sí, ara per Reis. La història té una part memorística i una part poètica. I potser sí, que l'ordinador..., però, de moment, continuarà actuant amb la memòria.

J. V. És curiós, ¿no?, un home que viu al segle XIX, diguem-ne...

J. T. Fem allò dels bars; vejam qui sap més bars d'ambient antics de Barcelona, no d'ara, no.

J. V. Va, sí, sí.

R. B. Fet! Un de bo, ¿eh? però bo; això sí, ens hem de reconèixer l'un a l'altre els mèrits.

J. T. D'acord.

R. B. Comencem. Stork Club.

J. T. Però això és a Tuset. Jo deia de més antics... El Bataclan.

R. B. El Bataclan no res.

J. T. ...

R. B. Fora, res. Això són lectures dels anys vint, home, era trampa, lectura dels anys vint, que és la gran època.

J. V. El London.

J. T. Aquest no el recordo. M'ho explicaven els obrers del barri, de quan anaven a les *taxi-girls* i aquelles coses.

J. V. *¿Taxi-girls?*

J. T. Jo hi havia anat a ballar, amb les *taxi-girls*. Els anys cinquanta encara en vaig enganxar alguna.

R. B. Sí, home: hi entraves i pagaves i et donaven uns tiquets, que amb cada tiquet treies a ballar una noia, per aprendre a ballar.

J. T. Es deia *ball-taxi*.

R. B. I elles les *taxi-girls*. I un d'aquells balls, si no m'equivoco, era Les Canyes.

J. T. Però aquest era de minyones, cap allà a Sants i tal; en aquest també hi havia anat, jo, home, a Les Canyes; no sé si és el primer lloc que vaig ballar; li vaig clavar una trepitjada a una paia que em va pegar una mirada... Va dir «oye, pero eso...», dic «perdoni, ¿eh?» i em vaig retirar a mig ball. Però el que dèiem, després de la primera guerra mundial, el divuit, dinou, vint, és el gran moment dels...; era terrible, Barcelona, era una cosa de bars estripats... Hi havia un ambient de punyalada terrible; després es va refinar i va ser una altra cosa. Aquí, a Les Canyes, hi havíem anat nosaltres, home.

R. B. Doncs parlem d'aquells que no tancaven mai les portes, vint-i-quatre hores tota la vida; per exemple, hi havia un bar...

J. T. Que no tancava ni de dia ni de nit.

J. V. El London n'era un.

R. B. Més, més; n'hi havia més.

J. T. Sí, potser era el Canaletes o algun d'aquests que no tancaven mai, vint-i-quatre hores seguides de feina...

J. V. És allò que explica Pla, per exemple.

J. T. Era extraordinari. Jo crec que és el moment del canvi a Barcelona: d'una ciutat una mica amb classe, amb gràcia i tal, però una mica provinciana, a una ciutat europea, amb barris baixos, a partir de la guerra europea, i punyalades i atemptats socials i molt ambient, sí.

R. B. De quan anaven pel Paral·lel demanant un centimet per dinamita.

J. T. Sí, senyor.

R. B. La frase era aquesta, ¿no?: «Un centimet per dinamita.»

J. T. Sí. No veus que no hi havia policia; al tombant de segle pràcticament no hi havia policia.

J. V. Doncs devia ser el paradís, Barcelona.

J. T. Home, sí. El que passa és que alguns s'hi quedaven, ¿eh? Les trompades, les garrotades i els trets...

R. B. Continuant amb la meva dèria d'aconseguir que escriviu llibres, sisplau, perquè així jo els podré llegir, un altre que m'heu d'escriure, sisplau, és el de la família Rull.

J. V. ¿Qui és la família Rull?

J. T. Treu un tema perquè sap que així em farà parlar a mi. Era una família d'anarquistes. Agafen un anarquista i, a la presó, es fa confident de la policia, i aleshores viu de controlar els anarquistes (això era l'any cinc, sis, set...), per vigilar el terrorisme. Aleshores, l'home descobreix el sistema: sa mare, son pare, el germà i algun amic que té són els que posen les bombes; llavors, el governador civil i el capità general li van pagant cada bomba i aleshores no esclaten bombes; que li paguen poc, doncs tornen a esclatar bombes, ¿no? I així va funcionant, fins que l'Osorio Gallardo, que arriba a governador civil de Barcelona i és una persona més seriosa, maurista, diguem-ne més honorable, diu «aquest paio que no el paguin més»; i aleshores el Rull s'emprenya i hi ha més bombes, fins que l'enxampen, l'agafen, hi ha un procés, el condemnen a mort i l'excuten. És el famós cas Rull, que el va defensar el Gabriel Alomar, que va guardar (i d'això hi ha algun llibre que se'n fot una mica)... Quan va morir, el Rull va regalar a l'Alomar el barret que portava, i l'Alomar se'l va guardar.

R. B. La història m'interessa pel papa, la mama i els nois Rull.

J. T. Jo ho explicat algun dia a classe. Anava la mare, tota velleta, vestida de negre, amb un cistell d'anar a la plaça; sortia, anava a la plaça i dintre el cistell hi portava dues bombes; quan tothom vigilava, ella passava tranquil·lament a la Boqueria o a la Rambla o als urinaris de la plaça Catalunya, deixava la bomba allà i se n'anava. Van ser casos divertits d'aquesta història social catalana.

R. B. Són aquests llibres que ens heu d'escriure, sisplau.

J. T. Però no hi ha informació per fer-ho. Com que això no és França ni Anglaterra, on els arxius s'han conservat, ni Itàlia, no hi ha manera, amb això com amb milions d'altres coses, de treure'n res més que aquesta primera aproximació; no hi ha arxius ni de la policia ni de l'exèrcit.

J. V. ¿Per què ho cremen tot?

J. T. Si vosaltres no guardeu res, ¿per què ho han de fer els altres?

J. V. Però això és la ràdio...

J. T. Doncs passava igual, home: detenien algú i a dormir.

R. B. Això ens ha passat ara fa poc a uns quants que hem fet una coseta sobre el Puig Antich: vam anar al Govern General a Catalunya, a cal virrei, que se suposa que ja són democràtics, i que realment alguns del servei de premsa ho són, perquè són companys meus i els conec, per demanar informació policíaca sobre el cas Puig Antich; bé, llavors sabíem que ens dirien que no hi havia res, però és que un d'ells em va dir: «Escolta, de debò, Ramon, de debò, no és que no t'ho vulguin donar, és que no hi ha res, no hi és.» Una cosa de fa deu anys.

J. V. Però de papers en van escriure, ¿oi?

R. B. Els diaris.

J. V. No, no, els policies.

J. T. Però no en queda res; es crema, es llença...; n'ha sortit a carretades, de material. Jo he comprat papers d'empreses, material d'empreses...

J. V. ¿Als Encants?

J. T. Als Encants, als llibreters de vell, drapaires...; i material del Govern Civil.

J. V. ¿Ah, sí?

J. T. És clar, home!

J. V. És molt fort, això, ¿no?

J. T. Gens fort. No els hi cap, i arriba un dia que un diu «Peláez, llévate esto!», i ho fot en un carro i ho ven al drapaire. Això ho fan la fàbrica, la policia i tothom; sí, home.

J. V. Em deixes molt parat, ara.

J. T. Sempre hi ha algú que tria. Passen els anys i (posem-ne aquest exemple com un altre) un empresari amb els papers del 1940 no fa comandes avui, i un policia amb els papers del Puig Antich no serveix per actuar a la Rambla de Barcelona.

J. V. És clar, perquè ja és mort.

J. T. I arriba un moment que això és vell, desapareix, «archívese», i es perd tot. Home, per això, aquí, la història contemporània no serà mai tan bona com a Itàlia, a França, a la Gran Bretanya, on els arxius, per damunt de totes les circumstàncies, s'han conservat bastant intensament; home, el cas extrem és el dels alemanys nazis, que ho guardaven tot fitxat i filmat; és clar, això per a la història va molt bé. En canvi, aquí entre l'analfabetisme i les poques ganes de treballar s'ha perdut el noranta-vuit per cent del material històric. Per tant, el Rull estarà així d'aquí vint anys.

R. B. Sí que em sap greu, això.

J. T. Sí, a mi també, perquè és un cas entretingut.

R. B. Home, i tant! A mi m'agrada aquesta història: la família, el papa, la mama...

J. T. Tot un col·lectiu, tots junts fent el terrorista.

R. B. I tal com ho has explicat tu, que has matisat molt més el que jo en sabia... Però això de la mentalitat del paio, que l'agafen...

J. T. A viure de l'assumpte i avall, ¿no? De tota manera (explicant anècdotes), el món és molt complicat. Jo vaig conèixer, durant la postguerra, un vell obrer del barri que des de molt petit tothom em deia «vés amb compte amb aquest, que és un confident de la policia»; parlo de l'any cinquanta; aquell senyor era confident de la policia, però s'havia passat una vida tan tronada..., i havia acabat sent confident perquè havia rebut pallisses i vivia malament, i, al capdavall, d'això, cobrava quatre duros; era alhora confident de la policia, fanàtic anarquista i fanàtic estalinista (i ho puc dir, jo, perquè en privat no tenia per què enganyar-me), i tres dies després el veies amb el comissari de no sé què i, ves, feia el que podia, es defensava. És a dir, aquell senyor era alhora, funcionalment, un confessor, perquè en part vivia d'això, però era íntimament un anarquista de cor i un pro-Stalin marcadíssim: encara el cinquanta-sis li deia «però això d'envair Hongria els russos ha sigut un desastre», i deia «no, la contrarevolució...» i tal. I a mi, en privat —jo era un xaval de divuit o dinou anys— m'explicava tot això apassionadament; i aquell home era, pràcticament segur, bé, també vivia de fer quatre misèries de drapaire, però anava tirant de confident de la comissaria del barri, seguríssim (a més, tothom m'ho va dir sempre), i en el fons no passava res. Per tant, si això és així, tants Rulls com vulguis, el món n'és ben ple.

R. B. Sí, però això s'hauria d'escriure. Per exemple, sembla mentida que no hi hagi res fet sobre els carlins.

J. T. Molt poc, molt poc.

R. B. És impressionant! Amb els personatges que hi havia!

J. V. I aquell del teu país, el Cabrera.

J. T. Aquest és més bo, aquest acaba sent un protestant anglès liberal, que pren el te. L'any trenta-nou afusellant presoners i l'any setanta prenent el te a Anglaterra, casat amb una viuda aristocràtica protestant. És deliciós.

J. V. La història del Cabrera és sensacional.

J. T. Home, el país ha sigut entretingut.

R. B. És que em sembla que els que sou professors d'història no els ensenyeu a escriure, i els que els ensenyem a escriure no els ensenyem història, és clar.

J. T. I tampoc no ho expliquem a classe.

J. V. ¿Ah, no?

J. T. Home, alguna sí; però has d'anar fent el teu ordre i explicar cronologia i fer etapes.

J. V. ¿Però no seria molt més divertit explicar aquestes coses?

J. T. Jo crec que sí, i de vegades en deixo anar alguna i, en general, penso que l'estudiant ho rep bé, tampoc no n'estàs segur del tot, però em sembla que sí. Però tampoc t'has d'estar tot el curs fent anècdotes, tu; això ja ho fan els cronistes. Ara, això, ho intenta fer el Carandell, i hi ha una bona bibliografia per parlar-ne: «Com deia Cánovas del Castillo», «com li va passar a sa senyoria el dia que va demanar tal»... ja n'hi ha llibres, i documentació. Però tot l'any fent això no es pot aguantar.

R. B. És que tampoc no dóna, per això; però en qualsevol cas, per exemple, per a tesis doctorals o tesines em sembla que ho hauríem d'aprofitar més.

J. T. Jo diria que trobo que convé ensenyar una història més real, més viva, menys fòssil. La història massa vegades es presenta encotillada per unes metodologies o altres, i la història ha de ser l'explicació de la societat, i la societat és molt dinàmica, variada i matisada.

J. V. En fi, Pep Termes, moltes gràcies per ser amb nosaltres i aguantar fins aquesta hora, perquè ja sé que per a tu ha set una estona difícil.

J. T. I tot això amb aigua mineral, sense ni un cafè.

J. V. Ni un cigarro, no.

J. T. De cafè, m'en podríeu haver ofert.

J. V. Oh, n'hi ha, aquí. Només ho havies d'haver dit. Haurem de presentar una carta als convidats, quan arribin.

Manuel Ibàñez Escofet

J. V. Avui tenim fent tecrica amb la Mercantil Radiofònica un senyor que es diu Manuel Ibàñez Escofet i que m'agradaria que es definís ell mateix. ¿Quin és el seu ofici?

M. I. No sóc sinó un modest treballador d'arts gràfiques.

R. B. Manel, ¿com pots dir que tu ets un modest treballador d'arts gràfiques?

M. I. I que em demostrin que no dic la veritat.

R. B. És fàcil. És el que fa *La Vanguardia*, el diari més important d'Europa. ¿I tu ets un modest treballador d'arts gràfiques? Tu ens has enganyat sempre, Manel.

M. I. Jo no he enganyat mai. He estat un home que he dit tot el que creia que s'havia de dir (no sempre ho he pogut dir). I al final de la meva vida he descobert una cosa: els descarats no sou pas els joves, sinó els vells; perquè els joves encara heu de vigilar les coses que puguin passar.

R. B. Manel Ibàñez, subdirector i matèria grisa de *La Vanguardia*.

M. I. Director adjunt.

R. B. Em pensava que només eres un modest treballador d'arts gràfiques.

M. I. És que es pot ser modest treballador d'arts gràfiques i director adjunt.

R. B. I amo de *La Vanguardia*.

J. V. L'amo no, que deu ser el comte.

R. B. Aquest és el que cobra, però l'amo és el Manel. Ell diu:

això va aquí i això, allà. Per exemple, el Flick. Manel, parla'ns de l'afer Flick. El teu diari va ser el primer de parlar-ne.

M. I. El senyor Valentín Popescu no és casat i no se li coneixen embolics. És un senyor molt seriós, molt tranquil, que deu passar la tarda del diumenge o fent solitaris o llegint els diaris endarrerits de la setmana. En un d'aquests diaris alemanys que no té una gran tirada hi havia les declaracions del senyor Struck, li va semblar que a Espanya tenien un cert interès i en va fer una crònica. I aquí tenim la història de l'afer Flick.

R. B. Si sense voler ja feu això, imagina't el dia que us ho proposeu.

M. I. No, perquè nosaltres no som dels que diuen que aquest govern l'hem fet i el desfarem quan convingui.

R. B. Queda salvada, doncs, l'honestedat de la primera aparició a la premsa de l'afer Flick. Però a partir d'aquí la cosa es va embolicar. A tu, modest treballador d'arts gràfiques, ¿què t'ha passat, a conseqüència de tot això?

M. I. Doncs també m'ha afectat. Sóc conegut per les meves simpaties i antipaties. Aleshores, aquestes situacions s'aprofiten per demanar el meu cap (el meu cap sembla el del general Moragues; sempre està penjant i sempre hi ha algú que el demana, i algú se l'emportarà algun dia).

J. V. ¿Això, a un modest treballador d'arts gràfiques?

M. I. Sí, perquè la gent no té idea de les magnituds. És molt fumut però passa així. Si ells pensessin que només sóc un modest treballador d'arts gràfiques, que és el que sóc realment, ni tindria el cap penjant ni el demanaria ningú.

J. V. Així, al final resultarà que això del periodisme és una mena de vocació mística...

M. I. Sí, home, i tant! Si els que ens senten sabien quant cobrem, dirien: «¿Aquests bojos fan tot això i arrisquen el cap i es comparen amb el general Moragues per aquest estipendi?» És que hi ha molta mística, aquí.

R. B. No facis el murri i continuem on érem. Publiques l'afer Flick i comença el sarau. Explica, com a periodista, com t'ho has fet: després d'haver actuat com a simple periodista comencen a venir les tempestes polítiques...

M. I. En aquest moment el responsable no era jo. Hi ha un director, un editor, un consell d'administració, i aquests suposo que estaven més preocupats que jo. A més, convé que digui que no sóc un xitxarel·lo que es vol obrir camí en aquest món agressiu i de cops de colze que és la premsa; sinó que he demanat ja solemnement i oficialment la jubilació. Jo pensava que per malament que anés la cosa, el màxim que farien seria deixar-me a casa, i un no desitja sinó quedar-se a casa; per tant, de patir no vaig patir gens. Però sí que em va fer una certa pena la politització excessiva d'aquest país. Tinc por que en un futur immediat, de la mateixa manera que hi ha una deformació de quaranta anys de Franco, que ens van portar a no pensar, la política ens porti a una activitat cerebral tan quimèrica que també acabem sense saber on és la veritat i sense saber pensar què és el bo, saludable i reflexiu. Per tant, a mi no m'havia de passar res, i estava molt tranquil perquè la Seguretat Social encara funciona i espero que em voldran pagar la pensió. Aleshores hauria pogut passar de la categoria de modest treballador d'arts gràfiques a la de modest pensionista de la Seguretat Social, cosa que tothom aspira a arribar-hi perquè vol dir que ha viscut molts anys. No hi ha ningú que no vulgui ser pensionista.

R. B. Quan d'un fet purament periodístic en ve un debat al Congrés, amb una comissió parlamentària, que obliga a mentir el «presidente de la nación», que diu: «Jo no sóc un bergant.» Com el Nixon, que va dir això i va haver de dimitir. Tots sabem que el Felipe González fa trampa; el que no volem és que ho negui. Gràcies a aquesta informació el president del govern s'ha posat en evidència, quan tots els partits cobren de l'estranger, com és lògic. Tot això s'origina amb una informació donada per tu, a part de la qüestió política, com a acció purament professional. ¿No n'estàs orgullós?

M. I. Sí, sí, i et diré més: malgrat tot això que he dit ara, que la política ens pot portar a no pensar, de la mateixa manera que la no política ens va portar a no pensar, també m'hauria dolgut que no hi hagués hagut tot el mullader que hi va haver al darrere. Un pensa que, quan té una notícia realment bona i hi ha reacció, t'adones que ets més important. Aleshores sembla que ressusciti allò famós que en deien «el quart poder», sembla que tornem a ser alguna cosa, quan només son modestos treballadors d'arts gràfiques.

R. B. El Manel Ibàñez és el llegendari director del llegendari *Tele-Exprés*. Llavors vas començar a fabricar fills: en Sòria, en Costa, l'Eugenio Trías, en Sagarra; jo també, però ho nego.

M. I. Tu ets un fill...

R. B. Sóc un fill de puta, digue-ho.

M. I. Ets un fill que no vas seguir els camins que porten a la perfecció.

J. V. ¿I per què?

M. I. Perquè el vaig tenir tot un curs i el vaig veure sempre als passadissos. Ens vam fer amics als passadissos, però no va entrar mai a classe, i el vaig admirar i vaig dir: aquest noi té futur. Perquè sabia fer els passadissos amb molta gràcia.

J. V. I ara, el Ramon Barnils professor a l'Autònoma, ¿se'n troben, d'alumnes així?

R. B. No, jo no. He dit que el millor director que he tingut és el Manel Ibàñez. Ets cridaner, emprenyador, tocacampanes, murri, porc; tens totes les virtuts i tots els defectes que ha de tenir un director. Totes les reines (en Costa, en Sagarreta, en Manuel Campo, en Sòria) som filles de la Manela. Hi havia baralles, insults, ens dèiem tots els noms del porc; després el Manel, que anava amb uns pantalons de franel·la (és un renegat i un malparlat, però va vestit de nen de casa bona amb pantalons de franel·la i americanes blau marí de capità de iot), baixava a la font del carrer i ens omplia el càntir per a la redacció. I tots bevíem whisky, però ell ens portava el càntir.

»Al *Tele-Exprés*, com que eren els anys setanta, tothom presumia de fer el salt i d'anar amb moltes dones, i tu presumies del contrari; deies: «"Perquè jo no he enganyat mai la meva dona!" I tots aquells de la *gauche divine* en quedaven absolutament admirats.»

M. I. Sóc fill d'una època. A mi em va passar que a l'època que potser hauria pogut fer-li el salt a la meva dona jo era molt catòlic i no ho feia, i a l'època que vaig deixar de ser tan catòlic ja no ho podia fer. Hi juguen una colla de factors materialistes, deterministes, esotèrics i de pressió sanguínia, i la veritat és que arribaré al final de la meva vida dient que no he fet mai el salt a la meva dona.

R. B. El que era maco, i per això ets el millor director que he tingut, és que alhora eres el director del *Tele-Exprés*.

J. V. Però aquella colla de galifardeus que manaven, ¿no et van dur molts problemes?

M. I. Sí, això sí. He patit molt. Continuant amb el que deia en Ramon Barnils, jo no li he fet mai el salt a la meva dona i dirigia un diari progressista que defensava tots els extremismes. Potser gràcies a això, perquè jo no he estat un home estret sinó tot el contrari, sóc un personatge de Boccaccio, un home del *Decameró*. Jo mantenia el cap fred mentre ells eren unes altres coses, que no mantenien fredes.

R. B. ¿Ets monàrquic?

M. I. No. A mi em va agafar la proclamació de la República a catorze anys, i jo veia que passaven coses. He vist tota la decadència de la monarquia, i també vaig arribar a la conclusió que, per anar endavant, el país no tenia cap altra sortida que la República. Però després tot va ser tan olla, que al final tots som el que som, sense saber què som i per què, però ho som.

R. B. Això vol dir que ets monàrquic.

M. I. Digue-ho; jo no t'ho he dit.

R. B. Com ets! Mira, si et poses així, tu marques les regles del joc. Molt bé, fes el favor de parlar-me del diari *El País*.

M. I. És un diari ben fet, que ha omplert un buit en aquest país.

J. V. ¿Quin país?

R. B. ¿«El nuestro»?

J. V. «El suyo», vols dir.

M. I. Sí, «el suyo». És un diari seriós, ben construït, ben edificat, ben pensat, que sap on va i que compleix una missió, no diré que històrica, però compleix una missió. Jo no acostumo a parlar malament, sóc una persona molt educada i respectuosa amb la llibertat dels altres. Hi ha llibertats que no m'agraden, però les he d'acceptar si vull que m'acceptin la meva; per tant, no hi tinc res a dir.

J. V. El periodista, ¿és un escriptor de segon ordre?

M. I. No ho he cregut mai. Crec que el periodisme és un gènere literari com qualsevol altre. Hi poden haver coses d'una categoria excelsa i coses molt mal escrites sense deixar de ser un gènere literari.

R. B. Escolta, Manel, aquesta informació d'ahir a la nit: *El País* baixa de vendes a Madrid i puja a Barcelona. ¿Que t'ho creus, això?

M. I. Podria ser. És el primer intent que sembla reeixit d'un diari de Madrid situat entre nosaltres. Abans de la guerra van venir *El Liberal*, *El Imparcial*, i no hi van reeixir. Vol dir que ni nosaltres som tant com ens creiem ni ells tan poc com es pensa.

R. B. Amb la Brunete al darrere, qualsevol cosa. Si nosaltres tinguéssim la Brunete, l'*Avui* es vendria a Guadalajara.

M. I. Potser l'*Avui*, no.

J. V. ¿Per què no hi ha més diaris en català?

M. I. Abans fer un diari no era tan car com ara. Els feien generalment els partits polítics, que destinaven al diari una part dels seus ingressos. La gent que hi treballava ho feia més per vocació política que no pas periodística. Els diaris comercials eren molt pocs. El cas de l'*Avui* és que ha d'acontentar tothom i no acontenta ningú, perquè ningú no sent que aquell sigui el seu diari; però si hi hagués tres diaris, cadascú podria escollir el seu i la venda de diaris en català es multiplicaria per quatre o per cinc.

J. V. Ara, un senyor que vol muntar un diari, ¿quant necessita per a tecnologia moderna?

M. I. De mil cinc-cents a tres mil milions, segons l'envergadura del diari.

R. B. Tu que ets tan amic del Pujol, ¿per què no li dius que faci un altre diari en català?

M. I. No crec que en Pujol tingui diners per muntar un altre diari. Sóc molt amic d'en Pujol, però si en Pujol es gastés els diners del comú per fer un diari de partit, el primer que protestaria seria jo.

R. B. No he dit «de partit».

M. I. És que jo demano diaris de partit, és a dir, diaris definits. Ja en tinc prou amb l'experiència *Avui*. No m'agrada; jo necessito tres diaris. De la mateixa manera que els pobles només viuen bé quan tenen el casino de dalt, el de baix i el del mig, amb els diaris ha de ser igual.

R. B. Llavors, aquí hi fa falta un diari d'esquerres.

M. I. És que tornarem als conceptes tradicionals de la dreta i l'esquerra. Jo diria que l'*Avui* no és un diari de dretes ni d'esquerres, i no en culpo ningú. El dramàtic és que l'*Avui* porta una contradicció interna: hi ha un article d'un socialista que diu A, un de Convergència que diu B, al costat n'hi ha un de l'Esquerra que diu que ni A ni B, sinó C; i així van fent i això acaba confonent el lector, perquè si hi ha un cosa que el lector busca al diari és reflexió i sentir-s'hi interpretat. Si no s'hi sent interpretat a base de tantes versions, el diari no fa ni falta ni feina, i això és dolent. Jo dic que amb la televisió es poden guanyar unes eleccions, es poden fer pistolers, però que, de ciutadans, només en farem llegint diaris, llegint revistes, llegint llibres.

R. B. Parlem de dones. Teníem una redacció feta a l'antiga, taula única i safareig a dojo. Un bon dia s'obre la porta i entra una senyoreta, va cap al despatx del director; una tal Anna Balletbò apareix davant del Manel Ibàñez i es desenvolupa l'escena i el diàleg següents: ...Manel, ¿què va passar?

M. I. Això forma part de la mitologia. No és cap novetat que a mi no m'agradaven les noies a la redacció.

J. V. ¿Per què?

M. I. No pas perquè sigui masclista ni res, sinó perquè les dones sempre hi ha un moment que quan crides es defensen plorant, i a mi una dona que plora ja m'ha fotut. Llavors, les tractes tan bé que no donen resultat, i si no les tractes bé ploren. De manera que jo els deia de tot perquè no entressin a fer de periodistes, i li vaig dir: «Vostè, senyoreta, si es vol dedicar al periodisme, entra en una redacció i té dues sortides: troba xicot i es casa i és una bona mare de família, que és al que totes les senyoretes aspiren, o, si no, pot acabar d'amant del seu director.» I em penso que em va dir «estàs boig, estàs boig», i aquí es va acabar la història. De procacitats en deia moltes; no a aquesta sola, a tota noia que aspirava a ser periodista: «A mi em demostraràs que ets periodista el dia que facis una informació sobre un crim crapulós al barri xinès a les cinc de la matinada. Aleshores, si no plores, si no et tremolen les cames, si mantens prou ànim per escriure, seràs periodista.»

J. V. ¿I, aquesta prova, l'han passada gaires?

M. I. No, mai. Diré una cosa a favor de l'Anna Balletbò: la seva vocació era autèntica i va fer autèntics esforços per ser una periodista *au dessus de la mêlée*, i va fer coses d'un autèntic interès. Després la va cridar la política.

J. V. ¿Què n'opines, de la compra del *Diari de Barcelona* per l'Ajuntament?

M. I. Encara no n'opino. Els treballadors d'arts gràfiques només podem opinar quan es firma el conveni.

R. B. ¿Com creus que s'acabarà?

M. I. Imagino que s'acabarà amb cooperativa laboral i, amb anuncis de l'Ajuntament, de la Diputació i de les caixes d'estalvis; tiraran endavant.

R. B. ¿Quant de temps?

M. I. Això ja... En Pla deia: «¿Que també sou profeta, vós?»

R. B. Explica el 23-F a la Generalitat.

M. I. La nit del 23-F el comte i la comtessa de Godó la van passar al despatx del comte. Amb la Generalitat, el contacte era constant; vaig parlar amb el president les vegades que calia, vam saber de seguida allò del rei, vaig poder dir-li al comte: «Miri, el rei acaba de trucar a en Pujol i li ha dit que no es preocupi, exactament: "Tranquilo, Jordi, tranquilo"»; i allò va calmar la situació. En aquell moment encara era assessor, fins que a en Martín Villa li va semblar que no n'havia de ser.

J. V. ¿I què hi pintava, en Martín Villa, en tot això?

M. I. Va arribar un moment que en Martín Villa va dir que jo no podia ser subdirector de *La Vanguardia* i assessor d'un president de partit i d'un president de la Generalitat. Fins al Tarradellas ho acceptaven perquè amb en Tarradellas tots eren al govern; després ja no.

J. V. ¿En què consistia la feina d'assessor?

M. I. Amb en Tarradellas va ser una cosa molt amable. Encara ara hi ha una amistat molt fonda; la meva dona i jo som com uns fills per a ell. Ara, ens en volem anar a Galícia tots quatre.

R. B. Que bonic! Apa, paio!

M. I. L'any passat vàrem anar a Salamanca. Sí, sí, com uns pares i uns fills.

R. B. No ho hauria dit mai. Manel, ara parla bé de mi. Fes el favor de parlar bé de mi.

M. I. Tu ets un home que vas demostrar una gran, una enorme intel·ligència no assistint a cap classe meva i passejant-te pels passadissos. Això sol ja ho diu tot, perquè a les escoles i universitats no s'hi aprèn res; tot s'aprèn fora. Has estat sempre un home independent; has tingut defectes, ¿qui no en té?

R. B. ¿Vols que te'n digui una que em vas dir un dia? Jo vaig entrar al *Tele-Exprés*, no se sap gaire per què, i em vas dir: «Tu, mira, noi, has de substituir en Sagarra; no te'n sortiràs però endavant, tu vés fent i jo et diré alguna cosa o altra.» I com que jo sóc de poble i passava el temps i tu no em deies res, volia saber si l'amo estava content amb mi o no (jo era molt realista); «si n'està content ja l'ha fotuda, perquè llavors m'ho crec i és un desastre, i si està enfadat plego». Al cap de dos mesos me'n vaig atipar, vaig dir que no podia ser i et vaig forçar que em diguessis què et semblaven els meus articles; llavors em vas citar a l'Ideal, la cocteleria. M'hi presento i trobo en Manel parlant amb tothom com si fos l'amo; ens posem en un racó sota un gravat anglès i el paio em comença a explicar sopars d'aquests que explica sempre, i jo anar patint sense saber si servia o no servia, perquè no m'agrada fer nosa. Finalment m'hi encaro, ¿i saps què em va dir? Doncs que «a la meva dona li va agradar molt el teu segon article, i aquell dia vaig dir que ja anava bé. Ara, jo penso, Ramon, que t'has de deixar dur pel lirisme». I em vaig quedar totalment descol·locat. I no en vaig fer cas. Ell volia que fes com ell. No em va dir mai més res, cosa que diu molt a favor seu. Tu ets un romàntic autèntic, un visceral. Has fet l'únic diari seriós que hi ha hagut en aquest país, que és el *Tele-Exprés*. Tu t'has inventat els millors periodistes del país i tot ho has fet des d'aquest punt de vista romàntic, cosa absolutament antimoderna, perquè ara els periodistes es fan a màquina. ¿Ens vols parlar, del teu romanticisme?

M. I. Sóc un home enamorat de la bellesa. Sé que la bellesa no és una cosa concreta, sinó més que res l'estat de l'esperit; la bellesa es troba a la posta de sol, a la senyoreta que pots mirar als ulls. Crec que el lirisme és necessari a la vida de l'home, i et diré més: tu ets un líric, i per això t'ho vaig dir. Si haguessis fet lírica, podries haver estat un tipus tan important com ho ets ara. No vulguis forçar la natura, no renunciïs a tot allò que et surt de dins. ¿Puc dir una procacitat? Has dit que el romanticisme ja no es portava, que no era modern, però tot es torna a portar, tot es repeteix. Es conta d'en Rusiñol que, quan va tornar de París la primera vegada, els pecadors del país es pensaven que París era «prostituta apocalíptica, en el vino de cuya fornicación han bebido seis generaciones de pecadores», que era el Pecat; en Santiago Rusiñol se'ls va mirar tristament i els va dir: «Desgraciats! A París ja tornen a cardar.» Quan afirmis que una cosa és passada, jo sempre et diré: «Tot passat és un futur potencial, perquè l'home es repeteix constantment.»

J. V. *La Vanguardia*, ¿tornarà a ser espanyola?

M. I. No crec que hagi deixat de ser-ho.

Q. M. Quins embolics vau tenir, quan vau treure allò d'*española*.

M. I. Cap. A la guerra, *La Vanguardia* va ser l'òrgan oficial del govern de la República, i això va motivar una de les èpoques més importants, intel·lectualment, del diari; hi escrivien totes les grans figures que es van quedar aquí. Quan la va recuperar el senyor Galinsoga, hi va afegir *española*, per distingir-la de la d'abans.

R. B. Com que abans has parlat bé d'*El País*, deixa'm que jo parli bé de *La Vanguardia*. Una bona notícia per a tu, com a director: ahir, el rector de la Universitat de Mallorca em va dir que allà *La Vanguardia* no es troba, que s'exhaureix abans que cap altre diari. I n'estava encantat. Sàpigue-ho i comunica-ho.

M. I. Jo, a més de romàntic, tinc un immens sentit pràctic, i demà al matí aprofitaré per revisar la distribució i la retenció.

R. B. T'explicaré una versió que jo sé, i si tu ho saps més bé, em corregeixes: quan van executar en Puig Antich hi havia la consigna de no parlar-ne; el pare d'en Puig Antich, que era un home de dretes i havia fet la guerra amb en Franco, se'n va anar a *La Vanguardia* i va dir: «Vull publicar una esquela»; com que l'havien executat els franquistes, tothom se'n va esgarrifar; l'últim va demanar si aquell senyor que volia posar l'esquela era subscriptor de *La Vanguardia*, li van dir que sí i va decidir: «Doncs que es publiqui.» *La Vanguardia* va ser l'únic diari que va publicar una informació tan important com és una esquela del Puig Antich, executat pel Règim (una informació no oficial, perquè la nota oficial de l'execució era d'inserció obligatòria). Això és el que jo en sé; m'ho vols explicar, tu, ¿si m'he equivocat en alguna cosa?

M. I. És molt possible que la cosa vagi anar així. La versió l'acceptaria com a bona perquè a *La Vanguardia* hi ha un respecte immens pels subscriptors. Penseu que és el diari d'Europa que en té més, vuitanta mil. La subscripció vol dir una cosa ben curiosa; no és el fet de comprar el diari, sinó que el tens com a cosa teva, com un lloguer. T'acabes estimant el pis que tens de lloguer, perquè és el teu. Els lectors senten el periòdic com a cosa seva. *La Vanguardia* és una autèntica institució.

J. V. ¿I per què no té més planes en català?

M. I. És un tema que hem tocat moltes vegades. Jo no sóc partidari del que en dic el llenguatge de l'avi; a mi m'agrada un bon diari en castellà i un bon diari en català, sense confondre.

R. B. Tu ets moltes coses horribles; una d'elles és que ets empordanesista.

M. I. Jo sóc nascut al Poble Sec de Barcelona i descendent per part de mare de Cadaqués. Com que el meu pare va morir quan jo tenia tres anys, vaig quedar sota la tutela dels meus avis de Cadaqués, que eren tan cadaquesencs que el meu avi estiuejava el mes de febrer perquè deia que a l'estiu no s'hi podia estar, a Cadaqués. I això als anys vint, que allà no hi havia ningú.

J. V. ¿Qui hi havia, a Cadaqués, als anys vint?

M. I. A més de les famílies importants (Rahola, Escofet...), hi havia en Dalí, l'Ors, en Pitxot, els Colom, l'oncle avi de l'Antoni de Senillosa (el baró de Rodes), els Mandri (en Cerebrino Mandri). Després ens en vam anar a Roses perquè el meu oncle va festejar amb una noia de Cadaqués, d'una casa molt fina, i no es van casar (a Cadaqués es practicava l'endogàmia com un precepte constitucional). Sempre m'he sentit unit a l'Empordà. Encara que barceloní i vivint a Barcelona, tothom necessita un punt de referència, la consciència de les arrels; això potser forma part del lirisme, però omple i satisfà molt. Sortir d'un ambient més aviat sòrdid com el de la gran ciutat, un ambient de pel·lícula de por, i anar en una terra fresca on hi ha aire pur i que et recorda la teva infantesa, els jocs de petit (perquè jo havia jugat a futbol amb en Samitier, en Sagi...).

J. V. ¿Tu ets culer?

M. I. Sí, sí.

J. V. ¿Aquest any sí?

M. I. Aquest any sí, però encara poden passar moltes coses. Jo sempre havia dit que el senyor Núñez era *getatore*, com diuen els italians; és a dir, que has d'anar tocant fusta. Ara potser no, potser aquesta vegada ha vençut el malefici.

R. B. Érem a la cosa lírica empordanesa.

M. I. Sí. El meu punt de referència sempre és aquest. Un home que es guanya la vida escrivint no sempre té tema, i el tema de l'Empordà per mi és inesgotable. És com les begudes de l'Ideal: grans begudes barrejades sàviament.

R. B. El que és gros és que un home com tu realment hagi sigut l'inventor de bèsties tan enormes com en Sagarra, en Rubert de Ventós, en Trías, en Vázquez Montalbán, etcètera. Això és molt gros. ¿A què ho atribueixes, tu?

M. I. Mira, a mi de l'Empordà només me'n veieu les gotetes que hi poso sàviament i amb amor, però és que l'Empordà són tots aquests monstres.

R. B. Parlem d'un monstre: en Pla. Vull moltes anècdotes d'en Pla, i molt bèsties.

J. V. Per exemple, dones d'en Pla.

M. I. Només va tenir un amor: la senyora Lender, que en deia ell. Era una senyora noruega que es va tonar a casar amb el senyor Lender. Ell, quan parlava d'ella, en deia «la senyora Lender», i quan parlava del pare de la senyora Lender, en deia «el que durant un temps va ser el meu sogre»; del germà, «el que durant un temps va ser el meu cunyat». En Pla, com tots els grans escriptors, era un cas natural, l'entrega total; és a dir, la passió i l'amor l'han de dedicar a escriure. En Pla va ser un escriptor tancat al mas i en Fuster ha estat un gran escriptor sense dona ni fills, tancat a Sueca. La cosa és clara.

J. V. ¿I aquella senyora de cabells blancs que corre per Cadaqués, que diuen que ell li va pagar la casa? ¿És cert tot això que fan córrer?

M. I. Deien que a Cadaqués hi tenia un amor, però devia ser d'aquests que passen. La senyora Lender era un amor seriós.

J. V. ¿Vols dir que era una bola, això de Cadaqués?

M. I. Una bola més o menys llarga. Ell va ser un home que la presència de la dona no li va pertorbar mai la vida.

R. B. Parlem d'en Joan de Sagarra, un dels teus fills. ¿Oi que té un problema amb el seu pare, aquest noi?

M. I. Deien que tenia el complex d'Èdip. Però és que tots els que tenim fills l'hem viscut, aquest complex: jo tinc un fill que no es posa el meu nom.

R. B. Es diu Fèlix Fanés. Ara diré una altra procacitat: tu, com jo, has sigut anticomunista visceral, i no pas com ara, que n'és molta gent, sinó quan els paios eren dalt de tot; tu i jo érem els únics que no érem del PSUC, i a més ens hi pixàvem; alhora, el teu fill era del PSUC. Ets un romàntic, Manel.

M. I. I tenia raó, fent-se del PSUC. Els fills sempre han d'anar contra els pares; és una llei de la natura: s'han de compensar i de completar.

J. V. En Ramon Barnils i els seus fills tenen tots carnet de «boixos nois». Llavors, aquí tens els nens de «boixos» al gol sud i el Ramon a tribuna.

M. I. Aquest seria l'ordre natural de les coses. La destrucció del pare és una llei natural. La gran novel·lística sempre es basa en la destrucció del pare. En certa manera és l'eliminació del pecat; el d'Èdip és el més viu i potent de tots els vells complexos.

J. V. ¿Què en quedarà, d'això, amb la inseminació arficial?

M. I. No ho sé pas. Això ja no és del meu món. La pantalleta sí, però això no.

R. B. En Manel últimament ha pres unes pastilles que l'han perjudicat molt en aquesta qüestió.

M. I. Sí: els betabloquejaros.

J. V. Només t'agrada mirar, ara.

M. I. Exactament. I tampoc no faig cap esforç per mirar.

R. B. I si passa, passa.

M. I. Sí, però com que no passa...

J. V. ¿Has anat mai a cap sala X?

M. I. No, no. Jo sóc un senyor a qui els betabloquejadors han acorralat; els betabloquejadors i l'edat.

J. V. Jo crec que és més l'edat.

R. B. ¿Quants anys tens?

M. I. Ara en faré seixanta-vuit. Tu, Ramon, quan en tindràs només seixanta-un seràs dels que ploren perquè no són lírics; si fossis líric aguantaries fins als seixanta-vuit, però sense lirisme et fotràs de ràbia i de tot als cinquanta-set.

J. V. Canviant de tema: ¿que et truca gaire, el Prenafeta?

M. I. Som molt amics. No oblideu que jo vaig ser assessor de la presidència, llavors ens vèiem i n'ha quedat una amistat. Però de trucar-me, no; el que tu vols insinuar, no.

J. V. Un líric com tu, ¿té cap màxima predilecta? Allò de les dones era molt bo.

M. I. Toqueu, toqueu, que això s'acaba!

J. V. ¿I la mínima predilecta?

R. B. Ja ho ha dit: seixanta pulsacions per minut.

J. V. ¿No creus que valdria la pena reconvertir *El Correo Catalán*?

M. I. Potser sí. Però ja no tinc ganes de lluitar.

R. B. No tens ganes de lluitar i ens enterraràs a tots.

M. I. No té el lloc que tenia a l'època que hi vaig ser jo. Amb el *Correo* vam fer un truc molt fàcil, que va ser fer catalanisme en castellà, que era el que es podia fer en aquella època. La gent es va adonar que el llenguatge era distint i s'hi va sentir atreta. Però ara ja no podria ser igual, perquè avui tots fem de catalanistes, i, a més, hi ha diaris catalans.

R. B. En Serrats, el director de l'*Avui*, és un altre dels teus fills; ¿no et fa vergonya?

M. I. No m'avergonyeixo de ningú; ni de tu, que no volent ser líric caus a l'altre extrem. No hi ha res pitjor que la negació d'allò que un és, i tu ets un líric com una casa de pagès. Mira: ara que s'ha mort l'Espriu, ¿per què no fas un esforç i li ocupes la plaça? Hi encaixaries, perquè l'Espriu era un líric contingut i tu, fent un esforç, també ho series.

R. B. ¿Oi que alguns dels versos anònims que circulaven just abans que es morís en Franco eren teus?

M. I. N'hi havia molts de meus. De versos meus, en guarden en Pepe Tarín, en Jaume Serrats, la Rosa Maria Cort... M'és fàcil, de versificar.

J. V. ¿Penses fer les teves memòries?

M. I. Sí, i les faré en vers.

J. V. ¿On és el centre del món?

M. I. El món no té centre. Això és una ficció. No em digueu que ara sou d'UCD i busqueu el centre del món.

J. V. ¿Què farem, entre tots?

M. I. Anar aguantant i anar fent, i esperar l'hora de la mort, que ens trobi serens i conformats, i al llit, sobretot. Jo tinc una obsessió: arribar a vell i morir-me al llit. En aquest país no saps mai on moriràs; pots morir en una cuneta, al costat d'un *hermano* marista o d'un mosso d'esquadra.

J. V. ¿Li canviaries el nom, a l'Espanyol?

M. I. ¿Per què? Fa tants anys que viu... I, a més, els del Barça tenim un punt de referència: d'aquesta manera sabem contra qui hem d'anar.

J. V. Però hi ha molts fills teus, a l'Espanyol.

R. B. En Ramoneda.

M. I. Sí, sí, sí.

R. B. ¿I com és que no els fas fora de *La Vanguardia*?

M. I. Que consti que jo he anat molt al camp de l'Espanyol. Haig de confessar que quan el camp del Barça es va començar a fer gran, veia els jugadors massa petits, i a mi m'agradava acostar-m'hi i sentir com bufava en Marcet; fins i tot sentia la pudor de suor.

J. V. Ara, quan vas a can Barça, ¿on vas?

M. I. No hi vaig. Em limito a ser-ne soci, pagar la quota i no votar el senyor Núñez.

R. B. ¿Vols una primícia, Manel? En Prenafeta serà vicepresident del Barça.

M. I. Podria ser. No en sabia res. N'he sentit a parlar, però no puc opinar de les coses que només en sento a parlar.

R. B. ¿Creus que si és vicepresident del Barça deixarà la secretaria d'en Pujol?

M. I. Honestament, no pot fer totes dues coses: la Generalitat és el lloc de tots els catalans, i les dues coses no són compatibles. He arribat a una conclusió, a la meva vida: a la gent li fa tanta il·lusió de ser a la junta del Barça que per ser-hi renunciarien a una carrera política, i alguns ho han fet.

J. V. ¿Què et preocupa més: l'ètica o l'estètica?

M. I. Les dues coses són compatibles. L'ètica és un imperatiu i l'estètica també. A mi, tal com va vestida molta gent ara m'entristeix, m'arronsa el llombrígol.

J. V. ¿Poblet o Montserrat?

M. I. Les dues coses. Ara, jo sóc un montserratí molt fervorós; fins i tot he estat a punt de ser monjo de Montserrat.

R. B. ¿Has estat a punt de fer els vots de pobresa, castedat i obediència? ¿Tu, obedient i cast?

M. I. Les tres coses són molt fàcils.

J. V. Ara. Trenta anys enrere, això de la castedat...

M. I. Doncs sí, sí. L'únic que em va fer decidir que no va ser el silenci.

J. V. Però fer les prèdiques i cantar a l'escolania i tot plegat, déu n'hi do, de soroll!

M. I. Per això: com que no els dexien enraonar, es desfoguen cantant.

J. V. ¿Per què vas decidir ser periodista?

M. I. Vaig començar abans de la guerra. M'apassionava; sóc un home curiós, tenia una lleugera vocació literària. Hi ha una anècdota de l'avi de l'Adolfo Marsillach: ell era periodista i el seu fill li va dir que volia ser escriptor; el vell Marsillach li va dir: «Home, és un ofici del qual no et puc garantir que en mengis, però si n'estàs convençut vine'm a veure d'aquí vuit dies»; al cap de vuit dies li dóna un sobre i li diu: «Té, és una credencial per treballar a l'Ajuntament, perquè et facis la il·lusió que menges», i li dóna un altre sobre i li diu: «És una carta de presentació a un diari, perquè et facis periodista i et facis la il·lusió que escrius.» Aleshores, jo, que sabia que havia de treballar, veia que no podia ser escriptor, i vaig optar pel periodisme.

J. V. ¿I n'estàs content, d'aquesta decisió?

M. I. Sí. M'he divertit com no us ho podeu imaginar. Si els Godó sabien com xalo, per comptes de pagar-me, em cobrarien.

J. V. Fóra millor que no ho sabessin, però malauradament ho saben tots els empresaris de mitjans de comunicació, i per això ens paguen poc, i per això som aquí fins a les tres. Moltes gràcies.

R. B. Gràcies, papà!

M. I. Gràcies, fill meu!

J. V. Jo també voldria ser-ho.

M. I. Molt fàcil: apunti's a la llista i farem el procés d'adopció.

Xavier Domingo

J. V. Avui amb nosaltres tenim un personatge absolutament interessant. La Mercantil Radiofònica té el gust avui de fer teòrica amb un persontage que és un català de Madrid, dels que no surt mai a la llista dels catalans de Madrid. Jo em pensava que era un gran periodista, però resulta que a més a més és un escriptor com una catedral. Es tracta del Xavier Domingo. La gent que ens escolta, bastant, no segueix d'una manera assídua la revista *Cambio 16* i pot ser que siguis un semidesconegut.

X. D. La gent que no em coneix m'emprenya moltíssim!

J. V. ¿Sí, no? A tu, t'agrada que et coneguin.

X. D. Home, moltíssim.

J. V. Vas néixer davant del mercat del Ninot, a Barcelona, ¿oi?

X. D. Exactament al número 109 del carrer Mallorca.

J. V. ¿Qui eren els teus pares?

X. D. La meva mare es deia Rosa Alavedra. Tenia un taller de modistes a Barcelona amb l'exclusiva de la roba interior de dona del modista Balenciaga. Era una cosa preciosa, perquè venien aquelles dones de Barcelona tan burgeses i tan maques. Recordo que duien unes calces, els colors que es portaven eren el color cafè amb unes puntes que hi anaven a to, una mica degradat, era una punta ocre, tirant a terra cremada, i les calces eren una mica més fosques, i s'ho emprovaven perquè tot es feia a mida.

J. V. ¿La roba interior es feia a mida?

X. D. Sí, sí, era una cosa sèria, la roba interior. Naturalment no se la posaven pel marit però se la feien a mida.

J. V. Que bonic! Si tenia l'exclusiva del Balenciaga, això volia dir que la seva clientela deuria ser de primera. Tu, de petit, voltaves per allà veient en pilotes les senyores més importants de Barcelona.

X. D. Sí, encara que era molt petit.

J. V. Quina pena, ¿no?

X. D. No, ja trempava bastant, ja!

J. V. ¿Ah sí?

X. D. Sí, sí. Bé és normal. És allò que diu en Freud de la sexualitat infantil, que és perfectament veritat. Després m'ha quedat sempre un fetitxisme extraordinari, ara el primer que faig quan viatjo és anar a veure botigues de roba interior i sempre compro calces i coses així. Darrerament a Torí em va passar una cosa: vaig anar a veure un partit de futbol entre el Nàpols i la Juventus, el dissabte abans del partit vaig veure una botiga de roba interior acollonant, tenien només tres cosetes a la vitrina, però era una cosa d'aquelles..., una cosa de seda natural que et feia trempar només de veure-la. Vaig entrar-hi.

J. V. ¿Li portes regalets d'aquests, a la teva dona? Que bonic!

X. D. Sí, sí, espera, espera. Hi vaig entrar i hi havia un altre senyor que estava comprant un quimono, una cosa d'aquelles que es posen les dones quan s'aixequen del llit. La senyora que venia, una senyora d'una certa edat, ens va dir a tots dos si volíem veure més coses, jo vaig dir que no, llavors la dona ens va dir que no ho havíem entès, ens va dir que ens proposava una desfilada personal.

J. V. ¿Què dius, ara?

X. D. De models... Immediatament amb aquell senyor, que era un senyor bastant més jove, vam pujar a un pis..., durant quatre hores ens van donar a entendre que no passaria res, que aquelles senyoretes eren professionals i que no ens féssim cap il·lusió; la broma em va costar 70.000 pessetes en calces.

J. V. ¿Però la teva dona deuria quedar encantada amb el que li vas dur?

X. D. Sí. Finalment vam convidar a sopar aquelles noies, i amb aquell senyor vam anar a un restaurant que es diu Il Cambio, curiosament a Torí. Sempre arriba un moment, quan sopes amb dues senyoretes, que totes dues se'n van a la *toilette*. És el moment que aquell senyor va aprofitar per dir-me que si jo volia quedar-me amb elles i tal, perquè ell estava casat. S'havia casat feia poc i estava molt enamorat de la seva dona i no volia anar més lluny, que estava comprant per a la seva dona... Jo no ho vaig voler saber, això, i li vaig dir: «Jo estic molt més enamorat que vostè, de la meva dona.»

J. V. I ara! Què s'ha pensat, ¿no? Però bé, ¿què en vau fer, de les senyores?

X. D. Res. Les vam portar a casa. Aquest senyor em va convidar a prendre una copa a casa seva; era molt ric, era el propietari d'unes empreses d'electrònica i d'informàtica de les més importants d'Itàlia. Em va convidar a beure i des de molt lluny em va deixar guipar una mica la seva dona; més tard em va fer portar a l'hotel pel seu xofer. Aquesta és una història que trobo molt bonica perquè és una espècie d'història de Torí. Sembla un conte d'en Pavese.

J. V. ¿On érem? Ah, sí, jo ho recordo. Tu eres petit i la teva mare tenia un taller de modistes, dedicat a la roba interior d'en Balenciaga.

X. D. Més tard ho va deixar i es va dedicar al periodisme, era locutora en català a Ràdio Barcelona, és a dir, que la meva mare es deia Rosa Alavedra, la germana de Joan Alavedra.

J. V. O sigui, que ets cosí d'en Macià Alavedra. ¿T'hi entens?

X. D. Ens veiem molt poc. Desgraciadament s'ha dedicat a la política i això és una cosa que jo veig bastant malament.

J. V. Se'l veu bastant cofoi en aquest paper, ¿oi?

X. D. Sí, li agrada molt, és molt possible que sigui honorable un dia o altre, ¿eh?

J. V. La travessa va per ell i Cullell.

X. D. Sí, però em sembla que honorable Alavedra sona més bé que honorable Cullell.

J. V. Sí, però crec que no és una qüestió d'oïda.

X. D. Però és una qüestió familiar; jo faré propaganda per l'Alavedra.

J. V. Home, és clar, tot per la família. Això pel que fa al cantó de la mare. La mare resulta que és una de les pioneres de la ràdio en català... ¿On treballava, a Ràdio Barcelona?

X. D. Sí, i ho va pagar car, perquè després de la guerra va ser proscrita.

J. V. ¿I pel cantó del pare?

X. D. El meu pare era de Tortosa, era d'un poble anomenat Xerta, i la família és de per allà, els Domingo són parents del Marcel·lí Domingo. El meu pare va ser un home que va fer política i també era periodista. Tenia aquí, a Barcelona, un setmanari literari marxista, anomenat *L'Hora*, que fou molt important. Més tard va ser un aferrissat propagandista del Bloc Obrer i Camperol. El meu pare se'n va anar a l'exili, se'n va anar a França, i la meva mare va ser proscrita.

J. V. Simplement per ser dona del teu pare...

X. D. I germana de Joan Alavedra, que va ser secretari d'en Macià.

J. V. Per unes vinculacions familiars se la va proscriure i se li va prohibir viure a Catalunya.

X. D. Durant vint-i-cinc anys.

J. V. Des de les trempades de petit del Xavier Domingo, veient com es provaven els modelets de roba interior de can Balenciaga a casa de la teva mare, fins al Xavier Domingo d'ara hi ha un llarg camí, ¿no?

X. D. Sí, de totes totes un llarg camí..., però que queda molt curt si pensem que l'únic que m'interessa continua sent la roba interior de senyora.

J. V. ¿Més que la cuina? ¿Més que la literatura?

X. D. Molt més. Sóc un fetitxista total.

J. V. ¿Tu en tens, de relíquies?

X. D. Moltes, sí, sí.

J. V. ¿En què consisteixen?

X. D. Home, com t'ho diria jo; tothom té les seves debilitats... En cosetes d'elles: records, sabates, calcetes, lligues, sostenidors, llacets, pèls...

J. V. ¿També?

X. D. Sí, sí.

J. V. ¿I com els guardes?

X. D. Malament.

J. V. I això ho tens organitzat d'alguna manera... ¿En fas com una petita fitxa per a l'arxiu, o què?

X. D. No; desgraciadament sóc molt desorganitzat. Obro un calaix i em trobo uns pèls que ja no em recordo de qui són, els haig d'ensumar una mica, i llavors em situo...

J. V. ¿De veritat que te'n recordes pel nas?

X. D. Sí, el tinc molt fi.

J. V. ¿Ets capaç?

X. D. Sí, sí, totalment. Per mi són molt importants, les olors de les dones, i probablement em ve d'una anècdota infantil, en aquest cas relativa al meu pare, que és la següent: vaig escriure un conte sobre això i crec que va ser publicat a *Playboy*. Mira, al meu pare li agradava molt el rocafort, i se'l menjava amb cullera. Llavors, per mi, allò era el millor del món, no podia pensar que hi hagués al món una cosa més exquisida que el formatge de Rocafort. De petit anava a l'escola al carrer Urgell, a l'Escola Industrial, a un parvulari d'aquells del mètode Montessori, i allà ens ensenyaven educació sexual, i totes aquelles coses, però no servien de res...

J. V. Però, a tu, ja te l'ensenyaven gratuïtament a casa teva, ¿no?

X. D. Sí, però bé, allà dins ens l'ensenyaven amb uns mapes; era molt fred allò, no feia trempar gaire. El cas és que a un amiguet del meu barri, que es deia Andreu, jo li deia que el que hi havia a dins de la formigueta de les nenes era un bocinet de rocafort, perquè no hi podia haver altra cosa, i ell deia que no. Llavors vam seduir, comprar, i fins i tot m'atreviria a dir prostituir, amb una bossa de caramels, una nena que ens agradava molt, perquè s'assemblava a la Shirley Temple, tenia uns tirabuixons molt bonics. Li vam demanar que ens ensenyés una mica la figa, recordo que érem al pati i aquell dia plovia, en aquella època a l'Escola Industrial hi havia caragols, era una mica bavós tot i molt apropiat per aquella cerimònia, ¿no? La neneta aquella es va baixar les calces i ho vam examinar...

J. V. Sí, allò de jugar a metges que hem fet tots en una certa edat.

X. D. Vam examinar-ne minuciosament l'interior i no hi vam trobar rocafort. I tota la meva vida me l'he passat buscant rocafort allà dins.

J. V. ¿I n'has trobat, alguna vegada?

X. D. Sí. Ha estat amb els meus grans amors.

J. V. És clar, perquè aquestes coses infantils han de marcar, ¿no?

X. D. La llàstima és que s'acaba. I quan s'acaba, s'ha acabat, n'has de buscar un altre.

J. V. És clar, un ha de seguir buscant rocafort.

J. V. ¿Et preocupa més l'estètica que l'ètica?

X. D. Molt més, sí. L'estil i... Vaig fer una mica de filologia, vaig fer pintura, etc.

J. V. Però això de pintar no et va acabar d'agradar, ¿eh?

X. D. No, perquè era massa brut, em tacava les camises i, com que me les havia de netejar jo, ja no m'agradava tant. Però també vaig guanyar un premi nacional de pintura.

J. V. ¿Quin any?

X. D. Pels volts de l'any 1952.

J. V. ¿És quan et vas fer trotskista?

X. D. Una mica més tard. Me'n vaig fer l'any 1955 o 1956.

J. V. Els comunistes madrilenys es van emprenyar molt.

X. D. Sí, però és que a Madrid no és que ho fossin gaire, però se'n deien i eren capaços de fer putades acollonants. Denunciaven els trotskistes, que eren quatre o cinc, a la policia.

J. V. ¿Et van obligar a marxar del país?

X. D. Naturalment.

J. V. Cap a París... I París, ¿què?

X. D. El primer que vaig fer va ser anar a contactar amb els companys, els trotskistes de França; em van dir: aquí hi ha un partit exiliat que es diu POUM.

J. V. ¿Encara hi era?

X. D. Sí, el primer que em van dir fou: hi ha un secretari general que no ens agrada gens, t'hi has d'infiltrar i l'hem de fotre fora. M'hi vaig infiltrar i casualment aquell dia hi havia un congrés, que eren quatre gats; uns senyors molt simpàtics que em van ajudar molt. Molt gentil, aquella gent. Un jove exiliat demana la paraula al congrés i el primer que fa es demanar la dimissió del secretari general. El fet curiós és que la vaig obtenir. Més tard es va arreglar i l'individu va tornar. La diferència entre la gent que veníem d'Espanya i la gent exiliada de la guerra era molt gran; jo mai m'ho vaig prendre seriosament, això. Darrerament, en un llibre que ha sortit fa poc, aquesta xicota americana, Barbara Salomon, explica una anècdota que és certa, va ser en una pel·lícula que va fer el Semprún que es deia *Las dos memorias*.

J. V. La vaig veure en aquells famosos *weekend* de cinema a França.

X. D. Te'n recordaràs que jo sortia amb una barba.

J. V. No, no sabia qui eres en aquell moment.

X. D. Em demanaven les raons del meu elixi i jo li vaig dir: no he vingut a França per un exili polític, jo sóc un exiliat sexual; he vingut a França a fotre'm franceses.

J. V. ¿Què tal, la roba interior de les franceses?

X. D. Depèn. Les dones de dretes porten sempre, a França i a tot arreu, una roba interior magnífica. Però, és clar, jo en aquella època només freqüentava noies d'esquerra, que portaven aquella cosa absurda i absolutament repugnant que es diu *la culotte bateau*, que és una cosa blanca una mica flotant.

J. V. Aquella època teva a París deuria ser com aquí fa uns anys. Les d'esquerra anaven al llit per obligació, perquè s'havia de fer; en canvi, les de dretes no, hi anaven per passió. La cosa és molt diferent!

X. D. A més a més, a l'època que jo vaig arribar a París, les noies que un podia contactar a Montparnasse no és que es preocupessin massa de política: eren d'esquerres perquè les dones franceses d'aquest tipus són d'esquerres. Vol dir que quan arriben unes eleccions voten per l'esquerra; eren més aviat el que se'n deia existencialistes, llegien i es vestien d'una certa manera, que no era gaire eròtica. Ara s'han superat *les culottes bateau.*

J. V. Sempre queden aquests culets francesos que són inigualables, ¿no?

X. D. Sí, la *fausse maigre*, la falsa magre, la falsa prima, primetes, però, collons! rodones pertot arreu.

J. V. Són de pecat mortal!

X. D. Val més que no hi pensem. Mira: són records que guardes per a les masturbacions nocturnes.

J. V. Home, sempre va bé tenir un arxiu de memòria en aquest sentit, és perfecte. D'alguna manera allà és quan vas començar a pencar en el que estàs fent ara, escriure, bàsicament, ¿no?

X. D. Jo aquí ja havia escrit alguna cosa, però una de les primeres feines que vaig trobar a França va ser la de director d'edicions..., feia lectures de novel·les de les llengües que coneixia i conec, que són el portuguès, l'italià, el català, naturalment el castellà i el romanès, i feia informes d'això. És així com vaig començar a guanyar-me les garrofes. Un dia em vaig posar a escriure una novel·la. Com totes les primeres novel·les, era una mica autobiogràfica, no massa. Era més aviat una autobiografia vital, d'un clima viscut a Vilanova i la Geltrú a l'entorn d'una casa de putes...

J. V. ¿La teva iniciació sexual?

X. D. Jo ja havia tingut iniciació sexual a Barcelona, perquè a mi em va violar una nena alemanya que vivia al carrer de Londres. Ens havíem traslladat a viure en aquest carrer, i al pis de baix hi havia aquesta nena que era una mica més gran que jo, era molt puta, una cosa sèria, ¿eh?

J. V. ¿I et va violar? Ho has d'agrair, això!

X. D. Molt, molt. Ara: després em va enganyar.

J. V. ¿Què vols dir?

X. D. Se'n va anar amb un que la tenia més grossa que jo!

J. V. Això les fa moure.

X. D. A aquella, sí.

J. V. Estàvem parlant del llibre.

X. D. Sí, vaig escriure aquesta novel·la que descriu aquell ambient de Vilanova.

J. V. ¿En quin idioma la vas escriure?

X. D. En castellà. Desgraciadament jo no sé escriure en català; m'agrada molt el català, hi llegeixo molt, però no el sé escriure. És curiós, jo en castellà em defenso molt bé i tinc una escriptura que diuen que està bé.

J. V. Però tu, ¿en què penses?

X. D. Penso en castellà o en francès. En català no hi sé pensar; ara aquesta nit hi hem parlat molta estona i pensaré i fins tot somniaré en català, però és estrany que ho faci.

J. V. De fet, vius a Madrid.

X. D. Visc a Madrid. I, a més a més, sempre m'he guanyat la vida escrivint en castellà. A França molt aviat vaig començar a treballar a l'agència France Presse, al servei destinat a l'Amèrica Llatina. Naturalment, em guanyava la vida en castellà; a més a més, el castellà és una llengua que m'agrada molt, amb grans possibilitats. Jo penso que els catalans tenim una percepció de la llengua castellana molt interessant.

J. V. ¿Què vols dir, amb això?

X. D. Que sona distanciada i humorística, si més no en el meu cas.

J. V. ¿Quan et vas dedicar al món de l'esport?

X. D. A mi, l'esport sempre m'ha agradat.

J. V. Ets un gran aficionat a la boxa, ¿oi?

X. D. Molt, m'agrada molt; desgraciadament ha desaparegut.

J. V. ¿Per què ha desaparegut?

X. D. Perquè la gent viu massa bé. A mi la boxa m'agrada molt, he vist molts combats i he seguit molt de prop l'aventura del Carlos Monzón, he vist tots els campionats del món del Cassius Clay. Els he cobert, feia d'enviat especial. He de dir que és una cosa familiar; el germà de la meva mare, en Josep Alavedra, va ser boxejador i campió de Catalunya dels *welters*.

J. V. ¿Un oncle teu?

X. D. Un oncle que no boxejava amb el nom de Josep Alavedra. Es feia dir Warrior, perquè el seu pare, el meu avi, no volia que fos boxejador. Era un gran estilista, però una vegada el van tocar a la cara, era un xicot molt maco, li deien el noi ros, i com que no li va agradar es va retirar. Després va fer periodisme esportiu, era molt bó. Aquest món de l'esport, sobretot, la boxa..., el futbol m'agrada molt.

J. V. Tu ets del Barça, tota la vida ho has set, ¿no?

X. D. Sí.

J. V. Em sembla que t'hi van apuntar de petit, però durant la guerra es van cremar tots els arxius i t'has quedat sense carnet.

X. D. Ni em fa falta! Jo el Barça el porto a la sang.

J. V. Sí, et surt blaugrana; jo ho he vist abans que t'has punxat una mica. A més a més, en Xavier Domingo m'ha confessat que es farà un vestit blaugrana, ¿oi?

X. D. Sí, el duré una vegada a la meva vida almenys, ja està fet!

J. V. Explica quan el portaràs.

X. D. El portaré l'any que ve, quan el Barça jugui al Bernabeu. Aniré a la llotja blaugrana i, per arrodonir-ho, et prometo que també portaré un barret que hi faci joc.

J. V. Canviant de tema. Tu no has escrit novel·les en francès, les has fet en castellà. Aquesta novel·la que estaves explicant del bordell de Vilanova, és curiós perquè va passar una cosa, em sembla que la van traduir a l'anglès i el *New York Times*...

X. D. No, el *Time*, la revista.

J. V. ¿Quina extensió hi va dedicar?

X. D. Set pàgines.

J. V. ¿Set planes? ¿I, per què no ha sortit publicada a Espanya, aquesta novel·la?

X. D. Perquè aquesta novel·la va ser objecte d'una prohibició a Espanya que encara no està aixecada. És una novel·la que es podria publicar i no passaria res. El govern franquista que hi havia a l'època va prohibir a l'editorial que la publiqués, era una editorial de Barcelona, ara no en recordo el nom. És una novel·la que no està malament, queda bé.

J. V. ¿Quin nom té?

X. D. Porta per títol: *Villa Milo*, la Venus de Milo, perquè al pati d'aquell bordell hi havia una reproducció de la Venus de Milo.

J. V. ¿I allà t'ho van ensenyar tot?

X. D. Sí, gairebé tot.

J. V. A més de l'alemanya del pis de sota del carrer Londres, ¿eh?

X. D. El món de les putes sempre m'ha agradat molt; l'he freqüentat bastant, no com a client sinó com a amic. Per exemple, una de les experiències humanes més interessants que he tingut va ser l'amistat que vaig tenir amb putes quan feia el servei militar a Àvila. Em va passar una cosa fora de mida! Potser una miqueta llarg d'explicar, però permet-m'ho.

J. V. ¿Quin any era això?

X. D. Devia ser l'any 1957 —no, perquè me'n vaig anar el 1956, devia ser el 1953 o 1954—. Llavors era obligatori, no sé si encara ho és ara, pels soldats fer la comunió una vegada l'any per Pasqua, la pasqua militar.

J. V. Ara no ho crec.

X. D. Jo havia estat pròfug, no havia anat a fer el servei militar corresponent, no perquè pretengués no fer-lo, sinó perquè la meva mare no em va donar una carta on em cridaven a fer la mili; se'n va oblidar. Em va venir a buscar la guàrdia civil, vaig fer uns quants mesos a l'Àfrica, al Marroc, i després a Àvila. El primer any de comunió —jo no era creient i continuo no sent-ho, encara no era cínic, ara hauria fet la comunió— me les vaig arreglar per tenir permís i no haver de ser en aquella missa. L'any següent es presenta la mateixa pasqua, el capellà del regiment, que feia una espècie de preparació per als soldats, comença dient que l'any anterior s'havia trobat per terra una hòstia escopida i que havia estat aquell català que llegia llibres en francès, i tothom em mirava a mi.

J. V. «Aquel catalán que leía libros en francés», això a la mili ha de ser terrible!

X. D. Aquell capellà, que es posava sotanes de seda, es deia Nicomedes, i es feia dir Don César; en aquella mateixa conferència em van arrestar, em portaren al calabós demanant consell de guerra. Al calabós em posaren a la mateixa cel·la que un personatge que —era un *quinqui*— tenia un ofici que a Castella en deien *lañador* (adobacossis); crec que ara no n'hi ha, eren aquells que anaven i adobaven les cassoles que tenien un forat.

J. V. Sí, sí. Ho feien bastant bé els *quinquis*, això.

X. D. D'això, se'n deia *lañador*.

J. V. Sí, perquè *quinqui* era sinònim de delinqüent i no és cert. ¿Oi que no? *Quinqui* era la gent que es dedicava a aquest ofici.

X. D. Sí, aquest noi estava al calabós pequè havia faltat a tres dianes seguides i el van declarar desertor. Tenia una companya que vivia amb ell sense estar casats i estava prenyada. Vivien en un pont sota la via del tren, juntament amb la mare del noi. Un dia, aquesta noia va anar a buscar una mica de carbonet per fer foc i el tren la va matar. Ell havia demanat permís per anar a l'enterrament, però, com que només eren amistançats, aquell capellà l'hi va negar. Ell es va escapar, més tard el van agafar i el van tancar al calabós. La història és complicada, però bonica. Aquest xicot era analfabet, no sabia llegir ni escriure, jo n'hi vaig ensenyar amb la notícia de la mort de la companya que havia sortit al diari local d'Àvila. Per a ell era molt important saber llegir, perquè si no en sabia no li donaven permís l'estiu següent i el necessitava per treballar. En aquella època no donaven permisos el primer any, però al segon te'n donaven tres.

J. V. ¿Dos anys?

X. D. Més de dos anys; jo en vaig fer dos anys i sis mesos.

J. V. Déu n'hi do!

X. D. Sí, i a més en un regiment de càstig, perquè jo vaig ser pròfug i era un regiment... Bé, això ja t'ho explicaré després. Llavors, aquell noi, agraït, em va confessar que l'hòstia de la qual hem parlat abans l'havia escopit ell, i ho havia fet perquè no havia fet mai la primera comunió, i no ho havia gosat dir. Ell pensava que, si ho deia, l'haurien obligat a fer una preparació en el curs durant la qual s'haguessin adonat que no sabia llegir ni escriure; automàticament li haurien suprimit els permisos. Ell va escopir l'hòstia perquè es pensava que era un pecat empassar-se-la sense preparació. Llavors, jo li vaig dir: «Mira, escolta, maco, això ho has de dir, ho has d'explicar perquè ets un fill de puta, si no me la carrego jo.» Finalment vaig poder subornar un capità, és a dir, vaig poder demostrar que jo, en aquell acte religiós, no hi era, i no va passar res, em van deixar anar. Aquesta era l'anècdota, aquell regiment era de defensa química.

J. V. ¿Què dius, ara? ¿L'any 1956?

X. D. Era un regiment al qual només hi anava a parar la faramalla, assassins..., era un regiment que s'havia fundat durant la guerra civil, però havien perdut la bandera davant l'enemic. Allà hi feien la mili els més desgraciats de l'exèrcit espanyol, la qual cosa comportava alguns avantatges, per exemple, hi havia uns oficials que estaven allí destinats, alguns perquè eren uns bèsties massa desmesurats per a aquell exèrcit, i altres perquè no tenien les idees...

J. V. ¿Per qüestions ideològiques, també?

X. D. Sí, per exemple, jo vaig tenir molt bones relacions amb un capità que estava allí castigat perquè era carlista. Era un tipus molt maco, molt simpàtic, molt comprensiu, però el que em fa riure més d'aquest regiment era el fet que no tingués bandera. Això representava una gran humiliació i quan havíem de jurar bandera ho feiem amb la d'un altre regiment, el d'intendència. Una cosa absolutament humiliant. Llavors, el que també era l'hòstia era l'himne del regiment, que també l'havia fet un cretí sublim. A veure si me'n recordo perquè era collonut: «Avanza, avanza, soldado, recuerda tu fuerza inmensa»; llavors aquí li fallava el peu i deia: «recuerda que eres de química defensaaaa...».

J. V. Déu n'hi do! Visca la mètrica, ¿no? Em sembla que d'alguna manera ja ens hem centrat, ¿no? Tu passes per especialista en qüestions de gastronomia; tu què en penses, ¿t'atreviries a dir que el cardar i el menjar van de bracet?

X.D. Home, és sempre un problema intel·lectual, una espècie de psicosi, ¿no?

J. V. ¿Què vols dir?

X. D. Jo menjo molt poc. Hem sopat junts i has vist que jo he tastat algunes cosetes...

J. V. Però saps triar.

X. D. Sí, però a mi el que m'agrada és el vi.

J. V. Sí, a mi també.

X. D. Per menjar... M'agrada més anar-ho a comprar i cuinar-ho, que menjar-m'ho. Llavors a mi el que m'interessa del menjar és la possibilitat de fer una espècie d'especulació intel·lectual sobre aquesta qüestió, que és molt interessant perquè té una quantitat de possibilitats d'investigació i de reflexió que poden anar per molts camins. Per exemple, una de les coses que a mi m'interessa més, encara que desgraciadament no ho hagi pogut portar a la pràctica, és poder-me cruspir una persona semblant a nosaltres, o sigui, m'agradaria molt practicar el canibalisme. Fins i tot, a París vam estar a punt de fer-ho, juntament amb un altre amic que també és investigador d'aquestes coses. Vam muntar un banquet caníbal, que desgraciadament no es va poder fer, just quan ja ho teníem tot a punt, perquè la llei francesa ho prohibeix, el codi penal francès penalitza el canibalisme; potser aquí a Espanya no passa això, però segur que ens trobaríem amb altres problemes...

J. V. Dius aquesta paraula i a mi se'm posa la pell de gallina.

X. D. No, ¿per què?

J. V. No ho sé.

X. D. No home, no.

J. V. Serà un reflex condicionat.

X. D. Fins i tot havíem trobat un truc que estava molt bé, havíen contactat amb un suïcida que ens donava el seu cos...

J. V. Jo trobo que aquí, noi, estàs plantejant el crim perfecte. Allò típic de les novel·les o el suïcidi perfecte, la desaparició total. Perquè si ens hi fixem bé, sempre el més comprometedor d'un assassinat és desfer-se del cos, ¿oi?

X. D. Aquí ens l'hauríem menjat.

J. V. És clar, te'l menges i s'ha acabat el bròquil.

X. D. T'adverteixo que la possibilitat de l'assassinat també va ser estudiada.

J. V. Segur, no en tinc cap dubte.

X. D. Teníem un amic, que era un fabricant, que encara és viu, no vull dir-ne el nom —pobre home— perquè és una excel·lent persona i podria anar a la presó, és un fabricant, un industrial francès que té aquesta afició de matar gent, ¿entens? Llavors fa un contracte i mata algú per molt pocs calés perquè ho fa en plan amateur i aficionat, havíem contactat amb ell perquè ens proporcionés un cadàver, però després ens resultava més satisfactori, fins i tot jurídicament, aquesta solució del suïcidi. Naturalment, tu no pots fer un banquet caníbal privat, és una cosa que se li ha de donar una certa publicitat i, si no, no val la pena, i això és el que està penalitzat per la llei justament. L'equip d'advocats que teníem ens va aconsellar que fins que no hi hagués una reforma a la llei francesa...

J. V. ¿I això, a Espanya, ho has plantejat?

X. D. Sí, però la cuina espanyola és una qüestió d'alls i de prejudicis... No ho comprenen...

J. V. Home, és que a mi em sona com exòtic.

X. D. No, a mi em sembla un acte d'amor.

J. V. ¿Sí? Tu et menjaries una dona que has estimat molt i que se t'ha mort, per exemple?

X. D. Home, depèn de les condicions de la mort. El que s'ha de fer es menjar-se una persona que sacrifiquis, perquè si s'ha mort d'una malaltia...

J. V. Bé, diguem-ne en unes condicions hàbils per cuinar.

X. D. Una dona fresca i que sigui sana.

J. V. Sí.

X. D. És clar.

J. V. Que fort! ¿no?

X. D. Els problemes reals no són els de menjar carn humana, sinó com la prepares...

J. V. També s'ha de pensar en la forma de preparar el guisat, és clar: a l'ast, estofat...

X. D. ¿A l'ast? No ho sé, ¿eh?

J. V. ¿Com ho faries, tu?

X. D. Depèn de les parts, de l'edat del material, de l'objecte... se'm podria fer una escudella.

J. V. Segur, però l'escudella és cosa de sobres... ¿Es podria fer una analogia amb la matança del porc?

X. D. Sí, totalment.

J. V. ¿Aprofitar-ho tot?

X. D. Sí, sí, no hi ha res més porc que un ésser humà; de l'ésser humà es pot aprofitar pràcticament tot, em penso. Sí, sí, hi ha diferents experiències. Jo he publicat un llibre on ho he recollit, això. Ha estat publicat per l'Institut de Cooperació Iberoamericana, que recull moltes experiències caníbals experimentades personalment o observades pels descobridors d'Amèrica.

J. V. Hi ha aquell cas d'aquells que es van perdre als Andes.

X. D. Bé, però això va ser una qüestió de subsistència.

J. V. Sí, és clar, perquè allò era fotre-s'ho fred i congelat a més a més.

X. D. A mi, el que m'interessa és el canibalisme de cuina. Per exemple, els guaranís tenen una cuina caníbal molt interessant. Fins i tot quan feien presoners els cuidaven, els alimentaven, els encebaven i se'n fotien el fetge. Arribaven a donar-los les seves dones i, si aquestes parien fills d'aquests presoners, també es convertien en bestiar. Conten la història d'un presoner alemany que se l'havien de menjar, però finalment no se'l van cruspir, perquè el van canviar per altres mercaderies. Un cop salvada la pell, l'alemany va escriure un llibre molt interessant explicant la seva experiència. Com es pot veure, és molt interessant i sorprenent el món del canibalisme. Una experiència que supera l'aspecte purament materialista de la cuina...

J. V. Jo diria que ho supera tot... El que passa és que tu ets tremebund...

X. D. Ara no exagerem, ¿eh? Que al món sobra molta gent. Seria interessantíssim tastar una sèrie de persones de diferents ideologies polítiques. Potser la gent de dretes tenen un altre gust, mengen d'una altra manera i potser són més insípids.

J. V. Vés a saber, potser hi ha diferència, com en la carn del porc senglar i l'altre, ¿oi?

X. D. És evident que un home, una dona, un nen no poden tenir la mateixa textura. Un nen sempre ha de ser més tendre que un vell; aquest últim pot servir per fer un bon brou... És evident que un alemany no és el mateix que un andalús o un negre, això que estic dient és bastant exacte. Hi ha un conqueridor, que ara no me'n recordo com es diu, que fa un viatge a Río de la Plata i li van fer uns quants homes presoners que més tard es van menjar. Al cap d'uns quants anys torna al mateix lloc i tornen a fer presoners uns quants dels seus homes, però no se'ls mengen. Llavors el conqueridor va demanar als salvatges: «¿Per què no us els heu menjat, aquests presoners?» I li van respondre —això és una crònica històrica—: «Ja fa deu anys que vam provar l'espanyol i no en menjarem mai més...» Els *cherokees* i alguns indis canadencs, caníbals, tenien una gran debilitat pel jesuïta francès.

J. V. ¿Els agradaven les faldilles, potser?

X. D. Els agradaven moltíssim, eren molt apreciats.

J. V. O és que els jesuïtes francesos estaven cuinats amb uns bons fetges d'oca.

X. D. Potser, no ho sé, però els agradava molt, era un animal molt tendre...

J. V. *Boccato di cardinale*... Em fas pensar ara amb tot això, perquè ho veus d'una manera com si fos absolutament normal.

X. D. Sí, hi ha un xicot japonès, que fa dos anys vaig tenir l'ocasió de parlar amb ell, perquè aquestes coses m'interessen sòlidament, ¿eh? Aquell que es va menjar una noia holandesa a París, ara fa dos anys, i jo he pogut veure les fotografies de les preparacions que va fer, va fer una sèrie de plats japonesos.

J. V. ¿Ah, sí?

X. D. La va matar aparentment, va aconseguir fer-ho creure almenys a la justícia francesa; a més, era fill d'una gran família japonesa amb molts interessos a França; diu que no li va costar gaire, que va ser un excés de passió i de gelosia, però el fet era un crim caníbal i culinari. La va matar perquè aquella noia estava molt apetitosa. Després ha escrit un llibre, aquest xicot, en què ha explicat molt bé que, des de molt jove, la seva obsessió ha estat muntar un restaurant on el plat de la casa serien alemanyes fregides...

J. V. Però tu així, en teoria, ¿eh?, seguint aquesta línia, si poguessis muntar un restaurant caníbal, ¿en teoria quin menú plantejaries?

X. D. Aniria per una cosa clàssica. El gran filòsof mexicà Alfonso Reyes, que va investigar seriosament aquesta qüestió, afirma que el millor que hi al món dins la cuina del bestiar humà és el canac, aquests que estan actualment fent merder a Nova Caledònia contra els francesos. Sobretot el canac d'uns trenta anys és un menú per sibarites.

J. V. ¿Mascle?

X. D. Sí, sí, mascle; es veu que té una textura molt saborosa, una mica dolceta, però molt bona...

J. V. ¿Com t'agrada més que et defineixin, com un escriptor o com un periodista?

X. D. M'agrada que em diguin micòleg, o si no, diletant. Tinc targetes que diuen: Xavier Domingo, diletant.

J. V. És maco. Em fa pensar amb el Pompeu Gener, que es posava: *Savant catalan*.

X. D. És clar, naturalment. A més a més del Barça, un dels lligams que sempre he tingut amb Catalunya és el Pujols.

J. V. Home, per favor, és el nostre ídol.

X. D. A més, és molt sentimental. Aquella profecia que un dia tot serà gratuït...

J. V. Sí, sí; això em sembla que no serà veritat, però amb moltes altres coses sí que hi toca.

X. D. Crec que és absolutament veritat.

J. V. ¿Tu creus que sí?

X. D. Segur, si no no seria català. Abans teníem la pretensió, un amic meu i jo, de no pagar l'impost dels cotxes, *la vignette*, que en diuen a França, que és aquell adhesiu que t'enganxen al cotxe. Llavors hi ha una llei que diu que les persones que no tenen mitjans econòmics estan eximides de pagar aquest impost.

J. V. ¿Encara que tinguin cotxe?

X. D. Encara que tinguin cotxe. Durant molt de temps vam estar pensant aquesta història i finalment un dia que estudiàvem, per casualitat, un llibre francès de lleis religioses, vam trobar que hi ha una església oficial, reconeguda per l'estat francès, que és metapsicòsica, que és allò de la transmigració de les ànimes; el meu amic tenia un gos, i el vam portar a aquesta església per veure qui hi havia ficat allà dins; resultat, era en Jean Jaurès.

J. V. No fotis.

X. D. Sí, segur, era en Jean Jaurès.

J. V. ¿Segur?

X. D. Segur! Es van fer totes les proves religioses científiques; una religió oficial, ¿què et penses? Aleshores vam anar a buscar els papers a la prefectura de policia, vam posar els dos cotxes, el seu i el meu, a nom de Jean Jaurès. Això va funcionar durant dos anys; un dia els gendarmes ens paren a la carretera, anàvem amb el cotxe de l'amic, evidentment sense *la vignette*, i ens demanen els papers, la carta gris. *Propiétaire*: Monsieur Jean Jaurès. El gendarme diu: sou vós en Jean Jaurès? No, no, és aquest.

J. V. ¿El gos?

X. D. Sí, que a més a més és un dòberman acollonant. Els gendarmes em diuen: «Aparqui aquí al costat de la carretera i parlarem tranquil·lament d'aquest assumpte.» Ho van portar als tribunals, el jutge va donar la raó a l'església, aleshores l'estat ho va remetre al suprem i aquest afer encara hi és.

J. V. ¿Encara ara hi és?

X. D. Sí, sí. I, si el suprem falla favorablement el cas del meu amic i meu, és una revolució mundial, mundial, eh!, perquè el propietari...

J. V. D'una gallina, d'un canari...

X. D. Posen la seva fàbrica a nom d'un cavall, d'un lloro...

J. V. És clar, que seria una revolució mundial, però ens hem d'apuntar a aquesta església.

X. D. A l'Estat espanyol encara s'ha d'oficialitzar.

J. V. El llibre de *Cocina erótica*, del Manuel Martín Llopis, ¿què te'n sembla?

X. D. Tots aquests llibres de cuina eròtica són una estafa. Simpàtica, pero una estafa.

J. V. En el fons és una ensarronada, ¿no?

X. D. Naturalment!

J. V. Perquè no és cert que el marisc faci trempar; en tot cas el que et farà trempar és la senyora amb qui te'l menges!

X. D. Tot fa trempar! Menjar, caminar pel carrer, evidentment: tot fa trempar!

J. V. Ara em surts massa literari.

X. D. A més a més, el que més et fa trempar és no cardar.

J. V. Per descomptat.

X. D. No hi ha cuina eròtica.

J. V. És que avui he llegit a no sé quin diari de Barcelona, no sé si ho has vist, que un deia que la canyella ho era.

X. D. La canyella, les ostres, el fetge d'oca, tot, les trufes... Tot. Qualsevol cosa que s'hagi de menjar. En un moment donat de la història de la gastronomia ha estat designat com a producte eròtic; probablement per raons inconfessables de propaganda. Desgraciadament el problema de les dones i de tot el que envolta el sexe és que quan en tens ganes no hi són.

J. V. I quan hi són no en tens gaires ganes. Amb el que has explicat, assegut en un orinal amb tan sols quatre anys i veient totes les senyores de classe alta de Barcelona, emprovant-se tota mena de roba interior, és que m'has fascinat, Xavier, ho sento de debò.

X. D. Sempre hi ha el recurs poètic, meravellós i pràctic de la masturbació.

J. V. Sí, això és *impepinable*. És com diu el Gonzalo Torrente Ballester a *La saga/fuga de J. B.*, em va fer molta gràcia; li fa dir a un capellà, Don Acisclo, que diu que ningú fa o dóna els tres últims cops com ho fa un mateix. ¿Com ho fas, tu?

X. D. Amb l'esquerra.

J. V. Parla una mica de literatura francesa actual, és que aquí ningú no en parla; ¿potser és que no n'hi ha?

X. D. És que és una autèntica porqueria. Actualment, és un desastre, home, França és un país en decadència total.

J. V. ¿Tant?

X. D. Sí, sí, home, sí. Tots els països que porten més de tres anys governats pels socialistes cauen en una decadència absoluta.

J. V. *Cambio 16*, no hi ha cap dubte, és probablement un dels mitjans d'opinió més importants del país, i a Catalunya hi té molts lectors; ¿com va néixer, tota aquesta història? Em sembla que tu hi tens bastant a veure, amb tot això, si no m'equivoco.

X. D. Diguem que ho conec més que no pas hi tinc a veure. Jo la qualificaria com una història d'amor del matrimoni Juan Tomás de Salas i Barbara Chaplin.

J. V. ¿Barbara Chaplin?

X. D. És una canadenca que és la directora.

J. V. ¿No té res a veure amb el Charlot?

X. D. No. Aquesta xicota i ell volien fer una revista política a Espanya. En el moment que va sortir era molt difícil que els la deixessin fer. Per això *Cambio 16* en un principi va sortir com una revista econòmica. De mica en mica va anar tirant i encara continua sent una empresa familiar.

J. V. Llavors cada any fas el teu article sobre el Barça, però només en fas un, i això no pot ser...

X. D. M'haig de cuidar, home!

J. V. Sí, ara em vindràs amb l'excusa que ets un iaio. Va, home, va!...

X. D. A més a més, ara vull escriure menys periodisme perquè vull fer altres coses, un llibre; a més, m'he comprat un ordinador personal i segur que inventaré alguna cosa estranya. L'escriptura psicodèlica ordinada o alguna cosa semblant.

J. V. ¿Ah sí? Tu també! Em pensava que eres un romàntic de la ploma. ¿Ho saps, que en Xirinacs també en té un? És que ara això es porta molt, és l'últim crit! Potser amb la febre s'arribarà a prescindir de la dona.

X. D. ¿De veritat?

J. V. De més verdes en maduren!

X. D. Demà em venc el meu. No vull ser com el Xirinacs! És aquell capellà que sempre estava assegut o dret...

J. V. I amb aquesta maquineta què, ¿t'hi entretens? Ha de ser apassionant, ¿oi?

X. D. Sí.

J. V. ¿Val molts calés?

X. D. No, n'hi ha que estan molt bé de preu. La que tinc jo no és pas massa cara, però és una cosa força complexa. És un aparell quasi professional i m'hi diverteixo molt. És una màquina perfectament estúpida, per la qual molta gent es deixa obsessionar completament, però en realitat és com un gos.

J. V. És allò que li tires la pedra i te la va a buscar.

X. D. Exactament igual no; una mica més complicat, però...

J. V. ¿T'ajuda a fer feina?

X. D. Tant se me'n fot.

J. V. Així, ¿per què la tens?

X. D. Per divertir-me.

J. V. ¿Hi jugues?

X. D. Sí, hi jugo.

J. V. ¿Quina mena de jocs t'hi muntes?

X. D. Moltes coses, jocs que ja estan programats, altres que jo programo. És divertit, però el que em treu de polleguera és que tinc una nena de cinc anys, i cony!...

J. V. ¿Que ho fa millor que tu?

X. D. Sí, noi; ho fa millor que jo.

J. V. ¿De debò? O sigui que les criatures tenen més facilitat.

X. D. És normal, això té un llenguatge. Has d'aprendre un llenguatge especial. L'aparell que jo tinc funciona amb un llenguatge, n'hi ha cinc o sis; el que jo tinc es diu *basic*, i has d'esborrar coses que ja saps per aprendre-les, però un nen no ha d'esborrar res.

J. V. És clar, és veritat.

X. D. Llavors, ho aprenen tot molt de pressa i ho fan molt bé. A més a més, haig de dir que aquesta nena que tinc és bastant llesta, m'emprenya molt, ¿eh?, que sigui més llesta que jo.

J. V. Hi ha una altra cosa divertida que m'ha fascinat, tot sopant, quan m'explicaves que ets pare de sis fills. ¿Quantes dones?

X. D. Quatre filles.

J. V. I els reuneixes de tant en tant, ¿oi?

X. D. Generalment, una vegada l'any. Reuneixo les dones amb els seus respectius marits actuals, em fan un informe detallat de la situació dels nens i tot això...

J. V. President del Consell d'Administració de la Casa Domingo, ¿oi?

X. D. Està molt bé.

J. V. Deu ser divertit.

X. D. Hi ha alguns paios d'aquells que són avorridíssims, ¿eh? A vegades, no me'n puc estar i els haig de fotre una *bronca*.

J. V. ¿Als marits de les mares dels teus néts?

X. D. Sí, sí, perquè no les tracten bé o són uns pixafredes...

J. V. Ets una mica patriarca, ¿eh, Xavier? Els periodistes esportius són considerats, a vegades, com periodistes de segona. Tu, que has estat períodes a Espanya i a França, ¿creus que és veritat, això?

X. D. Aquí a Espanya el periodisme esportiu és dolent. L'últim que pot fer un periodista esportiu es fer una entrevista a un futbolista. Amb un futbolista no s'hi ha de parlar mai. Pots parlar amb un boxejador, que és l'exemple més típic d'imbecil·litat, llavors pots obtenir un document humà interessant, però un futbolista no, un futbolista és com un botiguer, no té res a dir. Ara bé, pots parlar de futbol i divertir-te parlant-ne, com d'altres esports, ¿oi? Penso que el periodisme esportiu hauria de ser més lliure, no sempre fer les cròniques de la mateixa manera, hauria de ser més obert i permetre més joc. Una de les grans frustracions de la meva vida dins del periodisme és no haver pogut ser mai corresponsal al Vaticà, tot i que ho he demanat i perseguit mil vegades.

J. V. Oh! Seria meravellós! ¿Per què no t'hi envien?

X. D. Perquè tenen por. Últimament vaig fer un reportatge interessant i molt ben fet sobre la teologia de l'alliberament. Parlava d'aquest personatge tan audaç que han condemnat avui, en Leonard Boff. Però, tornant al món del periodisme, penso que el que de veritat és interessant de fer són els reportatges sobre l'Església o el Vaticà. Passa una mica com en l'esport: pots treballar molt finament, amb intuicïons que de ben segur poden ser certes o serioses, però imaginatives al mateix temps, i al cap i a la fi mai ningú no et desmentirà.

J. V. És clar! Per altra banda, em sembla que el món de l'Església és un món absolutament apassionant i la diplomàcia vaticana se les porta, ¿oi? Deu ser un dels millors serveis d'espionatge que hi ha al món.

X. D. Sí, sí. A més, les personalitats humanes que en formen part són molt interessants, i ens permeten una distància fins i tot afalagadora. De coses, al Vaticà, també n'he fet algunes: he tingut contactes amb alguns cardenals, últimament, per exemple, amb el cardenal Ratzinger; abans amb un cardenal italià que és un verdader príncep de l'Església, viu en un palau i té uns cuiners meravellosos, menja com un déu, és un gurmet aconyonant.

J. V. ¿Qui és?

X. D. Ha pogut ser papa, però no ho serà mai. També he parlat amb el cardenal Veroni, i ara tinc demanada audiència al cardenal Martini, li vull fer un escrit a la graella. Estic segur que serà el futur papa. Actualment és l'arquebisbe de Milà, és una espècie de *playboy*, un jesuïta que fa dos metres, molt maco, una mica progressista pel meu gust.

J. V. Sí, sí.

X. D. A mi m'agrada molt el papa actual.

J. V. ¿De veritat?

X. D. Sí, els capellans han de ser absolutament reaccionaris.

J. V. És clar. Si no, que es dediquin a una altra cosa, evidentment.

X. D. Aquests capellans que hi ha ara...

J. V. O sigui, ¿el Wojtyla és bo?

X. D. Molt bo, molt bo, un aliat tàctic extraordinari.

J. V. ¿Un aliat tàctic de qui?

X. D. Meu.

J. V. ¿L'has conegut?

X. D. No, desgraciadament no, m'agradaria molt coneixe'l.

J. V. ¿No t'han deixat anar d'enviat especial en cap dels seus viatges?

X. D. No, no ho he demanat tampoc, ¿eh? Però vaig seguir el viatge que va fer aquí, a Espanya. El vaig veure bastant: al Camp Nou, a Madrid, a Montserrat. És un gran hipòcrita, però ho fa molt bé.

J. V. Això és innegable.

X. D. Té aquesta barreja de Spencer Tracy i de Richard Widmark. No sé si creu realment en Déu, potser no...

J. V. Però els posats són molt insòlits, ¿eh? Jo, si fos periodista, demanaria ser una Paloma Gómez Borrero, segur. Vull dir que m'agradaria ser corresponsal vaticà, per viure i poder explicar les intrigues de palau.

X. D. Ja passa potser per contactes íntims que no sé...

J. V. ¿Vols dir?

X. D. Diuen.

J. V. ¿Ah, sí?

X. D. Sí, sí.

J. V. ¿Amb qui?

X. D. Amb el papa.

J. V. ¿De debò?

X. D. Això és el que diuen, ara. Demostra un cert mal gust per part del papa...

J. V. Home, tenir una font d'informació com aquesta, nen... És millor no tocar-la.

X. D. Això rai; aquesta intromissió a la vida íntima de les persones...

J. V. Això també. Sí, s'han de guardar les formes. ¿Com el veus el *tinglado*, en general, aquí?

X. D. ¿Quin *tinglado*?

J. V. El polític. Ets un senyor que no en parla gaire, de política.

X. D. No, és que m'avorreix molt; francament m'avorreix cada vegada més.

J. V. ¿No et fa trempar, la informació política?

X. D. Cada vegada menys, i amb aquests senyors d'ara encara menys.

J. V. ¿Per què?

X. D. Els trobo molt *horteras*, força saltataulells. Tots, ¿eh? Tots.

J. V. Però, per altra banda, a mi em diuen que el *Cambio* li fa molt el llit al Pujol, ¿no? Amb això del Roca i el PRD.

X. D. Potser.

J. V. És clar, tu no el toques aquest rotllo.

X. D. Però aquestes pàgines del *Cambio*, quan algunes vegades es parla d'això, no les llegeixo.

J. V. Home, si la premsa és el «quart poder», s'hauria de mantenir al marge, ¿oi?

X. D. Sí, el problema de la premsa espanyola política és que és una premsa d'amiguets del polític. Ara fa molt temps que no escric coses directament polítiques, però sempre he procurat —quan he parlat de temes polítics— fer el tractament d'una manera distanciada i professional. He procurat no descuidar-me el senyor tal. «Don fulanito de tal.» Allò d'escriure Felipe o Manolo em sembla el súmmum del llepaculisme. El Jordi, ¿eh?, el Jordi, ¿què hi tinc a veure jo, amb aquest senyor? Aquest senyor és un senyor que mana.

J. V. Poc.

X. D. No sé si mana poc o molt, em sembla que mana bastant.

J. V. ¿A Madrid el veuen com un personatge molt important? És que aquí no se'l veu tan important.

X. D. Ja, perquè els catalans sou així.

J. V. Som, diràs, ¿no?

X. D. Sou, perquè sou catalans que viviu a Barcelona. A mi, tant se me'n fot!, el Pujol; jo visc a Madrid, el meu és en Leguina...

J. V. ¿No et fa una gràcia increïble això de la comunitat autònoma madrilenya? ¿O te la prens seriosament?

X. D. No, no. És una de les coses més gracioses del món.

J. V. Jo ho trobo genial, ¿no?

X. D. Totes aquestes coses que estan passant en aquest sentit són bastant divertides i, al mateix temps, molt avorrides. L'únic interès que ha tingut la gent per tota la política espanyola dels últims anys han estat els acudits dedicats a en Morán, i les històries de cul d'uns quants ministres.

J. V. ¿En saps cap?

X. D. Sí, però no les vull explicar, perquè jo respecto molt la vida íntima de les persones. Però és curiós, aquests xicots, des que han arribat al poder, s'han començat a separar.

J. V. ¿Tu devies viure el Maig del 1968 molt de prop, quasi t'hi deuries trobar implicat?

X. D. Ben bé implicat, no, però ho vaig viure molt des de dins.

J. V. ¿Com els veus, ara, tota aquella colla de gent que es reclamen fills del 1968, quan estaven vés a saber on?

X. D. És que no en tenen ni idea, del Maig del 1968, allò va ser un fracàs!

J. V. Home, total; és evident que va ser un fracàs.

X. D. Com totes les coses que passen a França. A més, si em permets, et diré que jo sempre he pensat que era un esdeveniment molt poc francès. Quan em ve a la memòria aquest període del Maig de 1968, em recordo d'una història de la Comuna de París de 1870, que és la següent i aquesta sí que és típicament francesa: resulta que la maçoneria va entrar molt tard a França i, com a conseqüència, també es va solidaritzar amb la Comuna de París amb força retard. Però, tot i així, van publicar un manifest que comença amb aquestes paraules sublims: «Contra els canons marsellesos oposarem una trinxera de firmes de protesta...». Doncs el Maig del 1968 és una mica això. Jo vaig ser un dels primers d'ocupar la Sorbonne. Immediatament ens vam instal·lar en una aula en la qual vaig fer un discurs en què proposava fundar un comitè de treballadors i estudiants estrangers. Cosa que es va fer. Llavors, en un moment del parlament vaig recordar l'exemple de la Comuna, i vaig recomanar a tots els estrangers que no es fotessin en res perquè els que la pagaríem seríem nosaltres.

J. V. I va ser així, ¿oi?

X. D. Sí, va ser així. En aquell moment jo estava bastant ficat en un grup que s'anomenaven situacionistes. I una de les poques coses que es van fer bé —segons el meu punt de vista— el Maig de 1968 fou que, durant els primers dies d'ocupació de la Sorbonne, aquesta estava totalment controlada per quatre grups que van funcionar d'una forma impecable. Eren: els situacionistes, els trotskos del grup de Lambert i uns altres d'independents, la Lliga Comunista i la OCI (que era una organització internacionalista). Pel que fa als situacionistes, quan teníem el poder posàvem a la centraleta telefònica un sordmut. És clar, com et pots imaginar, això era una cosa absolutament subversiva.

J. V. No sé fins a quin punt hauran tingut importància els situacionistes, però em sembla que ha set un dels moviments més interessants d'aquest segle, ¿eh?

X. D. Jo no diria tant; però és evident que hi ha hagut una sèrie d'aportacions dels situacionistes, un grup incoherent en el qual cada setmana hi havia dues dissidències. Jo trobo que encara, avui dia, un llibre com la *Societat d'espectacles*, de Jacques Delors, és un llibre absolutament fonamental, també hi ha altres coses...

J. V. Però ja és això, ¿oi?

X. D. Va ser un episodi interessantíssim de la vida cultural i intel·lectual francesa. En canvi, quan els trotskistes tenien el poder, era extraordinari perquè s'implantava immediatament la burocràcia més demencial. Inventaven immediatament segells, papers, etcètera. Una vegada recordo que vaig arribar a la facultat i em dirigia cap al lloc on hi havia el comitè, un cop davant la porta de la universitat, un tio em demana un segell; jo, una mica mosca, li vaig fer repetir; ell, amb insistència i un casc damunt del cap, em repetia: *Camarade, les papiers!*

J. V. Sí que anava de veres, això dels *papiers*.

X. D. Doncs sí, sí, vaig dir que no tenia *papiers* i me'n va fer un al moment; així va començar Stalin, amb un segell i un paper...

J. V. En Prat de la Riba deia que li deixessin un segell, només un segell, i que ja s'ho faria... I va fer prou feina, ¿eh?

X. D. Una de les coses més significatives en aquest sentit dels partits és que el que mana no es diu mai president, s'anomena secretari general, que ja és una cosa totalment burocràtica.

J. V. Jo crec que hi ha gent que ja té vocació de secretari general, ¿no?

X. D. Moltíssima. La immensa majoria del món, que està format per estúpids complets, té vocació de secretari general o aspira a una secretaria general.

J. V. ¿Tu creus que el treball redimeix l'home?

X. D. No. El treball embruteix absolutament.

J. V. ¿Quantes targetes de crèdit tens?

X. D. No ho sé, potser dues o tres. M'agraden molt les targetes de crèdit.

J. V. ¿Què gastes, betamax o VHS?

X. D. American Express.

J. V. No, home, no! ¿Et mires el final de les novel·les, abans de començar-les?

X. D. Llegeixo molt poques novel·les, molt poques; ara n'he llegit una que l'he trobada absolutament genial. És un llibre que he comprat unes quinze vegades i sempre el perdia als hotels abans de començar-lo a llegir, i l'altre dia el vaig comprar una altra vegada.

J. V. ¿Quin és?

X. D. *La conjura de los necios*, un llibre absolutament genial. Finalment, el vaig comprar, me l'he llegit en una nit, no el vaig poder deixar; és d'aquelles nits que se't fan les vuit del matí sense adonar-te'n. Un llibre genial.

J. V. Quina pena que el tio se suïcidés, ¿eh?

X. D. Bé, això no sé si és una pena.

J. V. Home, planteja el llibre amb una continuació.

X. D. Una vegada has escrit un llibre així, ja et pots suïcidar, ¿eh?

J. V. ¿Vols dir?

X. D. Sí, sí, no tens res més a fer.

J. V. ¿T'ho creus, això del paper i la lletra?

X. D. Home, això és un llibre genial! Potser l'altre hauria sigut una cagada, perquè l'únic dolent d'aquest llibre, de fet, és aqueta espècie de *happy end* que no correspon, perquè això s'hauria d'acabar amb una d'aquelles catàstrofes... El que és impressionant d'aquest llibre és que jo he conegut una quantitat enorme de personatges com l'Ignatius Reilly, i el més curiós és que tots són grossos i obesos.

J. V. ¿Saps a qui li escau admirablement, això? Al Pere Gimferrer.

X. D. Absolutament.

J. V. Un dia estava a la Llibreria Francesa de Barcelona, a dalt, a l'entresolat, amb el responsable de la llibreria, i diu: mira, l'Ignatius Reilly; jo me'l vaig mirar i li vaig dir: hòstia, és clavat!

X. D. Sí, sí. N'he conegut una pila, de tipus així...

J. V. Escolta una cosa, ¿tu t'agrades quan et mires al mirall?

X. D. Molt.

J. V. ¿Sí?

X. D. Mot, sí, sí. Jo sóc un dels homes més guapos del món; ara, m'ho creia fins l'any passat, que t'explicaré el que em va passar amb la meva filla, que en aquella època tenia quatre anys; és aquesta nena que es diu Diana. Ens estàvem banyant a la banyera, a Galícia, en època de vacances i, de cop i volta, em va tocar la titola; immediatament jo li vaig dir: «Nena, això no ho toquis, ja ho tocaràs quan siguis gran.» I, ¿saps què em va dir? Diu: «Quan sigui gran, en voldré una de més grossa.»

J. V. Això, la teva filla petita.

X. D. Sí. Des d'aquell moment fem banyera a part.

J. V. Tu suposo que no faràs el fet a l'hora fixa, ¿oi?

X. D. Home, depèn, jo tinc dues hores.

J. V. ¿Quines són?

X. D. Després de la migdiada, que és una cosa sagrada, i al matí, abans d'aixecar-me.

J. V. És bona hora, sí, perquè l'error és fer-ho al vespre.

X. D. Tens tota la raó. Al vespre és fatal; és una cosa d'*horteras*.

J. V. Totalment d'acord. Escolta: ¿figa fixa?

X. D. Jo sempre figa fixa.

J. V. És clar, quan s'acaba una història...

X. D. Però prefereixo que durin, ¿eh? Em penso que ara és una cosa ja pràcticament definitiva, amb aquesta xicota rossa amb la qual visc.

J. V. Guapíssima, m'han dit. No la conec, però m'han dit que és guapíssima.

X. D. Molt intel·ligent i molt simpàtica.

J. V. ¿Whisky, conyac, cervesa o ginebra?

X. D. Whisky. Jo sóc català per part de pare i mare, i escocès per part de whisky.

J. V. ¿Què és pitjor, la set o la gana?

X. D. La set.

J. V. Deixant de banda el rocafort que deies abans, ¿tu creus que la llengua és fonamental?

X. D. Absolutament. Un dels aparells sexuals més importants.

J. V. ¿Què t'excita més, l'olor corporal o el perfum?

X. D. Això sí que és una qüestió delicada, importantíssima. El perfum m'agrada molt, molt; sóc un gran fetitxista del perfum. M'agraden molt les dones que es perfumen i que el saben escollir, cosa no gens fàcil. La conjunció entre l'olor de la pròpia pell i l'olor del perfum; l'olor de dona és una cosa importantíssima. Tinc alguns prejudicis per algunes èpoques; segurament dec ser una cosa absolutament reaccionària; les dones protestaran, però mira, és així. Les dones totes, tenen una olor, i una olor diferent sempre, una cosa impressionant.

J. V. Escolta, els llençols, ¿què? ¿Seda o lli?

X. D. A l'estiu de seda i a l'hivern de lli. Millor si poden ser d'Holanda.

J. V. ¿Què prefereixes, gats o gossos?

X. D. Res, home, em foten un fàstic, els animals, acollonant! Aquesta gent que tenen gossos em repugnen. ¿I els cavalls? Allò és una cosa... A més que és un mitjà de locomoció absolutament antiquat i que no serveix per res, que ni en vull parlar.

J. V. ¿T'agrada que et rasquin l'esquena?

X. D. M'agrada que em gratin els collons.

J. V. ¿Pàtria o nació?

X. D. Depèn.

J. V. ¿De què?

X. D. De qui està davant.

J. V. ¿Si no hi ha pèl, hi ha alegria?

X. D. Home, depèn també.

J. V. ¿Sol o acompanyat?

X. D. Res m'agrada sol.

J. V. ¿Llit tou o llit dur?

X. D. Dur.

J. V. ¿Fas dossiers, tu?

X. D. No necessito fer arxius, perquè sóc un home de rancúnies i d'odis que duren anys.

J. V. A veure, un consell, perquè tu en saps, d'això; ¿com et fas passar la ressaca?

X. D. Amb un bany molt calent i aigua de vichy, que és la millor.

J. V. ¿Has pensat en el teu epitafi?

X. D. Mai no he pagat impostos.

J. V. I continuaràs sense pagar-los.

X. D. Això espero.

Pere Calders

J. V. Tenim aquí un senyor amb la nota biogràfica següent: «Em dic Pere i dos cognoms més, vaig néixer abans-d'ahir i ja som demà passat; ara només penso com passaré el cap de setmana.» Es diu Pere Calders i no sé què més.

P. C. I Rossinyol.

J. V. Jo voldria demanar al Pere Calders si es diverteix escrivint.

P. C. Sí, molt. Em sap greu, perquè potser quedaria millor dient que pateixo, perquè quan ho diuen col·legues meus m'impressiona.

Q. M. ¿Sempre t'ho has passat bé escrivint? ¿O hi ha hagut moments que paties?

P. C. M'ho passo molt bé quan escric i molt malament, o més malament, quan no puc escriure.

J. V. I llegint, ¿com t'ho passes?

P. C. Doncs hi ha de tot.

J. V. Escolta'm, ¿penses que si tu et diverteixes escrivint la gent es diverteix llegint?

P. C. Jo penso que no se li pot fer a la gent l'estafada que si llegeixen no es diverteixin. És el mínim que es pot demanar quan et proposes que un lector t'escolti, o que et llegeixi. De manera que si no es diverteix o s'avorreix ho trobo una mala cosa, sí.

R. B. Llavors, tot això que dius ara, ¿per què no ho dius quan escrius? ¿Per què no dius: «aquest escriptor català és una porqueria, no el llegiu»?

P. C. ¿I per què ho he de dir, això?

R. B. Tu tens una pega, Calders: que ets massa bon noi.

P. C. No, no. És que no sóc un crític, i jo no puc jutjar el que fan els altres.

R. B. A part de ser un crític o no, ets massa bon noi.

J. V. Ramon, ¿per què ho dius, això?

R. B. Perquè últimament no estic gens d'acord amb en Pere Calders. Vas de retirat, de jubilat. I amb la trempera que tu tens.

P. C. Tant que treballo últimament, Barnils...

R. B. No, no. És la manera. Et deixes enredar pels editors: et posen de patum i de persona importantíssima i consagrada.

P. C. Mira, arriba un moment que, encara que no ho vulguis, fas de patum. S'hi arriba per una mena d'escalafó i per edat, gairebé. Ara m'agradaria que em diguessis per què em dius això.

R. B. Sí, home. Tu pots fer moltes barbaritats i, en canvi, perquè ets un xicot molt ben educat, d'aquests d'abans de la guerra, que no vol molestar ningú, aquest paper de patum que t'han atribuït merescudament... No és que t'hi refugiïs, però t'ho deixes fer.

P. C. Mira, t'asseguro que faig barbaritats, encara.

J. V. ¿Quina és l'última, Pere?

P. C. L'últim que he escrit. Ara, això que dius del bon noi, del *bon* no n'estic tan satisfet, però el *noi* te l'agraeixo, perquè, a la meva edat, quan et tracten de noi és una falagueria. N'estic molt content. No em sento noi ni em sento gaire bo. Quan vaig començar a escriure, que era un nen, i ara, que sóc un vell, tinc el mateix esperit. Faig el que puc, em diverteixo escrivint i explico coses aspirant que algú em llegeixi. M'agradaria que em diguessis com m'ha arribat aquest paper de patum, ¿per què em recuperen coses que he fet abans i les reediten?

R. B. I t'ho deixes fer. I em sembla molt bé que t'ho facin, però tu els has de dir: «Passo d'això.» Per exemple, te'n posaré un cas una mica escandalós: has fet el llibre *Veure Barcelona*, que està molt bé; dit això, hauries d'obligar l'editor que en fes un llibre de butxaca, que tu reescriuries i on diries tot el que has vist caminant per Barcelona, que no ho dius.

P. C. Aquest llibre concret, de fet, és un àlbum gràfic, d'imatges, amb uns textos que fan com una mena de contrapunt a aquestes imatges; de manera que no és una guia ni és una història.

J. V. ¿No n'estàs tip, que els periodistes sempre et descriguin com un senyor modest, senzill, simpàtic i, fins i tot, educat?

P. C. Escolta, em fareu malbé: ni senzill, sóc complicat com tothom, ni tan modest ni tan educat; però us ho agraeixo. Ara, et diria que per Barcelona ja no hi passejo. Barcelona per mi és una sèrie de records, d'enyoraments; l'he enyorada durant molts anys perquè era fora. I realment, contestant el que em dius, Barnils, és un encàrrec que no m'han fet; si tu compromets un editor que me'l faci, en parlarem.

R. B. Ja està fet: el Vallcorba et diu que sí.

J.V. Està fet, Calders.

P. C. Però el que hauria de dir que sí sóc jo, ¿eh?

R. B. Ara ja m'agrades més; ara ja comences a dir mentides.

P. C. Oh, és que no em coneixes; en dic una quantitat...

J. V. ¿És important el *how much* a l'hora de parlar amb un editor?

P. C. Sí, sí que ho és.

J. V. Va, Vallcorba, digue-l'hi a l'orella; no cal que ho sapiguem els altres.

V. En Calders i jo ja hem fet tractes.

J. V. No t'empatollis, que això no és cert.

V. És cert. ¿Vàrem fer tractes o no, Pere?

P. C. Tractes, tractes... Jo et diré la veritat, i si haig de dir la veritat, no n'hem fet.

R. B. Ara em tornes a agradar: a més de mentider, coqueta.

P. C. Sí, això sí que ho sóc, sóc un presumit com una casa.

R. B. Et fas anar al darrere, i em sembla molt bé.

P. C. Mira, Barnils, arriba una edat (jo sóc el més vell dels que som aquí) que els llibres ja te'ls paguen millor del que havies somiat mai.

J. V. ¿De debò?

P. C. De debò. Tant de bo que, quan jo era jove, me'ls haguessin pagat com me'ls paguen ara. Tota la meva vida hauria estat diferent. I no parlo només de Destino, sinó de tots els altres editors. El que passa (i les comparacions són odioses)... Jo diria ara el que va dir Bernard Shaw quan li van donar el Nobel de literatura; va dir: «Sí, això és com si li llancessin un salvavides a un que s'ofegava quan ja ha arribat a la platja»; arriben, aquesta mena de reconeixements, fins i tot de tipus econòmic, quan ja no fan tanta falta.

R. B. Ara em comences a agradar més: comences a dir que t'han robat tota la teva vida; a la teva manera, però ho dius.

P. C. Si de debò m'has llegit, Barnils, també deus saber que m'han robat una mica tota la meva vida.

J. V. ¿Tu ets optimista?

P. C. Sí. Però gairebé patològic; sí, sí, perquè per ser optimista a l'època que hem viscut es necessitava una quantitat forta de voluntat, i jo l'hi posava. El que sí que puc dir, sense falsa modèstia, és que la meva vida no ha estat fàcil; ha estat bastant complicada, en una època complicada, i sempre m'ha semblat que l'optimisme resolia situacions i, en canvi, el pessimisme no n'ha resolt mai cap de les que jo he vist.

J. V. Tu, Pere Calders, sembla que, quan eres petit, vas viure en una masia.

P. C. Sí. Era una masia que se'n diu Can Mauri, una masia molt gran que agafava tres termes: Polinyà, Sentmenat i Sabadell. Era una masia molt aïllada de centres rurals, autosuficient, s'hi feia tot el que necessitàvem: el vi, l'oli, teníem aviram, bestiar... Era una vida molt aïllada. Avui dia això sembla bastant estrany, però jo hi havia passat una part important de la meva vida.

J. V. ¿De què hi feies, tu, allà?

P. C. De nen.

J. V. Em sembla que en Pere Calders mai s'ha trobat un cocodril a la banyera, ¿oi que no?

P. C. No. Però m'he trobat iguanes pel carrer, que en tenen la mida, si fa o no fa.

J. V. Escolta, ¿i fan gaire por, les iguanes, pel carrer?

P. C. A mi, molta. Els rèptils em fan molta por; tots. Jo he estat en aquest istme de Quatepec, a Mèxic, on veus iguanes pel carrer i els policies et diuen que no les toquis, perquè són el servei municipal de neteja: les aures i les iguanes no es poden tocar, perquè es van menjant tot el que cau per terra i són l'únic servei de neteja que hi ha a segons quines zones del país.

J. V. Però diuen que la cuixa d'iguana és molt bona, ¿no?

P. C. Sí. Jo en vaig tastar una i era boníssima, però quan vaig saber que era d'iguana vaig estar tres o quatre dies malalt.

J. V. ¿Què en penses, dels que diuen que pateixin escrivint?

P. C. Em fan molta enveja. Sí, sempre que parlo amb ells penso que, això de patir, quan expliquen que pateixen quan escriuen, els deu donar una certa categoria davant els possibles lectors que jo no tinc. A mi no m'ha agradat mai fer patir, i no fer patir no és popular.

J. V. Escolta, ¿què et diu Canada Dry?

P. C. Tantes coses... A Mèxic vaig tenir una petita agència de publicitat, érem jo i un company, i vam fer la propaganda del Canada Dry allà. Era una mena de tònica seca i aquest encàrrec ens el va fer el representant d'aquesta companyia americana a Mèxic. Ens va semblar que ens ocuparia un temps de feina. Un dia, el representant mexicà de l'agència, el senyor Mayora, ens va venir a veure en un despatx molt petit; estàvem treballant sobre el Canada Dry amb una Coca-Cola sobre la taula. Va ser funest.

J. V. ¿Vàreu perdre el client?

P. C. Completament. A més, aquest despatx que teníem estava molt desendreçat i el senyor Mayora era un d'aquests senyors cortesos, portava un barret que devia ser de bona marca... En entrar al despatx, va quedar molt parat de veure què era allò, es va treure el barret, va fer dues voltes per veure on el deixava, no hi havia lloc i se'l va tornar a posar. I aquí es va acabar el contracte millor que he tingut a Mèxic.

Q. M. Era una mica pitjor: tu li vas dir alguna cosa, pel que recordo.

P. C. Em vaig quedar tan parat i desconcertat de veure aquell senyor, que li dic: «Señor Mayora, perdone, esto es una posilga, pero ésta es su casa.»

J. V. ¿I com eren, les reunions, al saló de te Lady Baltimore, de Mèxic?

P. C. El Josep Carner va tenir la preocupació que els escriptors catalans que havíem arribat a Mèxic, sobretot els joves, tinguéssim contactes amb els escriptors espanyols i els mexicans. Com que era un diplomàtic i volia fer les coses sempre amb una certa categoria, ens reunia en un saló de te.

R. B. ¿És veritat, que en Rulfo ha estat alcohòlic des dels catorze anys fins ara?

P. C. De fet, jo diria que en Rulfo el va descobrir en Carner. Per mi és el millor escriptor sud-americà i potser dels millors en llengua castellana. Li va passar una cosa: va publicar aquest llibre, que el trobo genial, que és *El llano en llamas*; una productora de cinema mexicana li va comprar un dels contes d'aquest llibre per una quantitat que en aquella època era fabulosa, cinquanta mil pesos; i en Rulfo va pensar: «Doncs ja no he de fer res més a la meva vida, plego», i es va dedicar a les coses que li agradaven, i una d'elles potser era fer-se passar la set, sí.

J. V. ¿I no ha escrit res més?

P. C. *Pedro Páramo*, i jo no li conec res més.

Q. M. Fotografia, ha fet.

P. C. Va obtenir del govern mexicà un càrrec a l'Institut d'Antropologia.

J. V. És que Mèxic és un país molt seriós, ¿no?

P. C. És un país que té un caràcter extraordinari; que topa amb la nostra manera de ser, però que acabes respectant-lo, perquè saben el que volen fer i el que són, o el que voldrien recobrar del que eren. Jo us recomanaria a tots que, si viatgeu i podeu projectar un viatge, aneu a Mèxic: és un país dels més interessants d'Amèrica, i potser diria que del món. Ara, conviure-hi per a mi va ser impossible: arriba un moment que dius: «Ells tenen tota la raó del món de ser com són; jo no vull ser com ells i recordo el meu país.» I tota la meva vida a Mèxic va ser d'enyorament i de ganes de tornar.

J. V. ¿Quin és el racó de Barcelona predilecte teu?

P. C. Quan ets lluny i hi penses i l'has enyorada tant com jo, recordes el que recordem tots i que ja és un tòpic: recordes la Rambla, recordes el carrer on has nascut, el barri gòtic, i recordes Barcelona com a conjunt.

R. B. Jo el que voldria, després d'aquest, que està molt bé, és l'altre, és a dir, el Pere Calders passejant per Barcelona el 1983, que parli també del 1984 i el 1985.

P. C. ¿L'he de fer jo, aquest llibre? ¿No pot ser que tingui uns altres llibres per fer, que m'ocupin més que aquest?

R. B. Explica'ns-els.

P. C. No cal. En vaig fent contínuament; tinc una mena de condemna de contista. Ara vaig fent una col·laboració al *Correu Català* que és un conte cada quinze dies, i hi posa: «escriptor i contista».

J. V. Monzó, ¿eh que no hi estàs d'acord, amb això?

Q. M. Sí, em fa molta gràcia que hi posin això d'«escriptor i contista» quan una cosa inclou l'altra. En tot cas, si hi haguessin posat «novel·lista i contista» tindria una lògica.

P. C. No tinc més ganes d'explicar Barcelona, que ja ha estat molt ben explicada; tot el que es pot dir de Barcelona ja s'ha dit. Tu em vas dient «¿quines són les teves impressions de passejar per Barcelona?». ¿Vols que et digui la veritat? Ja no m'hi passejo; només em passejo pel meu barri, i encara amb penes i treballs. De manera que és un encàrrec que no el podria acceptar. Crec que hi ha molta gent més qualificada que jo per fer-lo.

V. El que passa és que jo esperava un conte.

P. C. Un conte sobre Barcelona sí que te'l faré. Amb això tinc uns penediments també estranys: Holanda prepara una exposició de pintura holandesa a Barcelona, i una senyora que no l'he vista mai em telefona per demanar-me que faci un conte sobre Barcelona pel catàleg d'aquesta exposició; l'encàrrec és tan insòlit que li vaig fer una cosa estranyíssima; encara en tinc penediments, cada dia quan em fico al llit penso «¿què li deu haver passat?»; l'hi vaig donar (l'havia de traduir a l'holandès), i no va dir res més; es devia quedar de pedra. Per acabar-ho d'arreglar, és una senyora que es diu Van de Pas.

Q. M. En una entrevista que li va fer, l'Ana Basualdo deia que en Calders era una illa a la literatura catalana: ¿tu ho veus clar, això, o tens uns fils que et lliguen amb una certa gent que hi havia hagut abans i que la Basualdo deu desconèixer? Jo et trobo moltes relacions amb el Grup de Sabadell.

P. C. Vaig conèixer l'Ana Basualdo en el curs d'una entrevista, i una de les coses que va dir i tu no has dit (i ets molt discret) és que era de les persones més simpàtiques. I això vaig trobar que era excessiu. A mi no m'agradaria mai ser una illa en el sentit que ho deia ella; geogràficament potser sí, les illes m'agraden, però, en el sentit cultural, ser una illa no m'agradaria gens.

J. V. Tu has tingut sempre unes minyones mexicanes molt especials, ¿oi?

P. C. Sí, sí, moltes.

J. V. Fes-nos-en cinc cèntims.

P. C. Mèxic era un país tan especial..., fins al punt que, quan em quedava sense minyona, la meva dona sortia a la finestra i a la primera indieta que passava li deia «tú, sube!», i es quedava com a minyona. Sí, això ara us sembla insòlit, però és absolutament veritat. I n'havíem tingut de tota mena: en vàrem tenir una que, quan jo arribava de treballar al vespre, sopava davant del televisor i mirava la seva sèrie de televisió, la que li agradava, i jo, instintivament, sense ganes de fer-li la guitza, canviava de canal, i ella: «¡Señora! ¡El señor me ha cambiado el canal!»; aleshores, com que això era una institució, havia de canviar de canal.

J. V. ¿Quin escriptor no mexicà ha descrit millor l'esperit de Mèxic?

P. C. Hi ha l'Oscar Lewis, que té un llibre, *Los hijos de Sánchez*, on ho fa.

J. V. ¿Els exiliats catalans a Mèxic, eren una mena de màfia?

P. C. En el sentit de poder sobre el país on érem, no; però en el sentit de mantenir una mena d'aïllament i de procurar aquesta identitat que nosaltres enyoràvem, sí.

J. V. Hi ha una cosa que al Pere Calders el preocupa tant com a nosaltres: el país va coix, ¿no?

P. C. Expliqueu-m'ho, això.

R. B. Al país li falta una pota; té la pota dreta, només.

P. C. Sí, doncs potser sí: al país li falta la pota esquerra. Però tu comences parlant de la pota dreta, que a mi aquesta no em preocupa.

J. V. És la que hi ha.

R. B. ¿I com ho hem d'arreglar, això?

P. C. No ho sé, perquè això és una cosa que no depèn d'una petita reunió, sinó d'una reacció col·lectiva.

J. V. Pere, que ara ens escolta tot Catalunya.

P. C. El que li passa en aquest moment a l'autonomia nostra és que fan el que poden, i ho fan ben fet, dins els seus límits; però ens falta aquest contrapès d'una esquerra: no la tenim organitzada.

R. B. Els del PSC-PSOE (amb raó, és clar) s'enfaden si els dius que en aquest país no tenim esquerra.

P. C. En aquest moment no en tenim. El poc que en tenim, que és poquíssim, es va fent com es pot; però ens fa falta, per una possible consulta electoral, el contrapès d'una esquerra organitzada, i no la tenim.

R. B. Tu, que ets un home experimentat a muntar esquerres, que ets fundador del PSUC: ¿com es podria fer, per muntar una esquerra?

P. C. Aquesta pregunta comporta un dubte, que és el dubte que tinc jo. Falta la capacitat de convocatòria que faciliti aquesta esquerra. Hauria de ser una esquerra nacionalista, fins i tot independentista, i radical. Aquest seria el contrapès. No la veig. Per desgràcia, hi ha una dispersió, hi ha una mena de dinamitació de partits com el PSUC que a mi em dol molt, perquè ha excercit un paper històric al nostre país i ara no l'entenc gaire. Ara, la fórmula no la tinc, no la sé.

R. B. La fórmula d'aquella època va ser que vau agafar uns quants partits petits i els vau ajuntar en un de sol.

P. C. Quan es va fundar, el PSUC era un partit marxista d'esquerra i com a principi fonamental tenia l'autodeterminació dels pobles. Molta gent que de petits havíem estat de centre o de dreta ens vàrem sentir convocats pel PSUC. Ara em sembla que això és el que hauria de reivindicar una esquerra.

R. B. Falten professionals de la política; ¿sí o no?

J. V. Sí, sí.

R. B. Perquè, de portar ciris a Etiòpia i de fer assegudes al davant de no sé on, d'això ja en tenim. Ara, el professional que s'hi dedica vint-i-quatre hores no hi és.

P. C. Jo et diria que, amb la petita autonomia que tenim, aquest govern de Convergència ja fa el que pot. Però el que ens fa una falta extraordinària és el contrapès que no tenim; ara no el veig. En aquest sentit hi ha una desorientació terrible. Sempre hi havia hagut un sentiment d'esquerra nacionalista, que no són precisament els que en diem «nacionalistes d'esquerra»; ara hi ha una colla de grups amb una mateixa ideologia contraposats i que al moment de votar et desorienten.

R. B. La gent no anem a votar.

P. C. Escolta, jo sí. Jo no havia votat mai fins que vaig tornar aquí, que van fer un referèndum i hi vaig poder votar. Aleshores hi ha una mena de passió de poder votar, d'anar a l'establiment del teu barri a dipositar un vot. Jo crec que sí, que hem de votar; ara, ens han de donar alternatives de vot, i això és el que veig ara ben difícil.

J. V. Escolta, Pere Calders, sembla que a Mèxic et van oferir d'escriure col·laboracions en un diari d'allà, però et vas estimar més fer-ho a revistes catalanes a l'exili.

P. C. Sí, exactament. Hi havia un diari que es deia *El Nacional* que em va oferir una col·laboració periòdica, però em vaig estimar més col·laborar i escriure en català a les publicacions que es feien en català a Mèxic. No dic que tingui raó amb aquesta actitud, però ho vaig fer.

Q. M. I recentment, ¿no t'han fet ofertes per escriure en castellà?

P. C. No, en castellà, no.

R. B. Quina sort que has tingut! És que paguen poc, ¿eh? Seriosament, paguen poc.

P. C. Barnils, tu ets jove i tens aquesta sort. Jo he arribat a vell i...

J. V. Escolta, ja n'estic fart, que et tractis de vell; si ets una criatura. A *La Nostra Revista*, número editat a Mèxic el 1946, a les pàgines, exactament i precisa, 419-421, hi ha un conte d'en Francesc Trabal que es diu «La confraria de les Sabines», il·lustrat per tu. En Trabal vivia a Santiago de Xile; ¿tu l'havies conegut abans de sortir de Catalunya o vàreu tenir tractes a l'exili?

P. C. El vaig conèixer abans de sortir de Catalunya a través d'una associació sindical que es deia Associació d'Escriptors en Llengua Catalana, adherida a la UGT; aquí vaig conèixer en Trabal.

J. V. I avui, ¿quina valoració en fas, d'ell?

P. C. Mira, per mi una de les millors novel·les en català de la guerra i la postguerra és *Vals*. Tota la resta de l'obra d'en Trabal, jo no voldria judicar-la; però aquesta novel·la és molt considerable.

Q. M. ¿No voldries judicar-la perquè te la voldries carregar?

P. C. De tots els grans autors d'aquest món, n'hi ha una part que ha quedat. Doncs mira, d'en Trabal, només que n'hagués quedat *Vals*, per mi ja fóra vàlid a la nostra cultura; de tota la resta, se'n podria prescindir.

Q. M. El mateix Trabal considerava que *Vals* era una obra que havia fet pensant de guanyar un premi, diguem-ne baixant-se els pantalons. Sempre deia que la millor cosa seva era *L'any que ve*.

P. C. Escolta, jo sóc un espectador d'aquesta època; si et ve bé parlar d'això, parlem-ne. *Vals* és una obra col·lectiva del Grup de Sabadell; és una idea que surt d'un grup que acorden fer-la; en Trabal comença a treballar-hi i els altres la van polint (els altres són l'Armand Obiols, en Joan Oliver i en Lluís Montanyà). De manera que jo, de debò, sóc una mica espectador de prop.

R. B. ¿Ho veus, Calders, com, si ho vols, expliques coses interessants? Ara que hi has entrat, continuem. Tinc dues coses a preguntar-te, si no ho vols no les contestis: una no et costarà gaire, l'altre et costarà més. En Garcia Oliver, ¿el vas conèixer a Mèxic?

P. C. No, no el vaig conèixer. Escolta, fes-me la difícil.

R. B. Has parlat de l'Armand Obiols.

P. C. Per començar, no es deia Obiols, es deia Prats; Obiols era un pseudònim.

R. B. Som a l'any 1939 i surten un grup d'escriptors i escriptores... ¿Em vas veient o no?

P. C. Et segueixo.

R. B. Ja m'ho semblava, que em seguies. Entre aquests escriptors hi havia l'Armand Obiols, i entre les escriptores hi havia la Mercè Rodoreda. Jo abandono la història a les teves mans a partir de la frontera.

P. C. Em deixes una història que són com sis volums, que hauria d'editar el Vallcorba.

J. V. Sintetitza, Calders, sintetitza: ja saps què ens interessa saber.

P. C. Doncs que m'ho pregunti concretament.

R. B. Es van embolicar; una cosa guai del Paraguai.

P. C. ¿Qui?

R. B. La Rodoreda.

J. V. ¿La Rodoreda amb qui?

R. B. Amb l'Armand Obiols.

P. C. Sí, sí. Van establir un lligam sentimental, diguem-ho així, fins al final de l'Armand Obiols.

R. B. Des del meu punt de vista, és una història d'amor sensacional.

P. C. Sí, en certa manera sí. *Sensacional* és una paraula que m'impressiona molt.

R. B. Diguem-ne apassionada.

P. C. Sí, sí.

R. B. I això explica moltes coses de la Rodoreda; per exemple, que aquesta porqueria de *La plaça del Diamant*...

P. C. ¿Què has dit?

R. B. Que *La plaça del Diamant* és una porqueria. ¿Per què? Perquè la Rodoreda la va fer sense pensar. En canvi, *Mirall trencat*, que és una gran novel·la, té marro: es demostra que la Rodoreda sabia de què parlava, gràcies a la història amb l'Armand Obiols. A l'exili es troben l'Obiols, que era casat, la Rodoreda, l'Oliver i el Joan Sales, que, quan veuen que la Rodoreda i l'Obiols han lligat, van i deixen de dirigir-los la paraula. ¿Vaig bé?

P. C. Mira, vas bé però em faràs anar malament a mi. Has parlat d'un personatge extraordinari que és en Joan Sales, que va ser un editor que exigia que tot el que passés per les seves mans havia de tenir un caràcter determinat. I a *La plaça del Diamant* hi va veure una oportunitat: va participar en un premi, no el va guanyar, no va ser ni finalista, va tenir aquest petit escàdol tan necessari a tots els premis literaris, i aleshores el va agafar en Joan Sales amb aquest petit escàndol i el va convertir en un èxit internacional. Jo ho diria així. Però una bona part d'aquest èxit l'atribueixo a en Joan Sales. I encara us diria una altra cosa: el *Bearn* d'en Villalonga és una obra d'en Sales.

J. V. ¿Què vols dir?

P. C. Vull dir que en Villalonga va escriure el *Bearn* en castellà i va passar absolutament desapercebut, i el va agafar en Joan Sales, el va refer en mallorquí i el va convertir en una gran novel·la. No sé si responc al que m'heu preguntat.

R. B. No hi respons en absolut. Jo parlava de la bragueta.

P. C. Jo, de la bragueta, en sé molt poca cosa. Només de la meva i amb prou feines.

R. B. Érem amb la Rodoreda i l'Obiols, refugiats amb el Sales i l'Oliver.

P. C. Entre la Rodoreda i l'Obiols va sorgir, diguem-ne, un idil·li, es van unir, i van tenir un càrrec tots dos com a intèrprets d'una secció de l'ONU; l'Obiols va morir, com sabeu, a Ginebra, i la Mercè Rodoreda es va retirar, en el sentit sentimental, ja del tot.

R. B. A mi m'emociona, això. Aquesta dona la presentaven com una bleda.

P. C. No era gens bleda; no en tenia res, de bleda.

J. V. Hi ha aquella carta del Pujols a la Rodoreda, que va publicar en Vallcorba, que em sembla que ens la retrata bastant bé: segons el que surt allà, és una dona de foc.

P. C. De foc, ¿en quin sentit? ¿De sexy?

J. V. Home, que crema.

P. C. No, tant com això, no.

J. V. Pere, ¿la literatura és reproduir la realitat amb una mica de gràcia o alguna cosa més?

R. B. És reproduir la gràcia amb una mica de realitat.

J. V. I, l'humor a la literatura, ¿és bo que hi sigui o hi és més aviat imprescindible?

P. C. Jo diria que l'humor és bo no tan sols en literatura sinó en tots els aspectes de la vida.

J. V. ¿Fins i tot al llit?

P. C. Sí, sí. Taxatiu: l'humor és convenient per a tot.

J. V. O sigui, ¿l'humor és tan important com la llengua?

P. C. Mira, en el cas de Catalunya, la llengua és fonamental.

J. V. ¿Només de Catalunya?

P. C. A Catalunya d'una manera especial.

J. V. Parlo en sentit ampli.

P. C. En sentit ampli, l'humor és boníssim en tots els aspectes de la vida.

J. V. Ja ha saltat de la llengua a l'humor.

P. C. ¿Què anaves a dir?

R. B. Una porqueria.

J. V. És clar, que la llengua és fonamental, que s'ha de fer l'amor en català.

P. C. Tot, s'ha de fer en català, fins i tot la gastronomia.

J. V. ¿Qualsevol cosa escrita que faci entre unes ratlles i vint fulls és un conte?

P. C. Sempre que li has explicat allò que vols a un possible lector, que no el coneixes, pot ser un conte. El conte té aquesta facilitat de llibertat que a mi m'atreu tant. Quan has explicat el que vols ho veus de seguida; no hi pots deixar ni una mica menys ni una mica més, per això m'agrada.

R. B. I per demostrar que és cert, llegiré un conte seu de fa molts anys, de quan no era conegut, que es titula «A Torna Jornals»: «Un dels grans enamorats que registra la història, encara que de moment no ho sembli, fou Lluís XVI, que va perdre el cap per Maria Antonieta. I tingué sort, enmig de la desgràcia, d'ésser correspost en la mateixa mesura per la seva estimada.» ¿No creieu que aquest home tot just comença i que té molt futur pel davant?

J. V. Jo crec que sí. Ens vol vendre la pel·lícula que ja és vell, però d'això res.

R. B. Deixa-m'ho rematar. Un altre, «Un amic de poble»: «Des del fons de les catacumbes, el revolucionari de tota la vida buscà les fórmules que servissin per gravar en pedra, aptes per al discurs i per contrarestar altres arengues. Va trobar-ne una viva de cantells; després de donar-hi moltes voltes, va alçar-se endut per la inspiració i cridà: "El rei ha nascut! Mori el rei!"»

J. V. ¿Te'ls rellegeixes, els teus contes?

P. C. No. Només al moment de corregir-me proves, i em fa molta mandra. No m'ha agradat mai. Sempre penso en el que faré després.

Q. M. ¿Has trobat imitadors del que fas?

P. C. No, per desgràcia. M'agradaria trobar-ne algun, perquè deu ser una cosa satisfactòria.

Q. M. ¿T'han dit mai, si has creat escola?

P. C. Sí, alguna vegada m'ho han dit. Sempre és una cosa que t'afalaga, i t'agradaria que fos veritat, però jo no n'estic segur.

R. B. I de fills naturals, ¿n'has tingut?

P. C. Et respondré una cosa que em sembla que ho vaig escriure una vegada: «Algú va dir que els fills de llauna són millors que els naturals.»

J. V. ¿L'insòlit té lògica?

P. C. Em penso que és una lògica que tots sabem des que ens llevem fins que ens n'anem a dormir. Ara, com que vaig per les escoles, m'ho pregunten, això. Des que ens llevem fins que ens fiquem al llit fem coses insòlites: ens afaitem i ens arreglem (ens arreglem els cabells no per nosaltres, pels altres); mengem a les hores fixades, que és absolutament insòlit: l'home potser és l'únic animal —amb perdó— que esmorza a una hora determinada, dina a una hora determinada i sopa a una hora determinada; i jo, que sóc un animal estrany, resulta que tinc gana a unes hores que no corresponen als horaris, i tinc ganes de sopar a l'hora de berenar, ganes de dinar a l'hora d'esmorzar..., i em passa així. De manera que això de l'insòlit és tan estrany...

R. B. És tan insòlit!

P. C. ¿Oi? ¿Hi estàs d'acord, Barnils? De manera que és tan estrany que ja és habitual, i tots ens hem habituat a trobar que el que és insòlit és la rutina diària, habitual i normal.

J. V. ¿Saps que a la universitat de Nova York es fa servir el teu conte *Invasió subtil* com a mostra —agafa't fort— de literatura antiracista no pamfletària?

P. C. Sí que ho sabia.

R. B. I ho diu resignat.

P. C. No sé què els ha passat.

Q. M. M'han dit que no tens facilitat amb les llengües.

P. C. Gens. Escolta, no he après bé ni el català; imagina't com ho puc fer amb les altres.

R. B. En canvi, el teu cunyat, en Tísner, presumia d'haver après el nàuatl.

P. C. Sí, presumia d'haver après el nàuatl, sí.

J. V. ¿Què és, el nàuatl?

P. C. El dels indis, dels asteques.

J. V. ¿Com us vàreu conèixer, tu i en Tísner?

P. C. Els nostres pares ja eren amics, tenim la mateixa edat gairebé exacta, vàrem anar a escola junts i hem passat tota la nostra vida junts i em vaig acabar casant amb la seva germana. De manera que són vides paral·leles.

Q. M. ¿I viviu costat per costat?

P. C. Sí. Jo vaig tornar de Mèxic l'any seixanta-dos, quan era gairebé impossible trobar pis a Barcelona; vaig anar a viure a Sant Cugat i, al cap d'uns anys, vaig trobar pis a Barcelona. El Tísner va venir dos o tres anys després de nosaltres, comença l'aventura del pis i el troba al costat de casa.

J. V. ¿Com hi vivies, a Sant Cugat?

R. B. ¿No ets pas parent de can Calders?

P. C. Sí. Aquella masia de can Calders... Ja saps què passava a Catalunya amb les herències: l'hereu heretava la casa, el segon havia de ser capellà i el tercer, o mosso o anar-se'n. El meu avi va ser el tercer i se'n va anar a fer de porter a Barcelona. Una de les experiències traumàtiques quan vaig tornar de Mèxic a Sant Cugat és que el cementeri de Sant Cugat és ple de làpides de Pere Calders.

R. B. ¿Saps que la pubilla de can Calders, quan tenia deu, onze o dotze anys, era allò..., allò que parles de qui és la més guapa? Doncs era la pubilla de can Calders.

P. C. Escolta, no em diguis que som parents, ara. Quan vàrem tornar a Sant Cugat, teníem una colla de parents... Un que era carboner, un altre forner...

R. B. El carboner, en Peret del Cel.

P. C. Exacte. Tots procedim de la mateixa masia.

J. V. ¿I el veí que tenies a sota, què?

P. C. Aquest era tinent de la guàrdia civil; don Vicente Ávila, que era una persona excel·lent.

J. V. Comencem pel començament: vas anar a viure en un tercer pis i al segon hi havia un extinent de la guàrdia civil, ¿oi?

P. C. Sí. Havia estat «comandante de puesto»; eren una família excel·lent i ell, don Vicente, una persona molt respectable, d'aquells que en català en diem un corpenta, feia més de metre noranta i jo li arribava a mitja cintura. Quan hi vam arribar nosaltres, al poble, més aviat els feien una mica el buit, i la meva dona, que és molt sociable, se'n va fer amiga. Aquest senyor era «caballero mutilado» perquè tenia una ferida de baioneta des de sota l'orella fins a sobre l'orella, i havia quedat sord i els canvis de temps el perjudicaven. La meva dona cada dia sortia: «Don Vicente, ¿cómo va la cuchillada del rojo?» (ell en deia «la cuchillada del rojo», de la ferida); i ell: «Mejor, doña Rosa, hoy estoy un poco mejor.»

J. V. Ni Castejons ni coses d'aquestes, «¿cómo va la cuchillada del rojo?».

R. B. Preguntat per la dona d'un roig...

P. C. Són una família encantadora: el fill també era guàrdia civil, una filla de Convergència i l'altra molt integrada; és tan nacionalista i de Convergència que té un cotxe ple d'adhesius i quan se'n va a Galícia (hi tenen parents) es baralla per tot el camí amb la gent que troba; el fill d'aquest guàrdia civil avui és caporal de la guàrdia municipal de Llançà, s'ha casat amb una noia empordanesa, té una filla empordanesa. I estan adaptats, que jo em penso que són una esperança.

J. V. ¿Com veus la literatura catalana actual?

P. C. Molt bé; com mai. En el sentit que, miraculosament, ens han sortit, en això que en diem el Principat, al País Valencià, a les Illes i fins i tot a la Catalunya Nord, unes generacions d'escriptors joves que han triat per la seva vocació i la seva passió la llengua catalana. Em penso que hi estem d'acord. L'any passat vam publicar gairebé dos mil cinc-cents títols en català, amb uns tiratges com no n'havíem tingut mai. Això ho hem de dir.

J. V. En llibres sí; però en canvi, en revistes, ¿què passa? Tu havies col·laborat a *L'Esquella de la Torratxa*; ¿per què no és possible ara una revista així?

P. C. Passa una cosa estranya: a Barcelona no es pot consolidar un setmanari; en canvi, no havíem tingut mai una premsa comarcal tan viva com ara. El cas de Barcelona l'atribueixo a l'aspecte purament econòmic; avui fer un setmanari requereix un finançament molt elevat.

R. B. La primera condició per fer un setmanari en català és un empresari. Tu agafes el Calders i li dius «a tant el foli», i això que no vol fer t'ho fa. Això s'explica perquè és un professional, perquè s'ha passat molts anys escrivint al dictat.

P. C. Sí, sí que és així.

J. V. ¿Per què no fem una campanya per trobar un empresari per fer una revista catalana, divertida, setmanal?

R. B. I et diré més: més que un empresari, un gerent, un paio que s'agafi la revista com una feina.

P. C. Jo ara he intervingut en projectes de revistes d'aquestes, i primer ve l'economista amb aquella mena de foli, però falta també un bon agent de publicitat i un bon promotor de vendes; tot ha canviat completament, avui, per a una revista la distribució és fonamental, igual que la publicitat. Això em penso que aquí no s'ha fet, i quan parlem del fracàs d'una premsa periòdica a Barcelona hem de tenir en compte aquests factors.

R. B. Han anat primer idealistes, segon periodistes, tercer capitalistes i quart el gerent; i és al revés, primer el gerent, que s'encarrega de les peles, distribució, etc.

P. C. He intervingut en un projecte de revista en el qual estava tot previst tret del que valia el text; ho tenien tot: el paper, la composició, la impressió, però els redactors no; no hi havien pensat. Jo els vaig arribar a dir: «Però, ¿què fareu? ¿Una revista en blanc?»

J. V. ¿Creus que el treball redimeix l'home?

P. C. El treball depèn com te'l miris: si és allò de la condemna bíblica, no sé si el redimeix; com a objectiu vital, si pots treballar en el que vols, sí.

Q. M. Tinc entès que t'atrauen molt els aparells electrònics.

P. C. Molt.

J. V. ¿Veus gaire televisió?

P. C. Mira, em sap greu, massa; perquè és de bon to dir que no televisió, que no vídeo...

TOTS [Veus de protesta unànime.]

Q. M. Té raó quan diu que és de bon to: la Capmany, fa uns anys, deia, amb orgull, que no tenia televisió a casa.

R. B. I gràcies a això la Capmany ha arribat on ha arribat.

P. C. Mira, et diré una cosa, ara que ens dediquem a les confidències: durant un temps, la meva dona i jo no anàvem al cinema, perquè a ella li agradava un tipus de pel·lícules de més categoria i a mi aquestes tan bèsties, per dir-ho així, i vam acabar no anant-hi; i, amb el vídeo, ara, totes aquestes pel·lícules les porto a casa i em llevo d'hora al matí per poder-les veure. I tenia raó ella.

J. V. ¿Quan llegeixes novel·les, et mires el final abans de començar-les?

P. C. Mai, mai! Al Simenon li van preguntar una vegada si quan ell començava a escriure una novel·la ja en sabia el final, i va dir: «No, no el sé, perquè, si no, ja no tindria gens d'interès a escriure-la.»

J. V. ¿Això et passa, a tu?

P. C. Jo el final una mica sí que el sé; una mica. Però encabat et condiciona una colla de coses perquè el final pugui ser diferent del que tu havies pensat.

J. V. Es veu que a les escoles els mestres llegeixen contes teus fins a la meitat i llavors diuen als nens que els acabin. ¿Com són, aquests finals?

P. C. Alguns són molt millors que els que havia trobat jo. Ho confesso avergonyit, perquè ho havia d'haver trobat jo, abans que un nen de vuit o deu anys.

J. V. ¿Et preocupa gaire, la pela?

P. C. Escolta, com a tots, sí.

J. V. ¿Escrius a mà o a màquina?

P. C. Sempre he escrit a mà i encabat ho passo a màquina. Però els japonesos han trobat una maquineta que esborra i fa tot el que vulguis.

J. V. ¿Has anat mai a una sala X?

P. C. ¿X? ¿Què és això? ¿Porno? No, però he llogat un vídeo.

J. V. ¿Quina és l'última pel·lícula que has vist?

P. C. Em sembla que es deia *Quietud a la nit*.

J. V. ¿Quina és la teva màxima predilecta?

P. C. Em van preguntar fa poc allò tan bèstia de què m'agradaria a la meva làpida, i vaig dir: «Ja sóc aquí.»

J. V. ¿I la mínima predilecta?

P. C. ¿La què? ¿Què vol dir, la mínima? És molt difícil d'explicar... Hi ha una mena d'adagi en català que m'agrada molt: allò d'«anar-hi anant».

J. V. ¿T'agrada que et rasquin l'esquena?

P. C. No ho he provat mai, però em sembla que sí.

J. V. ¿Pàtria o nació?

P. C. Jo ara diria «pàtria», perquè això de la «nació» s'ha anat transformant tant...

J.V. ¿Si no hi ha pèl, hi ha alegria?

P. C. Oh i tant! Amb el pèl, l'alegria sempre és assegurada; però un ha de procurar que sense pèl també hi hagi alegria.

J. V. ¿Creus que, per antonomàsia, la tasca és feixuga?

P. C. Si es fa de gust, no. I si es té la sensació que serveix per a alguna cosa, per molt feixuga que sigui, val la pena.

J. V. ¿Té cap mania, en Pere Calders?

P. C. Moltes. Mira, cada dia llegeixo l'astrologia als diaris, m'adormo pensant en màquines fotogràfiques: Reflex, Polaroid, la CLLCSL 680...

Q. M. ¿Hi somies gaire, amb aquesta?

P. C. Molt, molt! Mira, a Mèxic, amb un grup d'escriptors joves, es va plantejar el problema del somni, de si somiaven o no, i hi havia de tot: un va dir que no somiava mai, i jo vaig dir: «Sí, somio en relleu, en color, amb so i amb música de fons.» I encara em passa ara. Jo somio hologràficament.

J. V. ¿Ets aficionat al futbol?

P. C. Sóc aficionat al Barça.

J. V. Et volia demanar una cosa: si li canviaries el nom a l'Espanyol.

P. C. No ho sé. No em preocupa gaire. D'ençà que he tornat només he anat a veure un partit del Barça, però l'escolto cada vegada que juga.

J. V. ¿Qui escoltes?

P. C. El Puyal.

J. V. ¿Fas prometences?

P. C. Alguna vegada n'he fet, sí. Una vegada vaig prometre que no fumaria més i fumo dos paquets diaris.

J. V. ¿S'hauria d'indemnitzar, el *coitus interruptus*?

P. C. Sí, trobo que sí. Hauria de ser una cosa de la Seguretat Social.

J. V. ¿Ètica o estètica?

P. C. L'ètica.

J. V. ¿Poblet o Montserrat?

P. C. Montserrat m'impressiona molt perquè és wagnerià; no té l'aspecte que té Poblet. Com a impressió, Montserrat, per l'escenari, ¿oi?

J. V. Quan siguis gran, ¿què vols ser?

P. C. Jubilat.

J. V. ¿Quina és l'última vegada que has anat a una església?

P. C. Hi vaig sovint quan no hi ha ningú, perquè tinc unes creences i m'agrada el recolliment. La darrera vegada no t'ho puc dir, però sí que hi vaig.

J. V. ¿I l'última vegada que vas anar a cal dentista?

P. C. Em va deixar fet una desgràcia: tenia una dent que em bellugava i em va deixar tota la dentadura tal com parlo ara. No hi tornaré mai més.

Albert Boadella

J. V. Avui, Ramon, em sembla que tenim un dels personatges més interessants del país i m'agradaria que el presentessis tu.

R. B. En Boadella. Si el coneix la guàrdia civil i tot.

J. V. De fet, no et cal gaire presentació.

A. B. No sé; esperava una cosa una mica més protocolària.

J. V. No, no, aquí no anem de protocolaris; això deixem-ho pels polítics i els diplomàtics.

R. B. El Boadella déu n'hi do, per això, de polític i diplomàtic. Sap vendre bé el seu producte. ¿Sí o no?

A. B. Sí, és clar, jo tinc una botigueta, com tothom.

J. V. Sí, tens una botigueta, com tothom, i últimament t'has destapat com a defensor de la vida campestre.

A. B. Sí, el que passa és que no ho explico massa, això.

R. B. Però si has sortit retratat fins i tot a l'*Hola* amb aquella fincassa que teniu, amb escultures, jardins, peixeres...

A. B. Això és per provocar l'enveja, que és una de les coses més divertides que existeixen al món. Tot és decorat; s'aixeca i al darrere hi ha una casota fastigosa; allò és per provocar un dels grans plaers, que és l'enveja.

R. B. Doncs ho has aconseguit, perquè des de llavors la gent diu: potser que anem al *teiatru*, ¿eh?, perquè, escolta aquests xicots... És a dir, anar amb una gent que fa art o fa país és empipador, ara, anar a veure uns paios que viuen en una fincassa amb brollador...

A. B. He de quedar bé sobretot amb la gent de profit, els altres tant se me'n foten, però la gent de profit és gent molt seriosa i hi he de quedar bé.

J. V. Pensa que la clientela del lloro no és massa urbana, perquè sàpigues per on vas.

A. B. Aquí has de vendre el producte.

R. B. Per exemple: en Pujol no ens escolta; en Rigol, tampoc; l'Enric Majó, tampoc; el Flotats, tampoc. Tots aquests no ens escolten.

A. B. Això és una tranquil·litat.

J. V. Parla'ns bé dels Comediants.

A. B. ¿De quins? ¿Dels de Canet o de tots els comediants?

R. B. Dels de Canet.

A. B. Són l'essència del comediant; gent totalment desarrelada, que és l'essència del comediant; són amorals, que és el més bonic que hi ha. La immoralitat és una cosa *guarra*, no m'agrada, jo prefereixo l'amoralitat, i els Comediants són amorals, i això és extraordinari. Són extraordinaris amics i, a més, hem anat junts per fer una batalla campal contra la Conselleria de Cultura, que ens volia suprimir la subvenció i ha estat una batalla guanyada, i això és tot un èxit. N'estic satisfet i a més hi ha resultats crematístics.

R. B. A mi el que em sap greu d'això que hagueu triomfat tant amb aquesta qüestió d'en Rigol i les subvencions és que tu, com a bon botiguer, vas dir: és que si no ens doneu els calés farem una altra vegada l'*Ubú* i una *Evita*. Llavors us donen els calés i, ¿què passa? ¿Que el poble es quedarà sense veure una altra vegada l'*Ubú* i sense veure l'*Evita*?

J. V. De fet ara la Marta s'ho fa sola.

A. B. No, Evita s'ho fa sola. No vagis més enllà. L'*Ubú*, la gent ja l'ha vist, però això no vol dir pas que l'any que ve no es faci, sempre és una arma que es té a les mans.

R. B. Em sembla que amb l'*Ubú* el Pujol hauria d'estar content, perquè tu recordo que agafaves pel costat garrepa l'escena deliciosa de l'*Ubú* al llit amb la Ubua i dient: «¿Què hem fet avui, de calaix?» «Tres-centes seixanta i pico.» «¿Quin pico?» Era molt bo. El que passa és que el Pujol no és així i per tant... en Pujol és una altra cosa, de botiguer no li veig massa. Jo, si hagués sigut en Pujol, l'hauria subvencionada, l'obra, que em sembla que finalment ho va fer.

A. B. Home, ens va donar els calés que ens havíem guanyat. Tampoc no li donem massa mèrits.

R. B. Hi ha una altra cosa que em va agradar molt d'aquesta obra, i és que en un moment donat hi ha una desfilada militar (ho dic perquè, lamentablement, tothom estava fixat amb la història de la identificació Ubú-Pujol i no ho vaig veure reflectit en massa papers), on hi ha una tribuna i hi passa l'exèrcit, que el representaves amb unes safates de pastissos: la infanteria, la marina, però no deia quin tiups de pastissos eren, i llavors els que som llaminers vam identificar-hi els borratxos, els *tocinillos*, etc.

A. B. Sí, és allò que se'n diu llegir entre línies. Això li hem d'agrair a aquell vell que es va morir a Madrid fa uns quants anys i que ens va donar una de les lliçons de teatre més importants.

J. V. ¿Per què vàreu fer aquella obra que va tenir un cert èxit sobre en Heinz i no vàreu triar en Puig Antich? ¿Us interessa més la torna que no pas la barra de pa?

A. B. De fet, la vam fer per conèixer l'interior d'una presó. Aquesta és l'autèntica motivació; va ser una obra que ens va donar unes referències importants sobre la justícia militar, les presons, la coneixença del que era el món polític en aquell moment.

J. V. I després vas tenir tota l'oportunitat de comprovar-ho.

A. B. Sí. Va ser un èxit total. El que passa és que només se'n van poder fer quaranta representacions.

J. V. ¿No has pensat mai a tornar-la a fer?

A. B. Sí, però no podria pas.

R. B. ¿Ara no es podria fer?

A. B. No, jo crec que menys que abans. Aquesta obra es va fer el setanta-set, que era un moment que ningú sabia res, el moment de desorientació era fantàstic i ens vàrem aprofitar d'això i vàrem poder fer quaranta representacions, que és un rècord. En aquest moment seria impossible, ens avisarien abans molt civilitzadament, suposo, i després serien menys civilitzats. Dubto que es pogués arribar a fer i les conseqüències potser serien més tràgiques. En aquella època el costat processal que va haver-hi al voltant de *La torna* ens va salvar segurament de la violència directa; la gent que ens volia atrapar es van quedar descarregats, van veure que ens ficaven a la presó, que ens condemnaven a dos i tres anys de presó, etc.

J. V. És fort, això, per a un botiguer que fa comèdia.

A. B. Sí, i també és una inversió. Hem de tenir en compte que en aquest país tothom que ha estat a la presó posteriorment ha estat en càrrecs molt importants. Jo crec que la gent deia: ¿què em posen: sis mesos? Doncs podré ser conseller... És a dir, tothom ha invertit en presó.

J. V. Precisament això de *La torna* ha motivat que ara surti un llibre apassionant sobre la cosa d'en Puig Antich, que es diu *La torna de la torna*.

R. B. Evidentment ens vàrem aprofitar de la propaganda que representa *La torna*.

J. V. Albert, cobra-li royalties.

R. B. A més, a mi m'agrada el títol per una cosa interessantíssima: els catalans, tots ho entenen, el que és la torna, en canvi els que no són catalans no hi ha manera que ho entenguin.

A. B. No, quan havíem de traduir a la resta d'Espanya ens costava molt. A França, que els francesos son més avars del que sembla, se'n diu *l'ajout*, i també existeix.

J. V. Mirant enrere tot aquell *tinglado* que es va muntar, ¿quina sensació tens?

A. B. Jo he sigut un privilegiat. He tingut el privilegi de muntar un *tinglado* gairebé impossible en ple segle xx i a l'Europa supercivilitzada. Nosaltres vàrem viure un fenomen on vàrem trasbalsar d'alguna manera els poders polítics. Quan anàvem a declarar, uns militars vells que hi havia tocant al jutjat sempre deien: «Por vuestra culpa habrá un golpe de estado.» Crec que, si la situació hagués continuat, el 23-F hauria vingut en aquella època. Si els partits haguessin continuat el pols en aquella situació, hauríem arribat al 23-F. S'ha de tenir en compte que els comediants de la *commedia dell'arte* italiana van ser expulsat en ple segle xv de França perquè feien una peça sobre Mme. de Maintenon, que era l'amant del rei, i això ha sigut una constant: la persecució dels comediants ha estat una cosa natural, i poder tornar a aquell moment és una sort. El que passa és que potser no ens durarà gaire, perquè la gent es torna massa civilitzada i s'ho empassen tot.

J. V. Com a mínim heu imposat una imatge que durarà anys: la de la careta amb la ratlla. Va sorgir precisament per la cosa de *La torna*.

A. B. Jo quan necessitava calés a l'estranger pensava: «hauria de fer un anunci de calçotets amb allò», perquè a l'exili no sabia com treure peles. Tornava a sortir el botiguer.

J. V. Anem pel cantó de la novel·la negra. Explica'ns exactament com t'ho vas fer per escapar-te del Clínic.

A. B. Ara ja us ho puc explicar, perquè ja vaig explicar-ho al jutge. És una versió totalment diferent de la que vaig explicar al jutge, perquè els jutges estan perquè els expliquis les versions diferents de la realitat.

R. B. És que si expliquessis el mateix que li vas explicar a ell, aquest home es podria enfadar. Es pensaria que el prens per tonto.

A. B. En aquest cas la sinceritat és cosa de tontos. Ho explicaré en novel·la. Primer, s'ha de simular una malaltia (ho puc explicar per a la gent que ho sent des de la presó, ¿oi?); l'única malaltia possible de simular sense que els metges la puguin arribar a detectar és una «gastritis per estrés». Llavors va venir un senador, que em sembla que era metge, em va visitar i em va fotre, perquè em va dir que tenia una hepatitis. Devia ser molt mal actor. Em van ingressar per una hepatitis i, naturalment, després de dos minuts no es va descobrir cap hepatitis; però sortosament la gent del Clínic eren una gent fantàstica i en el moment en què estava entrant a Urgències un xicot que es deia Jordi em va dir: «No et preocupis, Boadella, t'ingressarem.» Els primers dies estava emmanillat al llit, em posaven les manilles al llit perquè era una cosa de confiança. Però lentament amb aquests nois de la Policia Nacional, que són simpatiquíssims, són una gent a qui sempre he tingut molt apreci, vàrem començar a agafar confiança. Després, un diumenge vàrem menjar tots ostres, i jo tenia una tècnica que era afaitar-me. La meva mania absoluta era afaitar-me. M'havia d'afaitar mitja hora cada dia i, és clar, de bon començament sí que em vigilaven mentre m'afaitava, però després deien: «Este tío es un maniático, debe de ser medio mariquita que se pasa todo el día afeitándose», i tot això, i jo vinga estar-m'hi estona, cada vegada més, primer deu minuts, després un quart, després mitja hora, i aquesta era la tècnica, o sigui, que jo dins el lavabo organitzava un *tinglado* extraordinari.

J. V. No t'oblidis dels *Playboy*.

A. B. ¿D'on ho has tret, tu, això? ¿Del sumari?

J. V. No, no. La Mercantil Radiofònica té bones fonts d'informació.

A. B. No eren *Playboy*, eren més guarros, *Private* em sembla que es deien. Les úniques visites que ensenyaven el carnet d'identitat eren els diputats. Els meus amics entraven tots directament i jo sabia que, quan venia un diputat, un policia sortia i començaven a treure carnets i de vegades no els deixaven entrar, o sigui, és un detall interessant això. Seguim aconsellant els de la Model: el primer que s'ha de fer és tenir la confiança dels guardians, detall imprescindible per a qualsevol fuga. Si no hi ha confiança està tot perdut; fins i tot em baixaven a buscar revistes, el diari i tot. Eren extraordinaris, realment. Un bon dia va venir, al matí, un coronel, el coronel Nieto, que va dir: «Vaya, las cosas que pasan cuando se hacen estas obras», i no sé què, i em va dir: «Demà, consell de guerra», no m'ho va dir en català, va dir: «Mañana, consejo de guerra», i jo vaig pensar que era el moment de l'escapada, perquè jo ja l'havia provada, jo ja havia sortit i havia passat per la cornisa fins a l'altra habitació per veure si funcionava, en les llargues afaitades, que hi havia temps per anar a casa, prendre un bany i tornar. Naturalment, m'havien portat una roba especial, la roba per anar al consell de guerra, diguem per l'endemà, en una bossa, i allà hi havia unes ulleres, una perruca morena, un bigoti, una mica de teatre, diguem. Abans de tot jo tenia unes revistes pornogràfiques sota el llit i vaig dir als policies: «Mirin, què m'han portat uns amics», perquè, clar, els canviaven de torn, «si volen llegir-les», i primer es varen fer una mica el desmenjat, però després s'hi van apuntar ràpidament, és natural, perquè vaig comptar amb la debilitat nacional, que és un dels elements més importants. Vaig passar al bany, vaig posar la màquina d'afaitar damunt una tovallola i allà vaig fer-ho tot; em sembla que vaig estirar la cadena del vàter deu vegades, vaig posar la dutxa, allò semblava un gimnàs. I mentre em maquillava, la perruca, el bigoti, em vaig posar una bata de doctor i me'n vaig anar per la cornisa de la finestra, vaig passar a l'altra habitació, vaig entrar-hi pel vàter i vaig sortir.

J. V. ¿Hi havia algú, allà?

A. B. Sí, clar, hi havia els malalts i uns familiars que els va estranyar molt que d'un vàter sortís algú, sortís un doctor, però com que els metges poden estar pertot arreu, allà, al Clínic, doncs naturalment vaig passar i vaig dir: «Buenas tardes», i això va impressionar molt. Vaig sortir, vaig baixar les escales i vaig passar pel costat de diversos policies, que naturalment no em van conèixer, vaig agafar un cotxe que m'estava esperant i me'n vaig anar a casa.

J. V. No vas agafar un taxi.

A. B. No, no.

J. V. Simultàniament, mentre tu passaves per la cornisa, ¿no hi havia una mani?

A. B. Això era una mica abans. Al matí havia vingut una manifestació de la Facultat de Medicina dient-me que, justament a les cinc de la tarda, havien pensat fer una manifestació per la llibertat d'Albert Boadella, i jo vaig dir: «Ja n'estic tip, de manifestacions», i naturalment vaig quedar com un reaccionari. Jo, a més, anava a recuperació cada dia, a recuperació física, com si estigués molt malament. Baixava i llavors els policies sortien. Quan ells entraven i em miraven jo feia veure que m'ofegava molt, però quan sortien feia 300 flexions en un minut. Intentava estar amb la màxima flexibilitat possible. Com que recuperació tenia una sortida per una piscina que hi ha per als paraplègics, un dia vaig sortir per darrere i vaig anar cap als policies que estaven esperant-me a l'altra escala, els vaig tocar per darrere i els vaig dir: «Ya estoy», i em van dir:

«Home, però vostè s'hauria pogut escapar», i vaig dir: «Home, però a mi no m'interessa per res escapar-me.» Després me'n vaig trobar uns en un barco, tornant de Mallorca, que m'havien vigilat, i no em guarden cap rencor. Ells diuen que l'obligació del pres és escapar-se.

J. V. ¿Saps que això és un dret reconegut a Mèxic? És l'únic país al món on això no és castigat.

A. B. I aquí tampoc no ho hauria de ser. És un instint, i els instints no han de ser castigats.

R. B. Va causar molt escàndol a les primeres eleccions: és clar, tu eres un dels sants del panteó progre, algú va fer córrer que havies votat no sé si UDC.

A. B. No, no, UCD i CDS. Jo sempre voto CDS, jo el que voto és corrupció a Madrid. És el millor sistema. La corrupció a Madrid ha donat uns resultats extraordinaris, perquè el senyor Suárez finalment és l'únic home que ha donat algunes coses a Catalunya en 500 anys d'història. S'ha de dir la veritat, és un consell que jo dono a la gent, que no es preocupin amb cossos doctrinals o reformistes, res. La màxima corrupció: aquell que presenta la màxima corrupció és aquell que funciona millor.

J. V. ¿Has vist el *Cyrano* d'en Flotats?

A. B. No; és que no vaig al teatre. No hi vaig gairebé mai. El teatre és una collonada, que deia en Pla. El teatre no sé per què se li dóna tanta importància, quan parlen de la gent de teatre sembla que parlin com si s'acabés el món, i no té cap mena d'importància. És una cosa de la qual es pot prescindir demà mateix.

J. V. Però tu has muntat uns cristos que déu n'hi do.

A. B. Sí, però nosaltres quan amenacem no amenacem mai a fer vaga, perquè em sembla que és una cosa que fins i tot al públic li agradaria. Nosaltres amenacem amb una superproducció. Ferne més.

J. V. L'experiència de *Teledèum*, ¿què?

A. B. Home, està bé, jo no he anat massa amb ells, però els actors s'ho han passat bé.

R. B. Hi ha una certa frustració amb això del *Teledèum*. Tu vas aconseguir mobilitzar tot el cos episcopal d'Espanya a favor teu, van ser els teus principals agents de venda d'entrades; però no vas arribar al cim. Evidentment el cim és el papa de Roma.

A. B. Nosaltres, veient que el papa de Roma anava pel maig a Bèlgica, ràpidament ens vàrem posar d'acord amb una companyia belga que està fent el *Teledèum* en aquest moment; el fan millor que nosaltres, com sempre passa, i el papa justament pel mes de maig va a Flandes i comparteix les seves cerimònies amb el *Teledèum*, llavors veurem si hi ha alguna cosa. Realment ha sigut l'única cosa que ens ha frustrat. El senyor Dalmau, en un article del diari *Avui*, ens deia moltes coses i, entre altres, que fèiem un ultratge a Catalunya, perquè si Catalunya era catòlica evidentment tothom que ataqui el catolicisme fa un ultratge a Catalunya.

J. V. És una reencarnació del Torras i Bages.

A. B. Exactament, deia allò de «Catalunya serà catòlica o no serà», em sembla que el citava. Nosaltres li vàrem enviar una carta dient-li precisament això: li vàrem donar les gràcies per aquesta publicitat que nosaltres no havíem pagat i ni hi havíem pensat. A més, li demanàvem si, per favor, podia aconseguir que el papa, el diumenge, des del balcó de Sant Pere, digués alguna cosa contra *Teledèum* encara que no fos en català.

R. B. El negoci és el negoci.

A. B. Clar. I de moment encara no ha donat resultat. Sembla que no té una gran amistat amb el papa.

J. V. De fet, els Joglars no teniu perdó de déu. Us vàreu enllaminir amb aquella versió catalana de l'*Evita* que s'havia de dir s'ho fa sola i ara res de res. ¿Què passa, amb això?

A. B. Calés són calés.

J. V. Sí, ¿però per tan pocs calés us veneu?

A. B. Això ha estat només el principi d'una inversió.

J. V. O sigui, que és una història de llarga durada.

A. B. S'ha de saber començar. A més, els comediants sempre hem representat l'amoralitat. Ens perdonen que nosaltres siguem amorals perquè és la nostra feina ser-ho.

J. V. Boadella, imagina't de conseller de Cultura. ¿Què faries?

A. B. Jo seria, en tot cas, conseller d'Incultura. No ho veig possible. Se'm fa bastant difícil pensar ser conseller de Cultura. És un càrrec massa petit, no pico aquí, jo.

J. V. ¿Què vols ser, secretari general de l'ONU?

A. B. No anem pas tan lluny; a més, no sé anglès. Jo tiro per uns altres llocs: cap d'Estat major, realment és el que mana, o el lloc d'en Termes, llocs d'aquests així... Llocs de poder.

J. V. Anem on érem. Boadella: cap de l'Estat major dels exèrcits espanyols. *Orden del día*.

A. B. Primer: treure el Serra; segon: encara no ho he pensat, però aquesta seria la primera decisió.

J. V. Això de la disciplina, ¿com ho veus?

A. B. La disciplina és molt important. Jo sóc un maniàtic de la disciplina. Hi ha dues coses que es necessiten absolutament: la disciplina i la censura. La censura és una cosa imprescindible. Perquè en aquest país funcionin les qüestions artístiques es necessita la censura de nou.

J. V. ¿Qui l'hauria de portar?

A. B. Qui vulgui, qui sigui, i com més forta millor. El problema és que els que es diuen creadors, quan comencen a crear no saben què han de fer. I amb la censura saps exactament què s'ha de fer. Hem de mirar la història i veurem com a les èpoques de censura la creació era millor. Penso que la Generalitat hauria de crear ràpidament un departament de censura. Ho han intentat algunes vegades, però ha sigut un intent tímid. Ha sigut una cosa feta amb poca autoritat. Això sí que em faria gràcia, estar en un departament de censura, és una cosa que sempre m'ha agradat.

J. V. ¿Tu tens molts tractes amb la gent de Madrid que ara tallen el bacallà?

A. B. Sí. Sempre s'ha d'estar bé amb tothom, allò que diu el Tarradellas. Jo crec que a Madrid ens tenen simpatia, als Joglars. Sempre hem estat en una posició intermèdia, no hem sigut mai gaire xovinistes, però, de fet, jo crec que ens tenen simpatia perquè no ens coneixen. Quan estava a l'exili, bé, exili, això, no es pot dir, perquè els que van patir l'exili van ser aquells senyors de l'any trenta-nou que eren allà, justament on era jo, a Canet Plage, però en aquelles platges jo estava en uns apartaments molt macos davant del mar i ells devien estar en uns forats al mig de la sorra vigilats pels senegalesos. És una diferència. Quan estava en aquest exili daurat, de tant en tant trucava... Anava trucant a tothom, tot el dia me'l passava trucant. Trucava, per exemple, al Raventós. El Raventós em deia: «¿D'on truques, d'on truques?» «De Catalunya.» «Doncs vigila, que el telèfon està vigilat», m'avisava.

J. V. Clar, tu no li deies «de la Catalunya nord».

A. B. Clar, ell deia: «¿On ets?», i jo li anava a dir el lloc, i ell: «No, no ho diguis, perquè encara serà pitjor.» Entre molta gent que trucava vaig trucar a l'Alfonso Guerra. Vaig trucar a l'Alfonso Guerra i li vaig dir: «Escolta, és que tenim aquesta llei», no una llei, la reforma del codi de justícia militar, que la tenien al Parlament, la tenien per allà sota i li vaig dir: «A veure si la poseu al damunt i solucioneu el cas Joglars», perquè en el moment que aquesta llei fos aprovada el cas Joglars passava directament a la jurisdicció ordinària. «Sí, sí, no te preocupes, yo en seguida lo soluciono», i tal i qual. Bé, molt bé, i la primera i la segona vegada que trucava funcionaven, però a la tercera trucada, ja no hi era. Trucava i no hi era, sempre estava reunit, i no hi era, i havia marxat, etc. Clar, jo em vaig témer que es feia fonedís, i un dia la meva dona em va dir: «¿Per què no truquem i jo dic que sóc la secretària del senyor Jordi Pujol?». «D'acord! Molt bona idea.» Truca i diu: «¿Està el señor Alfonso Guerra?» (perquè jo un minut abans havia trucat i m'havien dit que ja no hi era).

—«¿De parte de quién?»

—«La secretaria de Jordi Pujol.»

—«Un momento, un momento.»

I ràpidament s'hi va posar l'Alfonso Guerra i quan s'hi va posar li vaig dir: «Mamón», o alguna cosa d'aquest tipus: «Soy Boadella y eres un cretino mamón» i no sé què més i li vaig penjar el telèfon. Llavors, li vaig enviar una carta dient que era llastimós tot això, i ell em va enviar una nota dient més o menys que la «justicia no te la mereces», perquè ets un egoista, només penses en tu i no sé què i per tant no et mereixes la justícia, etc. És una nota que jo guardo, val diners, ¿eh?

J. V. El Fraga te la pagaria bé...

R. B. El CDS, el CDS!

A. B. No, aquests pacten. Aquests són els de la corrupció. És per l'oposició, si no tinc subvenció l'any que ve, que m'ho paguin, això.

J. V. Hi ha una altra història que m'agradaria molt que expliquessis ara a la clientela. Tu has set un dels pocs catalans que han passat una vesprada de divendres a la *bodeguiya* de la Moncloa.

A. B. Això mateix.

J. V. ¿Qui éreu, el dia que hi vas anar tu?

A. B. Hi havia l'Antoni de Senillosa.

R. B. També monàrquic.

A. B. Sí, o sigui... És del CDS, del meu partit.

R. B. I del teu partit, exacte.

A. B. Clar, és el nostre representant català del CDS. De fet jo el votaria com a president de la Generalitat. Després hi havia el duque de Medinaceli.

J. V. I hi havia el Felipe i senyora, ¿no?

A. B. Clar! Hi havia la senyora i el Felipe, que és molt diferent.

J. V. ¿Sí?

A. B. Sobretot és la senyora, o sigui, només s'entén el Felipe coneixent la senyora. La Carmen Romero és una senyora de gran categoria i llavors entens que darrere, sempre passa, d'aquesta senyora, hi ha un home que no està malament.

R. B. El duque de Medinaceli, el Senillosa, la Carmen Romero, el Felipe, tu, ¿qui més?

A. B. Em sembla que ningú més, el Senillosa i senyora...

R. B. ¿A quina hora vau començar a sopar?

A. B. Hi vaig anar a les nou en punt, com els pagesos, m'hi vaig presentar dos minuts abans, i hi estava sol. Em van posar en una sala plena de pintures i columnes, allà assegut, i amb això que va aparèixer un noi amb texans i jersei i, home, jo no anava massa mudat, anava amb una jaqueta, una cosa diguem així intermèdia, i es veu que estava fent completament el ridícul. Perquè el president de la nació anava amb texans i amb jersei.

J. V. Ah, era ell...

R. B. ¿Era ell!?

A. B. Era ell. Perquè jo li anava a dir: «Oye, macho, ¿dónde está el presidente?», i era ell. Llavors també va sortir la dona, més o menys senzilleta, i res, molt simpàtics, i van dir que havien vist allò de La Clave, que van riure molt i etc., etc. Bé, molt bé. De totes maneres una cosa que no faria ni molt menys el Mitterrand, per descomptat, el Miterrand començaria: «Oh, la la... la France», seria un desastre, diguem, ¿no? Seria una cosa protocolària, et sentiries rígid i no sabries...

J. V. Era una reunió normal.

A. B. Magnífic. Tot un senyor, realment. Té una gran categoria.

R. B. Anem per parts. Et rep amb els texans i la noia al darrere, i llavors et baixen a la *bodeguiya*.

A. B. No, no, no. Llavors van anar arribant els invitats, que encara anaven més ben vestits que jo. O sigui, encara fotien més el ridícul, aquella gent. Tots cada vegada més emperifollats. Em pensava que hi arribaria en Lluís XIV allà, amb perruca i tot. Amb això ens van fer baixar a una mena de cava que hi havia. Hi havia un sopar preparat, un sopar senzillet, però bé, diguem-ne, en menú, però estava bé.

R. B. Fes un esforç: primer plat.

A. B. Uns *hojaldres*, em sembla.

J. V. ¿Era bufet o era servit?

A. B. No, servit a taula. Un vi molt bo, hi havia una bodegueta petita.

J. V. ¿Vau beure cava?

A. B. Xampany.

R. B. Segon plat.

A. B. Unes carns, amb unes coses d'aquestes, amb unes salses... Home, era una mica això de la nova cuina.

J. V. O sigui, ¿cremes de llet i collonades d'aquestes?

A. B. Sí, la nova cuina té això, que a un cuiner li cau la cartera dins i llavors es diu *la peau* a no sé què, un *vol-au-vent* i no sé què. És això, la nova cuina.

R. B. Després de la carn amb salses, de postres, ¿què?

A. B. Mira que m'agrada el dolç, però no me'n recordo massa. Em sembla que hi havia uns *hojaldres* de crema o una cosa d'aquestes així.

R. B. Després, cafès, copes i tal... Ara, temes de conversa. És a dir, anem directes a la qüestió: ¿per què creus que et van convidar?

A. B. No ho sé. Jo suposo que com que hi havia tot l'afer teatral...

J. V. Un moment, això era...

A. B. En plena campanya del *Teledèum*. Llavors el Felipe, al Parlament, va tenir una intervenció contestant en Fraga i va dir: «Hay libertad en este país y hay libertad incluso para ver *Teledèum*, aunque a mí la obra no me guste»; i és clar, suposo que ell es va sentir una mica ridícul davant meu perquè jo no recordo haver-lo vist mai, ni enviar-li una invitació, o sigui, que va voler quedar bé per l'altra banda.

J. V. O sigui, que el Felipe l'ha vista.

A. B. No l'ha vista, però no li agrada.

R. B. I tu has dit que la Carmen Romero...

A. B. Sí, és una dona molt guapa, molt elegant i, per tant, es fa veure en un teatre. Llavors, com que el Felipe va dir això al Parlament, va convidar-me. Potser va ser la compensació.

J. V. Ah! era després del debat.

A. B. Sí. El problema d'aquests sopars és que tothom es vol fer el graciós davant del senyor president, i això és una llauna horrorosa. Són uns sopars que resulten bastant avorrits, en aquest sentit. Ell, una de les coses que va dir, fou que el judici al franquisme era una cosa que ells no podien fer, que no podia fer la classe política i que «estàvem fent nosaltres, els artistes i els intel·lectuals», dirigint-se a mi. I jo vaig dir: «¿Els intel·lectuals?», i em mirava a mi, i jo vaig mirar al costat i vaig dir: «¿És a mi? No m'insultis, no em diguis intel·lectual, això és completament insultant.»

J. V. ¿El Felipe et va dir que et tenia enveja?

A. B. Que la meva dona era més guapa.

J. V. ¿Més guapa que la Romero?

A. B. I tant!, molt més. Evidentment. El que passa és que la tinc molt amagada, aquesta és la diferència. Ell l'exhibeix pertot arreu, a l'*Hola*, és una dona molt desitjada. Però jo la tinc amagada. En això sóc bastant més llest que ell.

J. V. ¿Però era només per això, que et tenia enveja?

A. B. Jo crec que només per això. Ell com a excusa deia que també em tenia enveja perquè jo podia dir el que em semblava. Per exemple: jo estic parlant aquí ara, tranquil·lament, demà puc dir tot el contrari del que estic dient; no té res a veure això, com que no tinc res a perdre puc dir el que em sembla. Perquè de fet no tinc res, doncs es fantàstic, dic totes les bestieses que em semblen i si no s'enfada el fiscal del *reino*, que es l'única cosa que s'ha de tenir en compte *por si hubiera lugar a no sé qué*.

J. V. Anem per feina, ¿ara què estàs preparant?

A. B. Ara estic preparant una cosa que encara no sé com serà. Estem treballant sobre un tema europeu, o sigui, parlen moltes llengües, que vol dir parlar una llengua sense dir res, i llavors creen una colla de situacions en què, al marge de parlar això, van fent una sèrie de coses. L'important és el que es veu, el que se sent, no el que diuen. Una cosa del nord enllà.

J. V. Perquè els germans a la congregació s'emprenyin.

A. B. Exactament, és l'objectiu final de tot.

Maur M. Boix

J. V. Estimada clientela, avui el programa serà un xic especial perquè va ser enregistrat dimecres passat. És una qüestió de lleis físiques: com que la muntanya no va al lloro, doncs el lloro va a la muntanya. Aquí ens teniu, els de la Mercantil Radiofònica, amb en Maur Boix, exprior de Montserrat, ¿oi?

M. B. Això mateix.

J. V. Bona tarda, que serà bona nit.

M. B. Déu vos guard!

J. V. ¿Quants anys fa que sou monjo?

M. B. Si em permeteu, en primer lloc voldria saludar els que ens escolten perquè no poden dormir, perquè pateixen insomni o els que ens escolten perquè tenen la feina a aquesta hora, i els que expressament escolten aquest programa perquè els interessa personalment.

J. V. ¿Un per un?

M. B. Sí, si pot ser, o que cadascú s'ho prengui per ell.

R. B. Els monjos són monjos, t'hi fixes, ¿eh? L'entrada aquesta, com la de sant Pau quan arriba no sé on, o la de sant Xavier quan arriba a l'Índia. M'ha agradat molt, però us heu deixat una part de la clientela, que són els que ens gasten de música de fons; és a dir, fan les seves coses: estudien, treballen...

J. V. ¿Quants anys fa que sou monjo?

M. B. Des de l'any 1942. Aleshores era un estudiant de filosofia a la Universitat de Barcelona, però el meu pare era un Boix i Raspall, que fou director de la Caixa de Pensions i que mentre va durar la guerra es va quedar al país. Com a conseqüència, quan va arribar en Franco el van defenestrar. El meu pare també havia estat catedràtic de la Facultat de Dret, i tampoc no s'hi van pensar massa a destituir-lo. Més tard es va poder reincorporar a aquests dos càrrecs. L'any 1942 em faltava un curs per acabar filosofia; recordo d'una manera molt especial el mestratge d'en Xavier Zubiri, feia unes classes fenomenals. Un dia, fins i tot —de tan bé que les feia— li vam demanar que ens deixés anar a buscar un especialista en taquigrafia, perquè, és clar, en aquells temps encara no hi havia magnetòfons. Durant aquella època, no se sap ben bé com, vaig sentir un fil que m'estirava, i aquí em teniu, a Montserrat.

J. V. ¿Ah, sí?

M. B. Sí, i això que era un jove amb bigoti i força ben plantat.

R. B. ¿Anàveu amb bigotet? Caram, sí que éreu pinxo!

M. B. Ara, portaria barba, segurament.

R. B. ¿On us vestien?, ¿on us fèieu fer els vestits?

M. B. A veure si me'n recordo: alguna cosa a Pantaleoni...

R. B. I les camises, les corbates, etc...

M. B. A Vehils Vidal.

R. B. És que era fill del director de la Caixa, poca broma, ¿eh? Vós sou un Boix i Selva, ¿oi?

M. B. Sí.

R. B. Jo he tingut de professor un germà vostre.

M. B. De germans en tinc dos: en Josep Maria, l'escriptor, més ben dit, poeta, i l'Emili.

J. V. I aquest fil del qual parlàvem al principi de la conversa, que us estirava, ¿l'heu trobat?

M. B. Sí, moltes vegades. Pensa que una vocació religiosa parteix d'un desengany. En el meu cas, puc dir sincerament que em trobava molt bé on era, però no en tenia prou, sentia la necessitat de dedicar-me a una altra cosa. Jo us diria que, en el fons, el que em va acabar de situar a Montserrat fou el pensar que, si m'hagués quedat a Barcelona, probablement o possiblement, hauria entrat a la universitat; després m'hauria convertit en un professor més o menys vàlid. Potser fins i tot hauria muntat una acadèmia o qui sap què. És a dir, tindria un radi d'acció de servei relatiu; en canvi, a Montserrat, pel sol fet de tancar-t'hi sents la necessitat d'obrir-te cap a tot el que de veritat és universal. Crec que es pot contribuir més, religiosament, a la construcció del Regne, des de Montserrat, que no pas des d'un raconet de Barcelona on podia haver tingut la meva actuació.

R. B. És un dels grans atractius de Montserrat, ¿no?

M. B. El més interessant, per a un jove, quan arriba a Montserrat, són els aspectes externs. A mi també em van impressionar, encara que jo en aquell moment ja tenia vint-i-tres anys. El que de veritat sedueix és la muntanya, la litúrgia, l'escolania, etc.

R. B. És molt bonic aquell hàbit de les mànigues amples.

M. B. La cogulla.

R. B. Que hi poseu les mans dins...

M. B. I després queda la màniga.

R. B. Queda molt llarga, fa goig allò.

M. B. Això ho deuríeu interpretar en el sentit que som gent de màniga ampla.

R. B. No sempre; si no, no hauríeu durat tants segles. És l'avantatge que tenen els jesuïtes sobre els de l'Opus, que els primers porten molts segles de vol, mentre que els segons encara hi van anant.

M. B. Però nosaltres encara en portem més, ¿eh?

R. B. Per això ho dic.

M. B. De fet comptem per segles. Jo de vegades em trobo amb problemes quotidians molt greus, però penso: bé, d'aquí a uns quants segles, ¿què passarà? L'estiu passat no l'altre vaig anar a predicar a Santander, i vaig tenir ocasió de visitar les coves d'Altamira. Davant d'aquella meravella de 13.000 anys enrere, com asseguren els tècnics, penses, si no s'esguerra tot, ¿d'aquí 13.000 anys on serem?

R. B. Però els de Montserrat durareu, home, d'aquí a 13.000 anys, i tant!

M. B. Potser tindrem fundacions a la lluna.

R. B. Perquè abans d'haver-hi els monjos benedictins, a

Montserrat, és a dir, des de la prehistòria, sempre hi devia haver hagut algú o altre.

M. B. Des de la prehistòria no, però ermitans, gent que s'hi retira, sí. De tota manera, la muntanya de Montserrat té una història molt curiosa. Els primers documents coneguts presenten la muntanya com un indret feréstec, que més aviat feia angúnia i por, que no pas convidava a acostar-s'hi, mentre que ara fins i tot la trobem paisatgísticament interessant. Actualment hi ha molt turisme.

J. V. Home, és que està molt treballada aquesta muntanya, ¿eh?

M. B. Fa molts segles que l'han treballada; a la primeria no crec que hi hagués gaire tirada.

R. B. Doncs a mi em sembla que sí, n'estic segur, penso que els de la prehistòria no eren pas més ases que nosaltres.

M. B. L'accés també era més difícil que no pas ara, però el que sí se sap és que, en un principi, el que hi havia eren ermitans.

R. B. Doncs per mi que els bruixots de la prehistòria també s'hi devien enfilar.

M. B. Això segur; ara, que a la prehistòria hi hagués bruixots no ho acabo de veure clar.

R. B. És un lloc molt bo des del qual es poden enviar ones, i ho ha estat sempre; la prova és que ara Catalunya Ràdio hi té un repetidor.

J. V. Sí, un repetidor.

M. B. També n'hi té un TVE i la Creu Roja. Tenim la gràcia de ser una muntanya que queda sola en un cim, a 1.234 metres sobre una plana circumdant.

R. B. ¿I els podeu dir que no, si vénen?

M. B. Evidentment que els podem dir que no. A vegades ho hem fet, però ens sembla que també hem de fer un servei a la comunitat. Sempre, abans de donar una resposa negativa, valorem els pros i els contres. Fins i tot ens preguntem: ¿amb quin dret podem dir que no?

R. B. Amb el dret que us confereix ser-ne els amos.

M. B. Bé... Això que en som els amos se n'hauria de parlar.

R. B. Bé, ¿doncs qui és el propietari de la parcel·la?

M. B. Mireu, molta gent que ve de passada a Montserrat diu: «Caram, quins monjos més rics!» Perquè tenim fama de monjos rics. Però, si els ensenyéssim els números, veurien que sovint hi ha números vermells. El que passa és que la gent només pensa en les entrades, però no en les sortides.

J. V. ¿De veritat que surten números vermells?

M. B. Fins al punt que a vegades parlant-ne amb empresaris amics, aquests em diuen: encara que m'ho regaléssiu no ho acceptaria!

J. V. ¿De debò?

M. B. Sí, de debò. Ells només ho veuen rendible si els permetéssim posar-hi una piscina o una *boîte*, etc.

R. B. La *boîte* no, però la piscina sí que estaria bé.

M. B. Precisament era d'això del que us volia parlar. Nosaltres, des del punt de vista monàstic i religiós, més d'una vegada ens hem preguntat: si volem donar testimoni de pobresa, potser encara no obrem com ho hauríem de fer, perquè sembla que la gent no en tenen aquesta imatge. Aleshores reflexionem i valorem les possibilitats preguntant-nos: ¿deixar Montserrat en mans de qui?, ¿del bisbat? Llavors sorgeix el dilema: hi ha altres bisbats que també estimen i vénen a Montserrat. Per tant, no ho trobem una solució massa viable. Tot seguit podríem pensar amb la Generalitat, però, ai!, tan fràgil com és! Si descartem la Generalitat, pensem: bé, es podria crear una associació d'Amics de Montserrat, etcètera. Hem arribat a imaginar-nos totes les solucions possibles, però al final dius: la història des de pràcticament el segle XI té vida monàstica a Montserrat, i això fa que haguem de decidir com han de funcionar les coses a Montserrat; si hi renunciem, a favor de qui sigui, Montserrat perdrà la identitat que l'ha caracteritzada durant tots aquests segles.

R. B. És a dir, ¿que els propietaris dels terrenys sou vosaltres?

M. B. La propietat, evidentment, és del monestir, amb vicissituds molt interessants, com quan hi va haver la desamortització.

Aleshores s'ho va quedar tot l'estat. Van suprimir els ordes religiosos i la comunitat de Montserrat; en aquell temps era gent més aviat gran que es va haver d'aplegar, per poder-hi tornar, com a *Comunidad de Presbíteros Enclaustrados*.

J. V. Sona molt malament això, ¿eh?

R. B. És com allò de les penedides, convent de les *arrepentidas*.

M. B. Va passar un cert temps en aquestes condicions, que són les úniques que van possibilitar la cosa, però es produí el fet, que encara vosaltres podeu contemplar, que Montserrat, a més a més de ser monestir, és també un santuari, i aleshores hi va haver tota una pressió del poble perquè el santuari es tornés a obrir. Fou la regent, María Cristina, que va decidir tornar-lo a obrir. Aleshores, va venir la gran figura de l'abat Muntades, que era fill de Capellades. Aquest era un home molt decidit i va aconseguir que hi tornessin a haver monjos, i que fos reconegut com a monestir, bàsicament organitzant una sortida a l'exterior que va fer una fundació a les Filipines, a Manila; això va permetre tenir vocacions, ja que fins a aquell moment no se'n podien tenir; llavors ens van permetre tenir nous monjos.

J. V. ¿Hi ha molta gent que es vol fer monjo, avui dia, i concretament d'aquest orde?

M. B. N'hi ha força, gràcies a déu; que jo recordi, potser no hi ha cap any que no hi hagi hagut cap nova entrada. Us farà gràcia saber que el més jove, el que ha entrat últimament, té dinou anys, i el monjo més gran de la comunitat en té noranta-u.

R. B. Fa uns anys, a la gent que de sobte els venia la vocació se n'anaven a l'Índia, al Marroc, però, és clar, ara, els deu costar molt car, deu ser molt més barat intentar viure una vida espiritual i mística a Montserrat.

M. B. Hi ha joves pertot.

R. B. Últimament aneu més bé, ¿no?

M. B. Si fa o no fa, quan jo vaig entrar després de la guerra...

R. B. ¿Quants n'entraven, llavors?

M. B. Deu o quinze; un altre any, set, etcètera.

R. B. La baixada, ¿quan es va produir, allò d'un, dos, cap...?

M. B. A mesura que van anar passant els anys, cap a finals dels anys seixanta...

R. B. Quan van sortir la vespa i l'utilitari, perquè la gent es distreia més. Molt lentament va anar arribant l'alliberament sexual...

M. B. Exacte, i quan el consum va anar a més; però té l'avantatge que les vocacions, ara, són més autèntiques, més sòlides, estan més provades i s'adonen més dels contrastos, de la insatisfacció. Molt bé, anem al cinema, a ballar, ¿i què més? Arriba un moment que dius: jo no en tinc, prou amb tot això, està molt bé, però necessito molt més.

R. B. Així, durant els últims anys, ¿quants n'han entrat, un, dos, tres?

M. B. Mira, aquest any han estat quatre, i l'any passat foren tres.

J. V. ¿Quants sou, ara?

M. B. Doncs passem de cent encara.

R. B. ¿Passeu de cent? Caram!

M. B. El que passa és que no tots som a casa; hi ha fundacions a la Catalunya Nord, hi ha també una dependència per la banda de Solsona. Després hi ha alguns casos de monjos que són especialistes en qüestions intel·lectuals. N'hi ha un que és professor a Washington, un dels primers entesos en matèries coptes, reconegut internacionalment. Quan va marxar a Amèrica ho féu d'una forma provisional, però més tard s'hi va quedar. Cada estiu el passa amb nosaltres aquí, a Montserrat.

R. B. Ve a passar llista.

M. B. Jo diria que ve a conviure amb la comunitat.

R. B. No sigueu tan modern.

M. B. Com que tenim tants segles, podem ser molt moderns.

J. V. Maur M. Boix, ¿què vol dir, la *M*?

M. B. Maur Maria, com Josep Maria, a casa em deien Joan Maria.

J. V. Maur és el nom de...

M. B. Del monestir.

J. V. Us canvieu el nom.

M. B. Ara ja no.

J. V. ¿Ah, no?

R. B. No ho heu de fer, això; és que en feu cada una!

M. B. Ho fèiem per no crear-nos confusió. Aquesta mesura tenia moltes finalitats pràctiques, la més important era que no hi podia haver cap nom repetit. Actualment hi ha un devessall de joseps i joseps maries que no ens acabem d'entendre.

R. B. El papa de Roma el vau tenir aquí, potser el pitjor dia climatològic de tota la història del monestir.

M. B. De molts segles abans no m'atreviria a assegurar-ho, però sí que fou un dia molt dolent climatològicament parlant.

R. B. Hi va haver un temporal amb llamps i trons...

M. B. Sí, se'n va anar el corrent elèctric i va caure un devessall de pluja. També feia molt de fred. Realment, va ser una cosa heroica per la gent que va arribar de bon matí. Hi va haver moltes persones que van necessitar assistència i vam improvisar un dispensari a la sagristia de l'església.

R. B. ¿I el penseu tornar a convidar?

M. B. Pròpiament, tampoc no el vam convidar; va venir perquè estava previst en el programa. En aquests casos, no es tracta de cursar la invitació quan hi ha un programa prefixat.

R. B. El papa de Roma, que ho té molt clar, va anar a Montserrat i al camp del Barça.

M. B. Va estar a punt de no venir. Resulta que, amb aquell sistema que tenien, el van fer dormir a Saragossa, i l'endemà van telefonar aquí, van preguntar quin temps feia, el temps era dolent i van demanar un avió; no n'hi havia cap i va haver de venir amb autogir. Llavors, amb autogir de Barcelona, podeu comptar: sotraguejat i bellugat, va quedar ben marejat. Quan va arribar a Barcelona, portava dues hores de retard sobre el programa. Llavors, el jesuïta que organitzava el viatge, el manager...

J. V. ¿Un jesuïta, ho organitzava?

M. B. Sí, el que dirigia; va venir aquí uns dies abans a controlar minut per minut el que passaria. Arribarà aquí a tal hora; ara això ho farem a peu, durarà set minuts, llavors pujarem les escales, que en durarà tres, etc., i després no va servir de res...

R. B. Perquè Nostre Senyor va enviar un llamp del cel.

M. B. L'organització li va dir: quedant-nos a Barcelona, recuperem les dues hores de retard, però ell no, no, volia anar a Montserrat. Després d'una hora d'autocar, amb les voltes i amb aquell temps pèssim, encara més marejat, de manera que quan va ser aquí feia la impressió que no... que no se n'adonava d'on era.

R. B. ¿Quanta estona s'hi va estar, aquí?

M. B. En principi hi havia d'haver una celebració, va ser una llàstima... Aleshores va fer un parlament, una al·locució, unes pregàries i poca cosa més.

R. B. I va signar el llibre d'or del monestir, etc.

M. B. Sí, és clar. Jo tinc una impressió, bastant clara, i és que no va veure la realitat...

J. V. Home, és que anant tan de pressa...

M. B. Potser tampoc no li van deixar veure tan clara.

R. B. En qualsevol cas l'home té bons assessors. Perquè venir a Barcelona i anar al camp del Barça i a Montserrat vol dir que...

M. B. Aquí hi va haver un parell de noies que varen morir aquell dia per un esllavissament de roques; al camp del Barça hi havia tota una estesa de llits amb malalts, van passar avís perquè els digués alguna cosa, però l'avís no li va arribar.

J. V. ¿Quins altres manaies han vingut per aquí?

M. B. Si voleu us puc explicar el cas de Joan XXIII, per exemple; però no sabíem que fos Joan XXIII perquè encara no ho era.

R. B. Era cardenal.

M. B. Recordo allò que diu Kierkegaard, que la història es viu cap endavant i s'entén cap endarrere, ¿no?, doncs és aquest cas. Aquí vàrem tenir Joan XXIII i no ho sabíem, ho vàrem saber després. I era un bon home, un cardenal que venia de Santiago i va arribar aquí; com si el veiés ara, un home més aviat conservador, tradicional, de pietat senzilla i bromista, dius: «Mira: un bon home que ha arribat a patriarca de Venècia»; tenia cap als vuitanta, o entre els setanta i els vuitanta, i acabada la carrera, diguem-ne en termes curials; i al cap de poc vam saber que es deia Joan XXIII.

J. V. Montserrat, com a institució, pesa moltíssim al país.

M. B. Des del segle passat.

J. V. ¿Només des del segle passat?

M. B. Abans potser no hi havia aquest lligam tan fort, sobretot des del punt de vista cultural; a més a més van passar uns quants segles sota el pes dels reis, sota la imposició de la Congregació de Valladolid, perquè depenien de Valladolid.

J. V. ¿Quan es va acabar, això?

M. B. En temps de l'abat Muntades.

R. B. Ara el vostre cap no és a Madrid, sinó a Itàlia, ¿no?

M. B. Pràcticament viu a Roma, i tenim l'avantatge que és una congregació pluralista. Hi ha gent d'altres països, i sent pluralista ens permet molta varietat; en canvi, altres congregacions són més centralitzades.

R. B. Vostè és el director de la revista més antiga, més veterana en català, *Serra d'Or*.

M. B. Sí, dins la situació de després de la guerra.

R. B. ¿I com va?

M. B. Sí, mireu, revista en el sentit més ampli encara n'hi ha una d'abans. És *Qüestions de Vida Cristiana*, que té un any més. Nosaltres, l'any passat, vàrem fer els 25 anys. És una revista més per a minories; en canvi, a la nostra, ens vàrem trobar d'entrada amb un dilema molt fàcil de resoldre dins aquella situació. Llàstima que no es va poder resoldre millor: era entre fer una publicació d'elit... ¿Em permeteu un petit incís sobre això d'elit? Em sembla que els que ho pronuncien són els argentins, sembla que no sàpiguen francès, com que en francès posen un accent a la *e* d'elit, perquè soni, ho han convertit en una esdrúixola i sovint diuen «élit», això és d'una ignorància total.

R. B. Ja s'ho faran.

M. B. Doncs això, una revista de selecció de minories dirigents, per dir-ho d'alguna manera, o bé un magazín popular, sobretot corresponent a la popularitat de Montserrat, però en aquella situació era evident que això segon no era possible.

J. V. *Serra d'Or* pràcticament viu dels subscriptors, ¿oi?

M. B. És clar, i de la publicitat.

J. V. La venda al quiosc és mínima.

M. B. És difícil, quan un ja ha fet uns quants anys, de rejovenir-se, i la nostra esperança, o almenys la meva, era que quan canviessin les coses hi hauria una brotada tan gran de revistes de tota mena que nosaltres hauríem pogut desaparèixer perquè ja hauríem fet la nostra missió.

J. V. Sí, però de revistes no n'han sortit pas gaires.

M. B. I algunes que van sortir no van poder continuar, de manera que fins aquí no tenim altre remei, per dir-ho així, que continuar; i fer-ho amb les mateixes persones per condicionaments de tipus extern i intern...

R. B. Aquests que han entrat durant aquest any, aquests quatre, els tres de l'any passat... ¿Són joves, aquests monjos...?

J. V. ¿No ha entrat cap periodista?

M. B. De periodista ja en tenim un, en Ramon Barnils ja el coneix, és en Jordi Bruguera, el pare Justí, tal com l'anomenem nosaltres, aquest té el títol. En canvi, a mi em van reconèixer com a director; vam haver de fer unes negociacions una mica dures, i va passar el mateix amb *Cuadernos para el Diálogo*, d'en Ruiz Giménez, el van reconèixer sense títol.

R. B. Un altre grup interessant o important —a Barcelona s'hi fa broma, ja sabeu com són— és el dels exmonjos que estan situadíssims tots ells, ¿oi que sí?

J. V. És veritat.

M. B. A mi, l'altre dia, algú em recordava que en Casacuberta deia que en el seu temps, diguem cap als anys quaranta i cinquanta, Montserrat era la Universitat de Catalunya, perquè o hi entraven o en sortien els professors d'universitat; i em sembla que allò mateix que dèiem abans de la Facultat de Lletres, del temps d'en Zubiri...

R. B. Per exemple, la Crida a la Solidaritat, que és un organisme del qual ara se'n parla molt, moviment davant el qual hi ha l'Argemí.

J. V. És ex d'aquí, ¿oi?

M. B. No, no, amb això aneu mal encaminats, no és ex, és monjo.

J. V. Això no ens ho va dir quan va estar al programa dilluns.

R. B. És a dir, que a la Crida a la Solidaritat el factòtum és un monjo de Cuixà; després hi ha els Vila-Abadal: l'ex-Plàcid i l'actual Jordi.

M. B. Això mateix, és un metge que treballa molt bé les qüestions de dicció.

R. B. Quan era aquí a Montserrat, quan jo hi venia, s'encarregava de despenjar els escaladors que es quedaven penjats per les agulles.

M. B. Sí, sí, jo no ho he fet mai, però es va haver d'organitzar.

J. V. ¿Cada diumenge se'n queda algun de penjat?

M. B. Sí, sí, per desgràcia alguns es despengen i s'hi han quedat.

R. B. Doncs, en Jordi Vila-Abadal era el monjo encarregat de despenjar penjats, a l'escalada, és clar. Un Dijous Sant ens va muntar un número interessantíssim, d'aquests que el pare Boix, que és tan modern, fa així com volent dir: pst!, això, ja ho hem deixat córrer: els noms, el gregorià; doncs ens va muntar un número d'aquells d'abans, que jo recordo com si fos ara. Ens va agafar, a mi i al Porcioles, el fill de l'alcalde de Barcelona, un Dijous Sant, i ens va instal·lar en un jardí interior, aquell cementiri amb les pedres rodones.

M. B. Hi era, ara ja no hi és.

R. B. Doncs, en aquell jardinet, dom Plàcid ens va agafar a l'edat de quinze anys asseguts en un banquet que hi havia i ens entretenia l'estona enraonant de qualsevol tonteria, però, en un moment determinat, just quan ell devia pensar «ara és l'hora», es treu un llibre de la butxaca i se'ns posa a llegir el tros dels Evangelis corresponent al Dijous Sant, i en grec.

J. V. ¿Ah, sí?

R. B. ¿T'imagines el número? Un número que no penso oblidar mai.

M. B. No crec que fos gaire fort en grec.

R. B. Doncs s'ho devia inventar, però, com que jo encara n'era menys, no me'n vaig assabentar.

M. B. Si m'haguéssiu dit en llatí, sí que m'ho hauria cregut.

R. B. Potser va ser en llatí.

M. B. En grec no ho veig tan clar.

R. B. Però imagina't el número, fort, ¿eh? A la mateixa hora que a Nostre Senyor li passava no sé què, a la mateixa hora un monjo de Montserrat en el seu jardí particular...

J. V. Que és des d'on es veu Mallorca, ¿oi?

M. B. Des d'aquest indret no, s'ha de pujar més amunt. Tal com us deia abans: quan un arriba a Montserrat queda més aviat seduït, i si té una mica de tirada cap a aquestes coses, per aquests aspectes externs, i llavors per la raó que sigui decideix entrar al monestir, troba que és molt més del que es pensava.

R. B. No en dic pas mal, d'això.

M. B. Ho dic com a explicació.

J. V. Home, ho teniu molt ben muntat.

M. B. Em refereixo a l'aspecte interior i espiritual.

R. B. Segur que els que ens escolten estan més d'acord amb vós que no pas amb nosaltres. A mi m'agrada més això del llatí i del gregorià, però els que ens escolten...

M. B. Escolta, el gregorià ens agrada molt a tots, ¿eh? ¿Però sabeu què ha passat? Doncs que quan hi va haver, a bona hora, el pas a les celebracions litúrgiques en la llengua materna, com que Montserrat era un santuari català, i, més endavant, enfront de l'amenaça que ho haguéssim de fer en una altra llengua, naturalment vam donar-li tota la força possible a tot el que fos genuïnament català. De totes maneres, hi ha almenys un cop al dia una peça en gregorià; no patiu, no es perdrà, no.

R. B. Amb això heu d'anar aguantant el xàfec fins que passi aquesta mania.

M. B. Hi va haver també una certa equivocació, em sembla a mi, sobretot vist des d'ara: que un dels principis que en aquell moment van il·lusionar era allò de dir que tothom participi de la celebració, que tothom pugui seguir-la, que sàpiguen què passa; aleshores, fent-ho en català, més o menys tothom la pot seguir, però em sembla que no és això.

R. B. És clar que no.

M. B. Si l'escolania canta en llatí, la gent escolta l'escolania i no se'n preocupa gaire, del que diu, i en gregorià passa el mateix.

R. B. Això, perdoneu-me, és molt materialista, voler entendre el que es diu.

M. B. Va ser una eufòria.

R. B. Exacte.

J. V. Jo crec que es va perdre la màgia del ritual, ¿no ho trobeu?

M. B. En bona part, però en canvi, com a compensació, hi va haver un accés més directe. Abans, tot plegat era una mica massa misteriós.

R. B. Per cert, això no funciona, perquè l'altre dia mirava la televisió i va sortir l'Enric Majó, que és un actor que va tenir una crisi a Barcelona i llavors per refer-se va venir a Montserrat. ¿Eh que sí?

M. B. N'he sentit parlar, però no l'he vist.

R. B. Teniu un hoste i no...

M. B. És que no era al monestir, era en alguna de les cel·les o a l'hotel, o allà on fos.

R. B. Amb això vaig pensar, mira: l'Enric Majó és tan modern i tan així, i decideix anar a Montserrat.

M. B. Això vol dir que es va veure implicat en algun problema personal, o alguna cosa... Una de les coses interessants de Montserrat es això. Qualsevol que hi pugi, amb les idees que tingui, serà sempre ben acollit i se l'ajudarà, si és que es pot dir aquesta paraula, a retrobar-se.

R. B. Per aquí el sistema d'instal·lar-s'hi: hi ha per una banda l'hostal, que és un hotel, per l'altra, hi ha les cel·les.

M. B. Cel·les familiars. No és fàcil que gent sola les demani.

R. B. Però poden demanar-les, si ho volen.

M. B. És clar, després hi ha l'hostatgeria interior.

R. B. ¿Que és dins del monestir?

M. B. Aleshores, aquests fan vida amb nosaltres.

R. B. Amb això ja podeu dir sí o no.

M. B. Això mateix.

R. B. Llavors aquí ve qualsevol persona i diu...

M. B. Sobretot si li interessa primer que tot una reflexió personal, de vegades acompanyada amb contactes amb algun monjo en concret, o si no ell mateix tot sol, i si és un estudiós que vol treballar sobre la biblioteca i l'hemeroteca.

J. V. ¿En teniu gaires, d'hostes així?

M. B. Sí, molts, de periodisme mateix, que vénen a fer les tesines i tesis.

R. B. ¿Ah, sí?

M. B. Estudiosos estrangers. Ara mateix tenim un belga que investiga sobre les *Cantigas d'Alfons X El Sabio*; aquests poden viure dins l'hostatgeria interior, si els interessa poden conviure amb nosaltres les celebracions a l'església, i si no fan la seva vida i parlem del que convingui.

R. B. I els escolanets, ¿com està l'escolania?

M. B. Mira, l'escolania està al capdamunt, si més no en quantitat; en qualitat, també, em penso, però això ja és més exposat de dir-ho. Però en quantitat hem arribat al límit màxim, perquè els locals ja no donen per més, que és cinquanta.

R. B. Hi ha cinquanta escolanets, que és el màxim.

M. B. En aquest moment són quaranta-set, però el límit crec que es tornarà a assolir.

R. B. ¿Teniu peticions?

M. B. De sobres. Es fan una mena d'oposicions, perquè naturalment el més important és la veu.

J. V. Que afinin, ¿oi?

M. B. Això. Primer la veu, segon l'oïda, i tercer que sàpiguen una mica de música. La quarta que siguin capaços d'estudiar, perquè estudien l'EGB.

J. V. Aquí fan l'EGB i al mateix temps estudien música.

M. B. Cadascú ha d'aprendre com a mínim piano i un altre

instrument, que va des del contrabaix —dels nanos que han estudiat contrabaix ara no n'hi ha cap— fins a la flauta, el violí... Després hi ha el problema del professorat; si és per a un, no faràs venir un músic especial per fer la classe.

R. B. En Josep Benet...

M. B. És antic escolà.

R. B. Exfutur president de la Generalitat; en Rafael Subirachs, de Vic...

M. B. Després hi ha el Salvador Mas, el director d'orquestra...

R. B. Que ara se'n va a Alemanya, ¿no?

M. B. Sí. Després hi ha altres músics com en Joan Casals, director de la Coral Montserratina de Terrassa. Després hi ha conjunts musicals, de música antiga, en Sergi Casademunt; també, no fa gaires dies, va ser aquí per fer un concert un antic escolà que viu a Alemanya i està especialitzat en la viola de gamba, i que és un dels primers...

R. B. ¿De grups de *punkies* i això del rock no n'han sortit?

M. B. Ja en vindran!

M. B. Si us sembla us explicaré com veig la vida del santuari, perquè els que ens escolten, que molts ja ho saben prou perquè també vénen per aquí dalt, però potser no ho coneixen tan a fons com ho podem explicar ara. Mira, aquí el dia triga una mica a començar, però per a nosaltres no. Nosaltres ens llevem a dos quarts de sis, per començar la nostra primera trobada comunitària de les sis. Hi ha algunes persones que ja vénen a aquesta hora, alguns que han dormit a Montserrat, però també n'hi ha que arriben amb auto per ser-hi expressament en aquell moment, aquests són pocs. La cosa triga una mica a animar-se, evidentment, de fet fins cap allà les deu no comencen a venir autos i, sobretot, autocars.

J. V. Però, els monjos de la comunitat, ¿què feu, cada dia?

M. B. Primer fem el santuari i després la comunitat. Encara que, naturalment, hi ha algunes coses que van juntes. Tenim la missa conventual a les onze, és un moment de concentració de la gent que ha vingut amb intenció d'assitir-hi. Actualment hi ha una gran afluència d'autocars alemanys, sobretot de la tercera edat.

Sobre això de la tercera edat, que jo hi he entrat fa poc, em sembla que aviat li haurem de dir la quarta i la cinquena i tot.

J. V. ¿Sí?

M. B. Si els 65 són la tercera edat, als 75 ja poden posar la quarta, i als 85...

J. V. La directa!

R. B. Això sembla ja una associació per a la limitació voluntària de la vida, s'organitzen també els suïcides.

J. V. Estàvem a la missa conventual, que és el punt àlgid del matí.

M. B. A les onze, això dura normalment una hora. Els dies feiners l'escolania no hi intervé, només hi intervenen quan hi ha una solemnitat, aleshores canten amb nosaltres. En canvi, a la una, que és l'hora de gran concentració del turisme, és quan actuen els escolans. Cada dia una mica abans de la una surt un monjo que llegeix en castellà, francès, anglès, italià, alemany i català.

J. V. ¿El mateix?

M. B. Llegeix un petit text que diu: «Potser no heu estat mai aquí, això és un santuari marià, aquí hi ha un monestir, etc.» Una brevíssima introducció per situar la celebració. Després d'això, en cada llengua un fragment brevíssim de l'Evangeli, i després es recomana i es demana que cadascú resi el parenostre per establir comunicació entre tots en la seva llengua; si algú és indiferent o això no li diu res, se li demana que ho respecti i que calli. Una vegada, un dels guies d'un dels autos que pugen deia: «Una vegada em vaig trobar amb un turista que després de dinar estava una mica més eloqüent, va començar a parlar i va dir: "Mira, jo tinc 50 anys, o el que sigui, i no havia resat mai més el parenostre, avui l'he tornat a resar."»

J. V. Però això li deu passar a força gent, suposo.

M. B. Sí, és clar, l'ambient té la seva força.

J. V. Ja veig que això dels ermitans no li agrada gaire.

M. B. Perquè les persones no se sumen, es multipliquen i ens fem costat, ens apuntalem els uns als altres, ens enriquim. Tot el que sigui el fet comunitari autèntic, naturalment, no es tracta de ramats, ¿eh? No és qüestió de ramat, però el fet comunitari em sembla una cosa extraordinàriament humana, profundament humana. Bé, aquesta és la celebració principal, abans o després de la celebració sol haver-hi un casament.

J. V. ¿Cada dia?

M. B. Sí, un abans o un després o fins i tot un abans i un després. Aquesta celebració s'acaba amb el cant del *Virolai*. Aleshores, n'hi ha molts que a l'hora de casar-se volen la *Salve*. Hi ha cua, ara ja estan compromesos tots els dissabtes fins no sé quan.

R. B. I ¿I quina classe de gent s'hi ve a casar? No digueu de totes les classes socials; no ho digueu això, si us plau.

M. B. Més que res el que ho dificulta és el desplaçament, perquè no hi ha tarifes, cadascú pot casar-se senzillament. Ja ho dic, el problema és el desplaçament, si s'ha de fer una mica de *lunch*, o el que sigui.

J. V. És clar, són més calés. Després dels casaments, ¿què passa per aquí?

M. B. Això és al migdia, a la tarda, com heu pogut veure vosaltres quan heu arribat. Hi ha molta gent a les places que entra i que surt, una cua molt llarga per anar a venerar la Mare de Déu i això, fet i fet, fins a tres quarts de set.

J. V. Allà és on hi ha l'Obiols pintat, ¿oi?

M. B. Sí, el seu pare el tenia per model quan va pintar tots aquests àngels.

J. V. Pocs polítics poden *fardar* d'això!

M. B. És del 47.

R. B. El que passa és que és un polític d'esquerres i ja deia el Tarradellas que Montserrat és ple de comunistes i, per tant, és lògic que hi sigui abans l'Obiols que no pas en Pujol.

M. B. El qui el va posar era el seu pare, que no ho era pas...

R. B. Ca, home! Ja es veia venir!

M. B. A tres quarts de set tenim les vespres. Us hi puc convidar, si us pot interessar. Les trindrem d'aquí a tres quarts. A tres quarts de set cantem nosaltres les vespres, actualment en català, encara que hi ha coses en gregorià; no el perdem. Després, canta l'escolania.

R. B. El pare Segarra es va inventar un mètode de música, ¿és bo, aquest mètode? ¿Funciona?

M. B. Es va estenent molt.

R. B. ¿Quina diferència té aquest mètode d'aprenentatge?

M. B. Francament no ho sé. Però el que fa ell és aplicar la seva experiència de trenta i tants anys, a l'escolania.

R. B. Vós, personalment, ¿com ho teniu, això de la música? ¿Afineu bé i tot això, o no?

M. B. Jo havia tocat el violí.

R. B. Així, Déu n'hi do!

M. B. Havia tocat, no dic si bé o malament perquè hauria de dir malament; jo havia estudiat per músic, tenia aspiracions de compositor.

R. B. ¿I no heu compost res?

M. B. Sí, però això ja s'ha acabat.

J. V. Home, s'ha dedicat al periodisme.

R. B. ¿Què havíeu compost?

M. B. Quan va arribar la guerra, feia una missa a tres veus.

J. V. Ja us estirava aquell fil misteriós de què hem parlat abans.

R. B. Jo el veig pel passeig de Gràcia amb un bigotet, vestit a can Vehils Vidal i roba de seda...

M. B. I no us equivoqueu, però això té un límit perquè això que dieu era al 1939, i jo vaig entrar el 1942.

R. B. Me l'imaginava més com un jove calavera... havent-ne fet de tots colors.

M. B. No, vaig ser sempre seriós.

J. V. Després de l'ofici de vespres, bona nit i tapa't, pràcticament, ¿oi?

M. B. Sí, de cara al santuari ja s'ha acabat. Fins i tot tanquem l'església ja. Llavors nosaltres fem l'últim res. A vegades s'ha de deixar oberta, perquè hi va gent que vol participar de l'últim rés, que anomenem «completes».

J. V. ¿A quina hora és?

M. B. A un quart de deu.

R. B. A les deu a dormir.

M. B. El que se n'hi va de pressa a les deu, però de vegades a les onze encara n'hi ha que volten.

J. V. Home, per llevar-se a quarts de sis.

R. B. A les deu vol dir set hores i mitja.

J. V. ¿Hi ha molt insomni, a Montserrat?

M. B. No ho sabria dir dels altres. Per part meva, hi ha dies de tot, però mireu, dels que ens escolten no sé si hi ha gent gaire devota.

R. B. i J. V. Tots!

M. B. Em sembla que em ve el salm: «Quan des del llit us recordo, passo la nit pensant en Vós: m'heu ajudat, i sóc feliç sota les vostres ales», això és un salm que als versets d'abans diu que «l'amor que em teniu val més que la vida», això, si ho mediteu bé, diu molt, ¿eh? «Més que la vida.»

R. B. Podeu canviar cromos: els clients del Lloro, que de tant en tant recitin aquest salm, i vós, de tant en tant escolteu el Lloro, quan tingueu insomni.

M. B. No em puc comprometre, però tampoc no puc dir que no. Qui sap!

J. V. Aleshores, pel que fa al monestir, ¿com és la vida quotidiana de la comunitat? Ara, una mica, l'horari ja l'hem centrat.

M. B. Ens llevem a dos quarts de sis del matí, a les sis tenim la primera pregària, que és fins a..., entre dos i tres quarts de set.

J. V. ¿A quina hora esmorzeu?

M. B. Aleshores encara hi ha un temps de pregària personal i a un quart de vuit hi ha la primera pregària pública. Aquesta primera la fem al cor de dalt, s'anomena «laudes» perquè és a l'hora de l'albada.

J. V. Però, ¿a quina hora esmorzeu?

M. B. Espereu, encara no.

J. V. ¿Encara no?

M. B. Encara no.

R. B. Home, és clar que alucineu.

M. B. Pràcticament acabem aquesta pregària entre tres quarts de vuit i les vuit, aleshores els que tenen més pressa se'n van a esmorzar.

J. V. ¿Com és un esmorzar al monestir?

M. B. Doncs bastant...

R. B. Complet.

M. B. Sí... es pot menjar...

J. V. Per exemple, un menú, el d'avui.

M. B. Xocolata, llet, formatge, fruita, com ho faríem a casa, em fa l'efecte.

R. B. Una mica més carregat, em fa l'efecte.

M. B. No ens ho mengem pas tot.

J. V. Home, deveu tenir gana, ¿oi? Llevats de tan d'hora.

M. B. Depèn de la persona, això. Aleshores, s'esmorza i comença la feina. A mi, aquest any m'ha tocat fer classes de català als quatre monjos nous. I és la primera vegada a la vida que faig una classe, per això m'ho passo molt bé. Dels quatre monjos nous, n'hi ha un de mallorquí i un de valencià. Llavors resulta que hem de fer classe dels Països Catalans.

J. V. Molt maco. Deu ser interessant, d'allò més normal!

M. B. Un professor de llatí ens va posar un exercici on sortia la paraula *puber*, i un ho va traduir per «nin» i l'altre ho va traduir per «xic», vol dir que els Països Catalans, malgrat tot...

J. V. Funcionen, ¿sí?

M. B. Bé, després uns fan feina d'aquest tipus, que no solament són classes de català o de monàstica, sinó classes de carrera eclesiàstica: filosofia, teologia, història, etc. Perquè tots els estudis els fem aquí.

J. V. I activitats, diguem-ne manuals o artesanals, ¿també n'hi ha?

M. B. Sí, per altra banda hi ha les activitats manuals, com ara: la impremta, la fotografia, la fotocopiadora per treure còpies que et demanen de llibres del servei de la biblioteca, etc. És a dir, que cadascú té una feina assignada o més; pràcticament tots tenim pluriocupació.

J. V. Això, ¿fins a quina hora?

R. B. La següent oració.

M. B. Llavors missa conventual a les onze; això dura fins a les dotze i de les dotze a la una és l'hora de rebre els familiars i d'atendre diferents afers del santuari. A dos quarts de dues solem dinar.

R. B. ¿I no piqueu res mentrestant?, perquè des de les vuit a dos quarts de dues són cinc hores i mitja, ¿eh?

M. B. No crec que hi hagi...

R. B. Però, els joves, ¿per exemple?

M. B. Prou feina tenen amb les classes, tres classes al matí.

J. V. I després de dinar, ¿no feu migdiada?

M. B. Llavors, acabem de dinar a les dues; els dies de festa s'allarga més perquè parlem amistosament. Els dies feiners se sol fer en silenci, escoltant una lectura; també va bé perquè llegeixes uns llibres que no els hauries llegit mai, llavors també és interessant, perquè es fan dues feines alhora.

R. B. ¿Quins llibres us llegeixen?

M. B. Ara en llegim un de molt interessant de mossèn Bonet i Baltà, sobre les persecucions de la predicació i de la pastoral, en català.

R. B. ¿I quants plats teniu?

M. B. Doncs, com a casa...

R. B. ¿Dos i les postres?

M. B. Amb la sopa davant.

R. B. O sigui, sopa, dos plats i postres.

M. B. Sopa, una amanida o una altra cosa, carn o peix, i postres.

R. B. ¿I llavors cafè?

M. B. No.

R. B. ¿Mai?

M. B. Els dies de festa.

R. B. Els dies de festa, i copeta...

M. B. Tot això els dies de festa.

R. B. Aromes de Montserrat...

M. B. I alguna cosa més... El Ramon ens coneix molt bé, ¿eh?

J. V. Sí, veig que sí, m'està sorprenent molt.

M. B. Potser encara ens demanarà per quedar-se. ¿Qui era

aquell? En Jordi Llovet, que, en un dels seus articles, deia que l'atrauria ser a Montserrat per l'olor de la pastisseria.

J. V. Home, ara l'acabo d'ensumar.

M. B. Però no és ben bé això, diu que li agradaria ser a Montserrat per poder estudiar i no sé què més, però que tot això ho descarta i que la raó fonamental per ser monjo de Montserrat és poder tenir concert diari de l'escolania en directe... Llavors, a la tarda, al que li va bé i pot fa una mica de migdiada. El treball intel·lectual, sobretot, et carrega, i val la pena, si pots, recuperar forces.

R. B. ¿A quina hora torneu a engegar?

M. B. A les tres tenim una altra pregària per començar l'activitat de la tarda. Aquesta és pràcticament la del matí, amb la diferència que els estudiants no fan classe, però estudien, i els altres oficis continuen la feina. Entre les activitats que m'he deixat són les del monjo que fa uns estudis, té una activitat com per exemple la revista, cadascú té la seva ocupació. Després també cal tenir present que ens trobem al servei dels que vénen. Llavors també has de fer conferències, alguna prèdica i no cal dir anar al confessionari, de vegades, llargues estones.

R. B. ¿Cada quan us toca?

M. B. Generalment un dia la setmana, però com que hi ha dies que hi ha molta gent també hi ha d'haver més confessors. Recordo la primera vegada que em vaig posar en un confessionari, amb aquella impressió de veure què passarà i m'hi vaig estar sis hores; un bon bateig.

R. B. D'això se'n diu una cura de cavall, des de llavors ja no heu patit mai més. ¿La gent encara es confessa?

M. B. Sí, aquí, sí. N'hi ha molts que fan la confessió anyal, és a dir, vénen una vegada l'any.

R. B. ¿I ningú no es queixa mai de la penitència? Penitència: tres-centes avemaries.

M. B. Home, jo vaig trobar-me una vegada, que no crec que fos un monjo d'aquí, no, un pobre penitent o penitenta, que pel cas és igual, que me li van posar tres parts de rosari fins al dia de la mort.

R. B. Apa aquí!

M. B. I, dic jo, ni que hagués comès un assassinat, ¿oi?

J. V. És duríssima aquesta, és duríssima aquesta, ¿eh?

R. B. Va demanar revisió del cas.

M. B. És clar, no veus que nosaltres tenim, teníem, i qualsevol que tingui una mica de seny ho pot fer, el que se'n diu convalidar, ¿oi? En comptes d'això faci allò altre. A part de tenir formació cultural, diguem, de carrera eclesiàstica, cal tenir molt seny i no tothom en té. Hi havia un temps en què la confessió es veia més que res com passar comptes, una llista, aquesta sí, aquesta no. I ara, gràcies a Déu, sobretot gràcies al Concili Vaticà II, hem tornat a una visió que és com aquells dos que s'estimen i sense voler se'ls escapa una paraula, potser en un mal moment, doncs, mira, li demana perdó, ¿i quantes vegades vaig dir ruc?..., no interessa, el que interessa és que es torni a restaurar l'avinença, que per una circumstància qualsevol s'havia trencat. Doncs la vida espiritual és una cosa semblant; no es tracta si has faltat en el reglament...

R. B. No sé què diria el papa de Roma si ho sentís.

M. B. Em sembla que ens entendríem.

R. B. Em sembla que l'home necessita molt detall, ¿eh?

M. B. Mira, primer de tot, cal entendre-ho. Per parlar del papa un ha de veure clar si pertany a la família o no, com passa amb totes les coses, ¿oi? A mi em fan parlar i jo parlaré diferentment que si em fan parlar d'una altra família i, per tant, a un fins i tot li sap greu que no sempre pugui veure les coses com les veu... Sempre m'ha fet la impressió de com n'és de gran un home que, de cop i volta, després de tota una formació nacional catòlica a Polònia, etc., el transvasen al món occidental i, concretament, al meridional.

J. V. És un salt molt fort.

M. B. Coneixia Roma, sabia llatí, etc., ja tenia certes afinitats. Però, naturalment, la persona no es desfà així com així. Es troba en un ambient molt diferent, totalment diferent del seu currículum fins aleshores. Crec que, això, s'ha de tenir molt present; després vénen, com a tot papa, els condicionaments personals, que un segueixi una línia o una altra. Joan XXIII, com us deia abans, era un home molt familiar, en canvi, Joan Pau II és més...

J. V. Tibat.

M. B. ...més callat.

R. B. ¿Voleu dir que després de tot se'n surt prou bé, tenint en compte les circumstàncies?

M. B. És que és tan difícil de fer-ho bé...

J. V. Canviem de tema. L'escolania del monestir no havia actuat mai a Madrid, fa cosa d'un mes hi va anar; ¿per què ho feu, això de trencar tradicions tan nobles?

M. B. Perquè ha anat a moltes capitals estrangeres.

J. V. Ah! I les relacions de Montserrat amb Poblet, ¿com són?

M. B. Boníssimes. La diferència és que ells van blancs i nosaltres, negres.

J. V. ¿És l'única diferència?

R. B. Ells són del cistell i vosaltres sou de la cistella...

M. B. És la cistella de l'aeri. Les relacions són molt bones, sempre ho han estat; fins al punt que quan es va refer la comunitat de Poblet vam tenir entre nosaltres el noviciat. Els primers monjos que van reprendre la vida a Poblet van sortir d'aquest noviciat.

R. B. Ara sembla que es posen una mica durs, ¿no? Amb això d'extremunciar en Josep Pla i...

J. V. I això d'en Tarradellas.

R. B. El Tarradellas els deixa els papers.

M. B. No sé per què, però com dèieu abans...

R. B. Perquè diu que aquí hi ha molts comunistes.

M. B. Sí, com dèieu abans, es veu que no ens veia gaire clars i...

J. V. Li agraden més els hàbits blancs...

R. B. És un vell anticlerical, però murri, i aleshores suposo —ara, vós, pare Boix, no hi patiu gens, sóc jo sol, ¿eh?, jo me'n faig responsable—, a mi em sembla que el Tarradellas ha pensat que els de Poblet no li feien tanta por com els de Montserrat i, per tant, se n'ha anat a Poblet perquè aquí li feia por. Els de Montserrat en sabien tant o més que ell.

M. B. Mira, sóc art i part i no puc opinar.

J. V. ¿Com anaven les visites del Franco per aquí? Hi va venir moltes vegades.

M. B. Sí, sí, va venir-hi set vegades, amb molta varietat, vull dir que no totes eren iguals. La primera va ser tot just acabada la guerra, jo no hi era, però ho he sentit explicar. Es va quedar amb la seva senyora a dinar amb la comunitat. I en aquestes que s'apaguen els llums; quan es van tornar a encendre tots els polítics estaven sota la taula.

R. B. Diu: ara, aquests monjos es treuran de sota la sotana...

M. B. Un altre cop va passar; al jardí hi ha una bomba del servei d'aigua, i una mica de brollador, mentre Franco anava cap allà, un monjo li diu a un altre: tu, vés a posar la bomba...

R. B. ¿Sort que no sabien català?

M. B. Sí, però aquesta paraula ja la coneixen.

J. V. Ara fa un any en plena campanya va venir en Fraga Iribarne, ¿oi?

M. B. Sí, per cert, li vaig explicar una història molt divertida de l'escolania.

R. B. ¿A ell?

M. B. A ell mateix. Una vegada anaven els nois a Manresa a fer el que aleshores era l'examen de conjunt de tot el quart de batxillerat. Els examinadors van posar la pregunta següent: quina és la capital de Iugoslàvia o un país semblant, i el nano es va equivocar, va posar Praga; la pregunta continuava i deia «otra capital de la misma nación», ell va escriure Iribarne. Li vaig explicar i li va fer molta gràcia.

R. B. Però el Fraga és inofensiu, ¿sí o no? Al final de tot, sí.

M. B. Jo el conec una mica, no personalment, però, sinó per la seva actuació arran de la Llei Fraga i tot l'intent d'obertura amb la Llei de Premsa. Hi va haver tota aquella situació en què nosaltres, i jo concretament, érem partidaris de resistir. A Barcelona vaig poder comprovar que la majoria de col·laboradors, que eren més polítics que nosaltres, ens van aconsellar tirar endavant la revista; possiblement, si hi havia un permís, en podríem aconseguir d'altres. Després, una negociació en pla d'igualtat, no en pla de submissió com podia semblar, és a dir: l'interès és nostre, però a vosaltres també us interessa que pugui continuar. Com una mostra de...

R. B. De tolerància.

M. B. De tolerància, malgrat que després ens cargolaven amb multes. Per exemple, una de 50.000 pessetes. Es va acordar que hi hauria censura prèvia, jo hauria d'anar a la delegació de Barcelona a discutir què passava. Un dia un em diu: «Vostès sempre posen Estat espanyol en comptes d'Espanya», i llavors jo, és clar, vaig fer l'orni i vaig dir, escolti, no m'hi havia fixat, però ja m'hi fixaré. Va passar un temps i allò que li vaig dir veig que..., «¿eh? Vostès continuen posant Estat espanyol en comptes d'Espanya». Això és una de les coses que es deu a *Serra d'Or* i sobretot a en Max Cahner. El cas és que m'ho tornen a dir: sí, ja m'hi he fixat, sí, sembla que vostè té raó, però, escolti, això són coses dels autors; jo, al capdavall, només sóc un director que no em puc ficar amb el que fan, com a molt els puc dir, els puc aconsellar que no ho facin.

J. V. Vaja, que ja els mosquejava!

M. B. Sí.

R. B. És que hi ha una raó sòlida, gramatical, per dir Estat espanyol en comptes d'Espanya. Si tu substitueix estat Espanyol per Espanya tindries que el *«quefe»* de l'*«estado español»* és el *«quefe»* de *«España»*, que és un títol una mica estrany, ¿oi?

J. V. Oh, i tant!

R. B. *«Su excelencia el jefe de España.»*

M. B. A la tercera va venir la vençuda, li vaig dir: sí senyor, ara ja me n'he adonat, ja he parlat amb els autors i etcètera.

J. V. ¿Quants mesos havien passat?

M. B. Se'm fa difícil de dir, però uns quants.

R. B. Calculen en segles, ja ho ha dit.

M. B. Al final li vaig dir: miri, ja li parlaré clar. Per a nosaltres el nom d'*Espanya* té unes connotacions d'una força tal que no ens deixa ser el que som; usar-lo així no ens va gaire bé. Aleshores preferim parlar d'un estat, que no pas d'un país, en el qual nosaltres ens podem sentir integrats. Com que jo portava hàbit, en aquell temps no em va passar res, però és d'aquelles coses que dius: a veure com s'acabarà, tot això. Però va anar bé.

R. B. Sempre va bé. No passa mai res.

J. V. Escolti, i aquella famosa tancada a Montserrat, ¿com va anar, tot allò?

M. B. Jo era prior, uns dies abans va venir en Jordi Carbonell, no me'n recordo amb qui, i em van dir: hi ha intenció, a causa del Procés de Burgos, de fer una reunió a Montserrat per prendre uns acords, i si hi havia cap inconvenient; per la meva part no, però no depenia de mi i ho vaig haver de consultar amb el pare abat; va dir que sí, que molt bé; van anar venint d'aquella manera que es feia.

J. V. Sí, sí, de mica en mica.

M. B. Com els caputxins quan hi van fer la Caputxinada. El pare Llimona fins l'últim moment no sabia que es faria als caputxins. Potser és una mica llegendari, però en el fons ens fa entendre com s'havien de fer les coses en aquella època.

J. V. És que avui molta gent no ho sap, això.

M. B. Si no s'ha viscut, un no es pot imaginar com era tot allò.

R. B. ¿Us va empipar molt, la bòfia?

M. B. Ens van assetjar.

R. B. Dic després.

M. B. No, no, el pare abat va tenir molt de tacte i fins i tot va quedar ben vist. No sé si cal dir-ne el nom, però me'n recordo que un, després d'haver estat aquí i haver vist l'actuació del pare abat, se'n va anar tot impressionat i va dir: «Veig que la religió no és alienant.»

R. B. Aquest deuria ser poc ferm en les seves conviccions, perquè aquestes coses... A mi allò de sant Pau dalt del cavall, ja m'està bé per a la literatura, però en realitat...

M. B. Però, escolteu, els homes es troben com els arbres, per les arrels.

J. V. Quan parleu d'assetjats, ¿és literal, això? Vull dir: tallada la carretera i...

M. B. Aquí dalt al monestir, no.

J. V. Ah!

M. B. Hi va haver un monjo que va pujar per una rampa que ell coneixia i a dalt es va trobar amb la policia, sort que va dir que era de la casa, si no no sé que li hauria passat.

J. V. ¿Què hi havia, policia o guàrdia civil?

M. B. Guàrdia civil, no crec que tingui massa importància el que jo us pugui dir, però ja se sap que la reunió va ser molt concorreguda. Hi havia personatges de primer rengle com en Miró, que se'n va haver d'anar tot just començat, en Tàpies, etc. Una pila de noms.

R. B. Fins i tot hi havia en Ferrater.

M. B. Sí, sí. Ara toquem un tema que és un dels que em sorprèn més, i és que tant la televisió com la ràdio s'han interessat més per les cares boniques que no pas per la gent que sap català.

J. V. Home, a la ràdio cares boniques, no, ¿eh? Vós ho podeu comprovar...

M. B. Bé, veus, farem distincions.

R. B. D'acord.

M. B. I de cara a la normalització...

J. V. Com ho veieu això, l'estat del català, ara mateix.

M. B. Estem en una situació que no és gaire millor que la de deu anys enrere.

J. V. ¿Tant?

M. B. Jo diria que és millor però no gaire. Home, tenim una cosa guanyada molt positiva, que és l'escola i les publicacions juvenils. Cal esperar una onada de jovent que portin el català al lloc que li pertoca, és una esperança que em sembla que no es malmetrà.

R. B. És a dir, com a aspectes positius hi veieu l'escola i les publicacions juvenils.

J. V. Sí, perquè les revistes, els setmanaris i els diaris..., encara ho tenim molt coix, tot això, ¿oi?

M. B. Molt escàs, i hi ha un altre problema: la gent cada vegada llegeix menys perquè és més còmode mirar la televisió o llegir un còmic.

J. V. Em sembla que s'està acabant el bròquil, el temps, vull dir.

M. B. Abans he saludat els que ens escolten, ara els haig de dir adéu, però els vull recordar que aquesta emissió és en vigílies de la Mare de Déu de Montserrat. En comptes de dir bona vigília, els diré, bon dia i bona festa a tothom!

R. B. I no pugeu avui a Montserrat perquè hi haurà un embús de ca l'ample.

M. B. Que ho provin.

J. V. Pare Maur Boix: moltes gràcies per ser amb nosaltres aquesta estona i anar-hi anant.

M. B. Adéu-siau a tothom.

Miquel Batllori

J. V. Avui se'm fa difícil de definir el convidat de la Mercantil. Tu, Ramon, ¿com ho faries?

R. B. Ho faré molt llarg: pare Miquel Batllori, jesuïta, erudit i posseïdor de les claus de l'arxiu del Vaticà.

M. B. Les claus només les té el prefecte de l'arxiu, no les té cap historiador ni cap investigador.

R. B. Vostè, dins l'arxiu del Vaticà, ¿quin càrrec o feina hi té?

M. B. De càrrec, cap. He treballat molt sense cap càrrec.

R. B. Vostè, doncs, no ha tingut mai cap càrrec a l'arxiu del Vaticà.

M. B. Historiador lliure que hi ha treballat molt, sobretot el període des de l'edat mitjana fins a la contemporània.

R. B. ¿I hi ha pogut remenar tots els papers que ha volgut?

M. B. Els que m'han interessat, sí; però no els posteriors a 1903.

R. B. I des del 1903 fins avui...

M. B. Estan tancats.

R. B. Aleshores, el material dels arxius del Vaticà que va des del 1903 fins ara no es pot remenar.

M. B. Només si el papa dóna un permís especial, i normalment no el dóna sinó quan té interès que s'hi faci una recerca concreta. Per exemple, Pau VI va ordenar a quatre col·legues meus de la Universitat Gregoriana que fessin una tria de la documentació principal sobre l'actitud de la Santa Seu durant l'últim conflicte bèl·lic; llavors, els que treballaven sobre aquest punt tenien oberts els arxius dels anys 1939 al 1950, per ordre del papa.

R. B. Vostè ho ha expressat perfectament en dialecte vaticà, ara jo ho diré en català: es tractava d'investigar si Pius XII havia estat a prop, neutral o contra el marxisme i en Hitler, i quines relacions hi havia tingut. ¿Ho he dit bé, en català?

M. B. Això no sé si és català o una llengua pseudodiplomàtica. Simplement, va passar que, davant els dubtes que van sorgir una mica pertot Europa sobre quina havia estat l'actitud secreta del Vaticà durant la guerra, el segon successor de Pius XII va donar l'ordre de fer unes investigacions per esbrinar-ho.

R. B. I perquè aquesta mateixa recerca es pugui fer per iniciativa no del papa, sinó de qualsevol historiador interessat per la matèria, ¿quants anys de passar?

M. B. Hi ha unes dificultats de tipus, diguem-ne, moral per no donar a tothom notícies que encara poden ser reservades perquè són vius molts dels personatges que hi van intervenir. També hi ha motius de tipus tècnic: a mesura que passa el temps augmenta molt el volum de paperam, i per tant és molt difícil de poder tenir a disposició dels estudiosos tot el d'aquestes èpoques conflictives, perquè abans cal tenir-ne almenys un inventari per estar segurs que no desapareixeran papers. Per tant, hi ha una dificultat tècnica i una prevenció moral.

R. B. Aquesta prevenció moral em sembla que als Estats Units és de vint anys.

M. B. Em sembla que als Estats Units és de quaranta anys.

R. B. I al Vaticà, ¿quants són? ¿O no està definit?

M. B. No s'ha definit. La primera vegada que es van obrir els arxius vaticans, amb la prevenció de molta gent del Vaticà, va ser amb Lleó XIII, l'any 1881; llavors es va obrir el fons documental fins al 1815.

R. B. I això depèn exclusivament del papa.

M. B. Sí.

J. V. ¿Està ben muntat, l'arxiu del Vaticà? ¿S'hi treballa còmodament?

M. B. Sí, però és un arxiu molt complicat, perquè, de fet, és una acumulació d'arxius que han vingut de fonts diferents. Cal pensar que només els inventaris i catàlegs ocupen una sala (passen de mil volums); per tant, estar només una mica orientat d'aquests volums ja demana una indagació bastant complicada. Un s'espanta, quan va a treballar a l'arxiu vaticà.

J. V. Suposo que la biblioteca d'Alexandria, la mítica, deu ser poca cosa al costat de la del Vaticà.

M. B. És probable; pel que fa a volums, sí.

R. B. La del Vaticà recull dos mil anys. Poca broma.

J. V. Home, la d'Alexandria, també, déu n'hi do!

R. B. Sí, però no eren dos mil anys; l'Església catòlica dura més que els egipcis.

M. B. Jo diria que més que els egipcis no, perquè les primeres dinasties són del tercer mil·lenni abans de Crist.

R. B. Per tant, tres mil anyets...

M. B. Passats.

R. B. ¿Què vols dir, que encara no som els primers? Tot arribarà. A banda de raons divines...

M. B. No entenc que en aquest punt hi hagi raons divines.

R. B. ¿Quines raons humanes podrien explicar que l'Església catòlica hagi durat dos mil anys?

M. B. Em pensava que et referies als arxius del Vaticà. És clar que hi ha raons divines i raons humanes. Engels és un exemple dels historiadors no creients o que actuen com si no ho fossin: quan parla de l'evolució del cristianisme troba el principi de la seva força en un ordre purament humà, la religió del poble sotmès que arriba un moment que, amb motiu d'aquesta religió, és capaç d'enaltir-se; aquesta possibilitat d'una religió que és dels humils i dels pobres i dels proletaris, que poden enaltir-se en l'ordre social, és el que li ha permès tenir aquesta tirada tan llarga d'anys. Aquesta és una explicació purament humana, però crec que el creient també n'ha d'admetre d'altres de tipus sobrenatural.

R. B. Això que acabeu d'explicar, ¿no es podria comparar una mica amb el marxisme?

M. B. ¿Llavors, ja dieu que el marxisme és una religió?

R. B. ¿Què? ¿Quin mal és?

M. B. No, si jo també ho accepto.

R. B. El marxisme és una doctrina destinada a redimir el proletariat; avui, tothom és marxista, i a Espanya, per exemple, diuen que governa un partit socialista amb bases teòriques més o menys de l'austromarxisme (un marxisme rebaixat, però marxisme al capdavall). ¿Hi podria haver cap paral·lel? És a dir: és una doctrina, el marxisme, destinada a la redempció del proletariat, el proletariat l'assumeix i ocupa la trona, com a l'URSS...

M. B. Amb la petita diferència que algunes de les profecies del món cristià s'han acomplert i la major part de les de Marx no.

R. B. Deixi'm contraatacar: els marxistes tot plegat fa cent anys que hi són; els cristians l'any cent de la nostra era no devien ser gran cosa, tampoc. Deixeu els marxistes uns quants segles més i... ¿O creieu que no?

M. B. La meva posició és no ser anti res, per això no seré mai antimarxista. Crec que hi ha moltes coses que han ajudat molt a comprendre aspectes de la història de la humanitat des del punt de vista general, i que Marx va ser el primer que les va veure.

J. V. És a dir, que el pare Batllori com a historiador, de tant en tant utilitza...

M. B. Tots els historiadors han de tenir una mena d'anàlisi semblant a la del marxisme, em sembla; sobretot quan es passa d'una història purament política i d'esdeveniments a una història purament cultural, de les doctrines ja concretes, en forma d'història de les mentalitats; llavors són necessaris molts dels mètodes del marxisme.

R. B. Vós, que sou un home que vigila, sabeu que ara no ens senten al Vaticà; perquè jo ara pensava: «¿I si el papa ens sentís?»

M. B. Donem gràcies a Déu que no ens escoltin.

J. V. Arribem a part de les Illes, part del País Valencià i tot el Principat. Ho dic perquè ens centrem.

R. B. Aviam si tornareu a Roma i us faran com a aquest teòleg del Brasil, en Boff.

M. B. Jo, abans del Concili Vaticà Segon, sempre deia que afortunadament no era teòleg, i després vaig dir que desgraciadament no ho sóc; per tant, no em donaran mai cap càrrec de confiança des del punt de vista teològic, perquè considero que no ho sóc. Sóc llicenciat en teologia i doctor *honoris causa*, però no teòleg. Abans deia que afortunadament, ara sempre dic que em sap greu.

R. B. Tornant al marxisme: em fa l'efecte que al marxisme no se'l pot donar per liquidat.

M. B. ¿Qui l'hi dóna?

R. B. Jo, per exemple; exagerant, perquè quan ho rumio més no n'estic tan segur; però ara riem molt del PSUC perquè ja no existeix, o del PCE perquè hi ha aquell cisma entre els protestants i els afgans; perquè el cas Wojtyła, per exemple, és... El papa és un home format, diguem-ho així, dins un estat marxista (Polònia); aleshores, el fet que el marxisme no hagi aconseguit que el pare Wojtyéa no sigui dels seus, sinó que sigui francament antimarxista, per a mi és una deficiència del marxisme. Dit d'una altra manera: el pare Wojtyła és més antimarxista que no pas si hagués nascut a França o a Catalunya.

M. B. En canvi, jo he sentit gent de la noblesa de Roma que diuen que, desgraciadament, és el primer papa que ve de l'est i que, per tant, està imbuït d'idees marxistes.

R. B. Això demostra que l'aristocràcia romana ha arribat a uns nivells d'intel·ligència francament desastrosos.

M. B. No tota, només la que diu aquestes coses.

J. V. ¿Com és, l'aristocràcia romana?

M. B. No és que hi tracti gaire, però hi tinc alguns amics. En gran part tenen una prevenció contra el papa perquè el consideren filomarxista. Cadascú veu les coses com vol.

J. V. Sí, és ben relatiu això, ¿oi?

M. B. Afortunadament tot és relatiu, o quasi tot.

R. B. Allò que diu: «Estima Déu i fes el que vulguis», ¿qui ho deia? ¿Sant Agustí?

M. B. Sant Agustí.

R. B. És a dir: estima Déu, que és l'única cosa sòlida, i la resta és tot relatiu. ¿Vaig bé o vaig malament?

M. B. No. La mentalitat de sant Agustí és molt diferent: la llei de la caritat és tal que, si un està imbuït de la caritat de Déu, ja té, en ell mateix, la norma del bé i del mal; per tant, la idea no és relativitzar, sinó fer les coses encara més absolutes. Jo procuro limitar al màxim l'absolut. Molta gent que està acostumada a l'absolut total es van sentir desgavellats del tot quan va venir el Concili Vaticà Segon, que va posar tantes coses en qüestió; jo, cada vegada que em treien un fragment d'aquell suposat absolut, gaudia enormement. Abans em pensava que em bastava amb un biquini d'absolut, per donar l'abast, i quan més me'l retallen més m'agrada.

J. V. Així, caldrà deixar-ho en una petxineta d'aquelles que fan servir les stars d'striptease, ¿oi?

R. B. Sou més lliure de llenguatge que jo, ho haig de reconèixer. Han passat vint-i-set minuts de programa i em sembla que ja es pot arribar a una conclusió: el papa Joan XXIII us va agradar molt, a vós.

M. B. Me n'abstinc.

J. V. Doncs canviem de tema: ¿com era la Universitat de Barcelona, els anys vint?

M. B. Hi havia facultats amb molta gent, sobretot la de Medicina; unes altres amb força gent, com la de Dret, que també m'hi vaig matricular; i Ciències i Lletres, que eren bastant minoritàries.

J. V. Vau fer Dret.

M. B. Vaig fer Història i Dret. La de lletres no la vaig acabar, me'n faltaven algunes assignatures; de totes les branques sumades la Filosofia i Lletres d'aquell temps (història, filosofia i lletres) del meu curs vam acabar nou. Ara és molt diferent: se'n matriculen...

R. B. Nou mil i n'acaben vuit mil.

M. B. Home, nou mil potser no, però tres mil sí que s'hi matriculen, a Dret, ¿eh?

R. B. I el pitjor és que acaben gairebé tots.

M. B. Això és un drama per a l'atur, més que per a la cultura.

R. B. Molts comencen la carrera per defugir l'atur, si són cinc anys més que tenen per no ser qualificats de pàries. Entre els vostres companys de la universitat, ¿quins noms hi havia?

M. B. Si comptem entre els que hi eren quan jo vaig començar, l'any vint-i-cinc, i els que hi entraven quan vaig acabar, el vint-i-vuit, sobretot a Lletres (érem més pocs i fèiem una vida més íntima), entre els més grans recordo, per exemple, en Joan Coromines, el filòleg; el seu company Joan Petit, que va ser un home important en la cultura de la postguerra; el seu company, Vergés, que va morir fa un parell d'anys i va ser un dels grans llatinistes de la fundació Bernat Metge; del meu curs, que jo me'n recordi, era en Xavier de Salas, que ha estat professor d'Història de l'Art a la universitat de Madrid i director del museu del Prado; en Vicens i Vives; en Pere Grases; en Ramon Esquerra...; en conjunt eren bastant importants. Com que érem pocs, de cada curs quasi la meitat ha estat gent que ha deixat alguna cosa important dins el món de la cultura; això ho dic perquè tinguem en compte que la diferència essencial no és solament el nombre d'estudiants, sinó el d'instituts d'ensenyament secundari: quan jo era estudiant, només n'hi havia a les quatre capitals de Catalunya i en algunes ciutats molt importants, com Figueres i Reus, i a Barcelona només n'hi havia un. Pràcticament era la meitat, la gent que després es dedicaven a la investigació o als estudis universitaris; l'altra meitat anava a ensenyar als instituts; per tant, quan ha canviat tant la massa d'estudiants, a la universitat i als instituts, ha canviat per força el nombre de gent que s'ha de dedicar a l'ensenyament mitjà, i això afavoreix que el nivell cultural sigui també inferior.

J. V. Sembla que el pare Miquel Batllori el 1936 era a Torí, en plena Itàlia de Mussolini: ¿els italians s'ho creien de debò, allò del feixisme, o bé, a diferència dels alemanys, s'ho prenien amb més filosofia?

M. B. Em sembla que hi havia molta gent que feia la comèdia de creure-s'ho. Jo, quan es tracta d'una comèdia, ho respecto molt, perquè és un art.

J. V. En saben, els italians, d'això, ¿oi?

M. B. D'altres hi creien seriosament. Hi va haver un moment que molta gent que no hi creia es va acostar el feixisme; va ser amb la guerra d'Etiòpia: ells portaven molt endins les grans batusses que els etíops els havien clavat a començaments de segle i, quan Mussolini va vèncer els etíops, es va encendre un esperit de tipus patrioter bastant estès, i molta gent que era radicalment antifeixista en van acabar contents; va ser el moment que la cosa va canviar.

J. V. Devia ser semblant al que van fer els de la junta argentina amb allò de les Malvines.

M. B. Una cosa semblant, sí. Jo en aquells moments era a Torí, una regió que sempre havia estat molt antifeixista perquè era molt monàrquica (la casa reial d'Itàlia venia de Savoia i del Piemont, i per tant veien amb mals ulls, hi tenien una gran prevenció, un règim que deixava el rei en segon lloc). Recordo que els anys trenta o trenta-quatre, quan jo em trobava al Piemont, Mussolini hi va anar (va ser una de les poques vegades que va anar a Torí), i se n'explicava una contarella que no sé si és real, però que és molt significativa: el Duce va demanar al vell Agnelli quines eren les idees polítiques dels seus empleats i obrers, i (devia ser el trenta o trenta-tres) li va contestar: «Miri, la tercera part són socialistes; la tercera part, populars; la tercera part, comunistes»; i Mussolini li va dir: «¿I de feixistes?», i diu: «De feixistes, ho som tots.» Això era una contarella, però l'any quaranta-vuit jo era a Torí amb motiu del centenari de Balmes (Balmes s'havia interessat molt pels fets de l'any 1848 a Itàlia —el Risorgimento—, i com que se'n celebrava el centenari em van convidar a fer una conferència a la universitat); en aquells moments hi havia unes eleccions lliures a la Fiat, el capellà de la Fiat era company meu a la residència de jesuïtes a Torí i em va dir que aproximadament era això: havien sortit una tercera part de socialistes, una tercera de comunistes i una tercera de populars.

J. V. O sigui, que no canviava gaire.

M. B. No gaire.

R. B. És que aquests són molt vells; els italians també fa segles que són de...

J. V. Que són de la península, perquè, és clar, això és un invent molt recent, ¿oi?

M. B. Com a estat, sí.

R. B. Els italians són per sobre d'Itàlia.

M. B. Bastant. És la dialèctica entre nació i estat. ¿Fins a quin punt hi havia un sentiment nacional a la Itàlia anterior al segle XVIII? Pel que fa a la cultura, sí que es van distingir des de l'edat mitjana, que van prendre com a llengua de cultura una forma d'origen toscà, a la qual es van anar acomodant tots els altres dialectes de la península ja des del segle XIII.

J. V. O sigui, que prèviament hi va haver una unificació lingüística.

M. B. De la llengua literària sí, però no de l'escrita. Fa vuit o nou anys vaig anar a una conferència a Roma, d'uns que havien fet una enquesta sobre l'estat de la llengua i els dialectes a Itàlia (el tema m'interessava): deixaven de banda aquells que el poble en diu dialectes, però que són lingüísticament i filològicament llengües independents (per exemple, el sard), i les zones de llengua francesa o alemanya (com ara el Tirol), però encara consideraven dialectes, cosa que és molt dubtosa, la part dels dialectes ladins del nord d'Europa; però, a banda d'aquestes grans llengües europees, l'enquesta tenia aquest resultat: només hi havia un vint-i-cinc per cent de gent que tenia com a única llengua de cultura i de família l'italià; hi havia un vint-i-cinc per cent de gent que a l'escola primària o, els homes, al servei militar, havien arribat a conèixer correctament l'italià, però que amb el temps ja se n'havien oblidat i pràcticament només parlaven el dialecte en família i amb el poble; i després hi havia un vint-i-cinc per cent de persones que amb la família parlaven italià però que, amb la gent de fora, podien parlar en el dialecte local, i, en canvi, un vint-cinc per cent aproximadament que parlava un dialecte amb la família, però a les relacions de fora feia servir l'italià. Aquest era el panorama d'Itàlia fa només deu o dotze anys.

R. B. Sense la precisió amb què ho heu exposat vós, vaig seguir-ho bastant a la premsa. A les revistes italianes hi havia coses divertidíssimes: els uns s'indignaven per aquesta situació, els altres..., recordo en Pasolini, que sempre havia honorat la seva llengua; perquè aquest era de sobre Venècia, ¿oi?

M. B. Si no ho recordo malament, Pasolini era de llengua llombarda, i a la Llombardia, com a gran part de la Itàlia del nord, hi ha dialectes que són gal·loromànics. La distinció que solen fer els filòlegs d'ofici entre els dialectes itàlics i els no itàlics és que fan el plural no amb *s*, sinó amb vocal, i això és el que caracteritza la diferència gran entre els dialectes que són provençals o occitans, per exemple, o francesos o de llengua ladina (si és que hi ha una llengua ladina única).

R. B. ¿Sabeu que aquí tenim en Xavier Lamuela, que fa la tesi doctoral sobre el friülès?

J. V. Fa de Fabra del friülès, més aviat.

R. B. Ell explica una cosa molt divertida: té un amic per allà dalt; aquest amic viu en un lloc determinat, llavors el fa sortir al balcó i li diu: «¿Ho veus, Lamuela?, mirant cap a l'est, d'aquí fins allà tots eslaus.»

M. B. Tingueu en compte que el Friül és una regió mixta on hi ha una gran part d'eslovens; tota aquesta regió des de Friori i Labreste Juria fins a Trieste té una gran part de població que parla eslovè, i aquesta llengua està reconeguda com a segona llengua, i a tota aquesta banda d'Itàlia hi ha transmissions de ràdio en eslovè, perquè no és pas una cosa purament fantàstica.

J. V. En Miquel Batllori, el pare Batllori, ¿es considera filòsof?

M. B. No, em considero simplement historiador, principalment historiador de la cultura; faig alguna cosa també d'història religiosa i política, però més que res historiador de la cultura. Essencialment, la meva formació és històrica.

R. B. En Joan Fuster diu que us heu dedicat a estudiar els erudits de la Companyia de Jesús.

M. B. Perquè he publicat molts articles i un volum sistemàtic i sis o set més sobre qüestions de jesuïtes exiliats, com un element de la cultura europea i espanyola que es crea a Itàlia perquè hi arriben els exiliats d'Espanya i l'Amèrica del Sud.

R. B. És que, en Joan Fuster, a més a més, és anticlerical i, en canvi, a vós us respecta molt.

M. B. Ja ho sé. Jo no m'acabo de creure l'anticlericalisme d'en Fuster.

R. B. ¿Per què? ¿Perquè és de família carlina?

M. B. Això imprimeix caràcter.

J. V. Com ser de la Companyia, ¿oi?

M. B. També. Però el caràcter es pot dissimular una mica.

J. V. Home, val a dir que la imatge del pare Batllori és absolutament...

R. B. Absolutament elegant.

M. B. Normal.

R. B. No, de normal, res; més que normal: un vestit creuat gris marengo, línia diplomàtic.

J. V. Corbata de ratlles, barret i bastó.

M. B. El barret perquè sóc vell i calb, i el bastó perquè vaig caure a Roma i les cames em fan figa i em fa una mica de basarda d'anar sense bastó.

R. B. Sabates negres perfectament enllustrades...

M. B. Faig servir el bastó per estàtica, i no per estètica.

J. V. ¿Per estàtica? Maco, ¿eh? Diu: «Vaig amb bastó per estàtica.»

R. B. ¿I el whisky i els havans que us havien fet llegendari? Perquè en temps del franquisme escandalitzàveu tot el país. El pare Batllori, quan anava en una recepció, bevia whisky i fumava havans (naturalment, perquè si a un li agrada fumar, no hi ha com el tabac havà); i tot el país absolutament escandalitzat.

M. B. Ara, el whisky el tinc prohibit; abans me'l recomanaven pel cor, però després d'una hepatitis me'l van prohibir, i des de fa almenys quatre anys...

J. V. ¿Que era un problema d'hipotensió?

M. B. No. Era per la circulació: és un estimulant de la circulació, no per això de la tensió, sinó perquè és un vasodilatador.

R. B. ¿I els havans?

M. B. Jo sóc de família cubana per part de mare. Jo sóc castellanoparlant, per això el meu català és una mica de xarnego, ja ho noteu...

R. B. Jo el que notava era alguna cosa italiana; per exemple: alguna vegada heu dit «absolutament no», i això és «*assolutamente no*».

M. B. Podria ser.

R. B. I una altra cosa que m'ha semblat notar és que marqueu... Vós parleu un català no diré normal sinó més que normal, però natural, sense perfeccionismes; i, en canvi, marqueu les eles geminades.

M. B. Això em ve de Mallorca, que m'hi vaig estar sis anys fent de professor. No és italianisme, sinó la pronúncia normal de Malloca, que diuen «col·legi» ben clarament, no s'equivoquen mai; «il·lusió»...

J. V. Diu la vostra nota biogràfica que sou fill d'una família dedicada a la indústria. ¿Què hi té a veure Cuba, en això? ¿Quina indústria era?

M. B. Tèxtil. Si no es prova el contrari, un català que parli d'indústria parla d'indústria tèxtil. Ara ha canviat molt, però als meus anys era normal; encara recordo aquella primera novel·la de Carmen Laforet, que deia que el ram del tèxtil era el cotó de Barcelona; ara ja no.

J. V. Ho devia haver set bastant de temps.

M. B. La Carmen Laforet em deia un dia, a Roma, quan hi passava temporades, que els seus llibres li donaven per viure, i jo li vaig dir: «Els meus no em donen ni per morir; amb el que em donen no em podré pagar ni l'enterrament.»

R. B. Afortunadament, vós formeu part de la Companyia de Jesús, on res no és de ningú. A la meva època, nosaltres, com a bons estudiants, criticàvem els professors; dèiem: «Però vostè té una ploma d'or», i llavors ell: «No és meva; si el pare provincial me la demana, l'hi haig de tornar.»

M. B. ¿I d'això, què se'n dedueix?

R. B. Que els vostres llibres tant és que us donin per menjar com per no morir.

M. B. Això sí; no hi ha problema; no pas immediat.

R. B. ¿Voleu dir que la Companyia de Jesús està en perill?

M. B. No. Això ja és una pregunta amb mala intenció. Hi ha una mica el deure moral de no ser una càrrega...

R. B. I de col·laborar a mantenir la Companyia, a base que la feina que feu tingui un resultat econòmic que no us faci...

M. B. No és necessàriament econòmic; és de coneixença i de fer un bé a la societat en general.

R. B. Estic molt preocupat pel temporal que passa la Companyia de Jesús, i no pas perquè...

M. B. Doncs jo no n'estic, de preocupat.

R. B. Això és el que volia preguntar, que el paper que feia la Companyia de Jesús dins l'Església catòlica l'ocupin uns *parvenus* absolutament desproveïts de tota mena de cultura i de bones maneres.

M. B. I jo en passo.

R. B. Molt bé. De fet, m'heu deixat molt tranquil quan heu dit que no esteu gens preocupat pel futur de la Companyia; de debò.

M. B. Quan van fer papa Pau IV, que era molt enemic dels jesuïtes, sant Ignasi deia que si li diguessin que aquell papa hauria de dissoldre la Companyia com es dissol un gra de sal a l'aigua, es quedaria tan tranquil. És l'exemple que ens va donar.

R. B. El que és interessant encara és l'interès que aquests últims anys tenen alguns grans escriptors per l'estil de sant Ignasi, que sempre s'havia considerat un estil incorrecte: dins un formalisme purament retòric era així; però, per exemple, Roland Barthes té un treball esplèndid sobre els *Exercicis* com a creació literària, hi veu tots els trucs no tant d'estil com d'enfocament, per transmetre un missatge; com que naturalment l'essència de la transmissió literària és simplement un missatge que pot ser purament estètic, o estètic i moral, o estètic i metafísic, doncs Roland Barthes en aquest article remarca la importància que té aquest home en el seu temps, per donar tan valor a la persona que emet el missatge, la persona que el rep directament i immediatament: sant Ignasi dóna un missatge al que dóna els exercicis, i aquest ha de donar un missatge al que fa els exercicis; per tant, aquí hi ha un missatge doble amb un joc enorme de mitjans de l'un i de l'altre per arribar a transmetre un missatge perfecte. Actualment, uns altres han estudiat en comparació les dialèctiques trifàsiques de sant Ignasi i de Hegel: hi ha la coincidència que així com per Hegel el moviment del pensament és sempre trifàsic, és a dir: una tesi, una antítesi i una síntesi, en sant Ignasi hi ha un moviment del pensament que sempre té tres parts.

J. V. ¿Com són?

M. B. Depèn de cada un dels exercicis. La forma mental va sempre a la forma d'ètica trifàsica, que coincideix amb la de l'ètica hegeliana no pel que fa al contingut, sinó quant a la forma del pensament. Fa poc, encara no l'he pogut veure, ha sortit una nova traducció a l'italià dels *Exercicis*, feta per un dels millors poetes italians actuals, que, seguint la línia de Barthes, considera sant Ignasi un home de gran categoria, fins i tot literària. Com que el concepte de *literatura* ha canviat des del món de la retòrica pseudoclàssica, o manierista, o barroca, naturalment tot això cal tornar-ho a revisar.

J. V. Es veu que el 1940 a Burgos us vau llicenciar d'alguna cosa; ¿de què, concretament?

M. B. Teologia.

R. B. Ah! Ens heu enredat.

M. B. M'hi vaig llicenciar, no vaig fer doctorat, home; ja us he dit que només sóc llicenciat en Teologia, perquè el doctorat el tinc *honoris causa*, només.

R. B. Us hi vau llicenciar perquè era obligatori.

M. B. Perquè era obligatori, però llavors ja veia que aquella teologia que ens ensenyaven havia de desaparèixer.

J. V. Compte! Parlem de l'any quaranta a Burgos, ¿eh?

M. B. Llavors ja era ben clar que aquella teologia no podia mantenir-se.

R. B. S'ha de tenir en compte una cosa: que el pare Batllori era antifranquista.

M. B. Sí.

R. B. I que durant molts anys per aquests mons de Déu no volien convidar cap súbdit de l'Estat espanyol...

M. B. Algunes vegades em convidaven a mi, no pel meu grau de cultura, sinó perquè volien un espanyol que no estigués vinculat al règim franquista.

R. B. ¿Us ha portat problemes, la vostra fredor cap al règim?

M. B. Algun sí; però tampoc no gaires.

R. B. Com que estàveu fitxat al Vaticà, llavors teníeu una bona defensa.

M. B. ¿Fitxat?

R. B. Vull dir que treballàveu pel Vaticà, vaja.

M. B. No, no; jo sempre treballava independentment al Vaticà.

R. B. Ara podríem parlar-ne, de la vostra vinculació amb el Vaticà.

M. B. L'única vinculació és que he estat professor i catedràtic d'una universitat pontifícia (que depèn del Vaticà), que és la Universitat Gregoriana, i que sóc membre del Comitè del Vaticà de Ciències Històriques; res més.

R. B. No amb una persona de la plantilla, sinó amb una persona que hi ha viscut molt de temps, parlem ara del Vaticà. ¿Com està, això? ¿Ha evolucionat gaire, els últims trenta anys? ¿Com funciona el Vaticà?

J. V. De fet, el Vaticà, vist des de fora, sembla una teranyina complicadíssima, ¿no?

R. B. El que en diuen una maquinària perfecta d'administració.

M. B. Mira, jo només us diré un cas que atribueixen a un secretari d'estat del Vaticà, un català, que deia: «Si diuen que el cos diplomàtic vaticà és el millor del món i és exemplar, ¿com deuen ser els altres?» Ja ho he dit tot.

R. B. Està bé; és una brometa divertida. Però, dient això, aquest secretari d'estat reconeixia que el millor era el del Vaticà.

M. B. Sí. Jo crec que la unitat italiana va separar el Vaticà de l'estat, i per això ha tingut sempre una situació molt independent de l'estat, cosa que potser les altres esglésies no han tingut tant. Aquesta separació era més sentida i sensitiva: hi havia un desig d'allunyar-se d'aquell estat que els havia dominat i els havia agafat els territoris; per això, la separació era molt gran. Això, amb la subtilitat típica del món italià (no debades Maquiavel era italià), ha fet que el joc diplomàtic del Vaticà, de vegades i quasi diria que normalment, sigui un joc subtil i fi. Ara, jo he publicat coses sobre la diplomàcia vaticana relacionada amb la independència d'Amèrica, que és la cosa més antidiplomàtica i més poc fina que es pugui pensar; és a dir: enviar a l'Amèrica del Sud, quan es va independitzar, un cos diplomàtic que venia de Viena, al centre de la Santa Aliança, era la cosa més poca-solta que es pugui pensar. Recordo que una vegada parlava amb un diplomàtic italià a Roma. Li vaig explicar que Pius XII havia dit a un amic seu (i amic meu, que m'ho va comunicar) que no entenia per què a la vida diplomàtica s'havien de dir mentides, que amb vint anys de vida diplomàtica ell no es recordava que hagués hagut de dir mai cap mentida; això, en Pius XII. I aquest diplomàtic italià em va contestar: «La frase è bella», la frase és molt bonica... «no recorda haver hagut de dir-ne...» Això mostra una mica el mite de la diplomàcia vaticana; però els historiadors que trobem i veiem documents i que n'hem hagut de tractar de tan difícils com els de la independència de l'Amèrica del Sud d'Espanya o la situació d'Itàlia durant el Risorgimento veiem que no sempre la diplomàcia va ser tan fina com el mite diu, que hi va haver moments de manca de serietat diplomàtica.

R. B. I grans relliscades. O sigui, que el cas Marcinkus, per exemple, no és cap novetat des del punt de vista de l'església.

M. B. No és un cas de diplomàcia, sinó d'economia.

R. B. ¿I va ser una relliscada?

M. B. No és un cas de diplomàcia sinó d'economia. Jo no he vist els comptes del Vaticà, i no puc pensar si és una relliscada.

R. B. És que el problema del Vaticà dels últims anys, en sembla a mi, és que va contra la seva virtut, o sigui, que és antiquíssim, n'ha vistes de totes i, per tant, passa de tot; però quan hi comença a arribar gent nouvinguda, com per exemple això, nord-americans, gent de l'est, fins i tot algun espanyol, coses d'aquestes, llavors el Vaticà perd la seva virtut.

M. B. Això ja us ho feu, maneg ueu i pasteu tot plegat.

R. B. Sí, és una opinió personal.

M. B. Jo, com a liberal, respecto totes les opinions, però el que ja no admeto és que les opinions siguin imposades com a dogmes.

J. V. Vós, que ho heu viscut, ¿què en penseu, de la segona república? ¿Es van passar gaire?

M. B. Hi va haver tota una sèrie de circumstàncies que van fer que es passessin una mica; encara que, contra el que diu la major part de la gent, jo crec que el que va evitar una topada encara més gran amb l'església va ser el mateix Azaña, perquè va ser un home, com a polític, meravellós, i amb un discurs de cinc hores de la sessió que es diu de tretze d'octubre, però que es va acabar la matinada del quinze, amb aquella frase discutible però en gran part acceptable de «España deja de ser católica», va obtenir que s'evitessin les proposicions extremoses que s'havien presentat: la supressió de tots els ordes religiosos, que va quedar compensada amb una distribució, no expulsió, sinó distribució dels jesuïtes, va deixar l'església sense cap ajut econòmic un cop s'aprovés la constitució, i va donar-li dos anys per arreglar la seva economia. És a dir, que el que va salvar una mica la situació de l'església va ser Azaña; i encara n'hi ha més: sembla (jo ho sé només per autors que n'han investigat la part documental, que jo no he pogut tenir a mà) que el primer projecte d'Azaña era respectar l'ensenyament lliure als religiosos que tinguessin títols acadèmics, cosa que després no es va poder fer de manera col·lectiva, ja que hi va haver pressions perquè aquesta distinció entre congregacions es fes, sí, però que no es poguessin dedicar a l'ensenyament, i Azaña no hauria pogut evitar aquest segon extrem. De manera que no sóc dels qui creuen que tots els mals deriven d'aquesta actitud; jo crec que, considerat històricament, va ser ell qui, en uns moments que era possible i hi havia prou vots per poder acceptar aquell projecte tan radicalment anticlerical, va fer que aquests vots no tinguessin més força i que acceptessin la seva fórmula, que per a aquella situació era moderada. Ho dic amb tota sinceritat, parlo d'ell amb respecte, però no amb simpatia; no m'és un home simpàtic.

R. B. No ho era per ningú, em sembla, era un home que no despertava simpatia.

M. B. Sembla que no era simpàtic, però un home tan intel·ligent com era ell (que es veu a les seves memòries, sobretot) actualment desperta molt d'interès, més interès que simpatia, en conjunt.

R. B. Us heu escapat molt bé de la pregunta; us hem demanat en què s'havia passat la República i heu parlat de l'Azaña. ¿En què es va passar la República?

M. B. Home, jo crec que... Ara és molt difícil perquè seria fer tota una disquisició sobre les relacions entre l'església i l'estat. Jo crec que haurien pogut evitar una actitud de tipus anticlerical, i demagògicament anticlerical i passada de temps, passada de rosca i de temps; és una actitud molt del segle XIX, i la major part de les repúbliques d'aquell temps ja no la tenien.

R. B. La vostra posició clara contrària a Franco, ¿a què es deu?

M. B. Contrària en el sentit que jo no admeto les dictadures sinó com a cosa transitòria i per necessitat, no pas com un sistema que pugui durar tants anys.

R. B. Aquesta era la causa del vostre...

M. B. En el meu cor no vaig admetre la dictadura, evidentment.

R. B. La de Primo de Rivera...

M. B. Igual que no vaig admetre el feixisme ni la posició hitleriana.

R. B. Aquesta actitud vostra, ¿és molt freqüent també entre els jesuïtes?

M. B. Els catalans sí, els bascos també, i alguns altres capellans també. Predominava un sentit tradicionalment integrista, però no entre els jesuïtes catalans i bascos.

J. V. ¿A què podeu atribuir aquesta dèria que té molta gent amb els jesuïtes?

M. B. ¿Encara ara?

R. B. Per desgràcia, ja no n'hi ha tant, d'antijesuïtisme.

M. B. Per fortuna.

R. B. Per desgràcia.

J. V. Jo no ho sé, no hi entro; però penso: ¿per què? ¿Per què s'ha donat, això?

R. B. Perquè tenien molta força.

M. B. Jo crec que, en el fons, hi ha un canvi d'actitud dels jesuïtes des del segle XVIII, que els van suprimir. El segle XVIII els van perseguir perquè eren més liberals que les monarquies absolutes, i això que hi hagi un orde religiós que admeti que el poder deriva del poble i que si el governant no fa les coses com les ha de fer és lícit matar-lo, com defensava Mariana i molts jesuïtes pensaven, tot i que no s'ensenyava públicament, i que pel que fa a la moral donessin un sentit d'acomodació que els més rígids no tenien... En aquells moments els jesuïtes eren l'esquerra. Però el segle passat la situació canvià, perquè des del moment que l'església restitueix la Companyia a l'època de la restauració, el restabliment de l'orde va lligat al moment polític de la restauració, i quan els papes es basen dia a dia en una actitud més antiliberal i més integrista, els jesuïtes que li fan costat cada vegada ho són més; per tant, hi havia una dualitat entre l'actitud antiliberal d'Europa i aquesta posició reaccionària que no era la tradicional dels jesuïtes, sinó la que tenia en aquells moments l'església romana, a la qual els jesuïtes servien. És una cosa ben clara: sense el reaccionarisme de Gregori XVI i de Pius IX, els jesuïtes no haurien estat tan odiats el segle XIX; ara, així com m'explico que fossin odiats el segle passat, no m'explico que ho fossin el XX, ho trobo una actitud enterament anacrònica.

J. V. És que hi ha moltes actituds del segle XIX que encara avui dia són vigents, ¿oi?

M. B. És que hi ha moltes coses del segle XIX que encara tenen molta vigència. L'essència dels èxits democràtics té les seves arrels al segle XIX, encara que amb un matís diferent: ningú no acceptaria un liberalisme pur i absolut en l'ordre social i econòmic; però el liberalisme ha renovat, no dic contagiat, totes les posicions antagòniques. És a dir: els socialistes ja no són tan dogmàtics com abans de l'última guerra mundial, i els catòlics no som tan dogmàtics com ho érem abans de la guerra mundial. El liberalisme, afortunadament, ho ha envaït tot, ho ha ennoblit tot.

R. B. És allò de sant Agustí: «Estima Déu i fes el que vulguis.»

M. B. Però això ja és...

R. B. Ja ho sé, que és la meva interpretació. Ja m'heu renyat abans.

J. V. No, però aquest programa és bastant liberal; ¿oi, Ramon?

R. B. Home, si hi convidem capellans i tot; imagina't si és liberal.

M. B. Si hi convideu capellans i jesuïtes, vol dir que és carca, i no liberal.

R. B. Això ho podeu dir perquè sou jesuïta, perquè a un altre no l'hi toleraríem.

M. B. ¿Tan poc liberal, sou?

R. B. Gens liberal contra els que no són liberals.

M. B. Però això és una manca de liberalisme; cal ser liberal fins i tot amb aquells que no ho són.

J. V. Vós heu investigat a biblioteques de tot Europa i Amèrica. Com a historiador, en general, ¿on trobeu que hi ha les biblioteques més ben muntades?

M. B. S'ha de distingir entre biblioteques i arxius. La recerca sobre cultura es fa essencialment a les biblioteques. Per treballar sobre història política, que també m'hi he dedicat, cal anar als arxius, és a dir, s'ha de treballar amb documents i amb textos alhora, i la tècnica és molt diferent. Pel que fa als arxius on jo he treballat més directament i més temps i que trobo més organitzats i fàcils d'entendre, per organització i inventaris, hi ha el de Londres i l'Arxiu Nacional de París; tenen sistemes molt diferents l'un de l'altre, però tots dos fan que sigui relativament fàcil d'orientar-se en el maremàgnum enorme de massa documental.

J. V. Sí, perquè això, per a un neòfit o un que no..., a mi m'impressiona: imaginar-te ara mateix dins la Biblioteca Nacional de Madrid, per exemple, amb tots els papers de la monarquia.

R. B. ¿I què hi has d'anar a fer, allà?

J. V. A investigar.

R. B. ¿A investigar què?

J. V. Ves..., si més no, com ens fotien, ¿no?

R. B. ¿Que no en tens prou de sortir al carrer? Parleu dels Borja, va. Estic molt enfadat perquè els Borja són una de les grans creacions nostres, una aportació a la història universal...

J. V. ¿Què vols dir, «nostres»?

R. B. Nostres, dels Països Catalans. I no hem fet res sobre els Borja, ens ho han hagut de fer gent de fora; vós sou dels pocs que hi han treballat. Em sembla una vergonya que els primers a no saber res dels Borja siguem nosaltres; molta gent en diu els «Borgia». Els grans experts sobre els Borja han de ser gent de fora, quan nosaltres, en principi, n'hauríem de tenir bastant material tot i que ells venien de l'Aragó, no cal que m'ho digueu. En resum: ¿com ho tenim, això dels Borja? ¿Ens traurem finalment la vergonya de no tenir-ne res fet per nosaltres?

M. B. Mira: amb el senyor Cervero, que va morir impensadament fa un parell d'anys, havíem fet una gran arreplega de documentació sobre la família Borja; ell havia fet la recerca exclusivament als arxius de València i jo l'havia completada als de Barcelona, Madrid i Roma, a més d'algunes peces que es poden trobar a París i a Londres; les fonts principals són València, Barcelona, Madrid i Roma. Aquesta massa de documentació que vam recollir Cervero i jo actualment està en estudi a València; caldria trobar algunes beques perquè alguns nois joves arribin a controlar la documentació completa, una massa de milers de documents, i fer-ne una tria (jo ja l'he feta) i agafar-ne aquells que són bàsics per a la història de la família i publicar-los, si no sencers, almenys quasi, i d'altres utilitzar-los per a notes, amb una introducció de la història de la família. Ara, al fruit de les recerques meves i d'en Cervero ja li vaig donar una forma breu amb un article llarg que vaig publicar primer en italià, a Roma, amb motiu del quart centenari de la mort de sant Francesc de Borja, i que després he inclòs en una d'aquestes arreplegues d'estudis meus dispersos sobre temes semblants; em sembla que va ser al volum sobre la història i la cultura d'allà, que vaig donar una visió general de la història de la família que no serà desfeta en gran part per recerques posteriors. A banda d'això, els Borja van fer servir com a llengua de cort la llengua catalana, en la modalitat llavors encara inexistent de...

J. V. ¿Al Vaticà, parlaven català, els Borja?

M. B. Home, la llengua d'ells era la llengua valenciana, era el català de València. En aquell temps, així com el Romanticisme va identificar llengua i nació, el Renaixement va identificar llengua i estat i va donar molta importància a la llengua de l'estat; així, és molt normal que amb una organització confederal o quasi, com era la corona d'Aragó, s'anomenés llengua aragonesa allò que era només un dialecte hispànic, i que es parlés de llengua valenciana, que és la llengua del regne de València, no volia dir més que això, que també passava amb la llengua mallorquina; no debades els primers humanistes van ser de València i de Mallorca, i ells van treure els noms de llengua valenciana i llengua mallorquina. La tradició a Itàlia és que eren catalans tots els súbdits del rei d'Aragó, encara que parlessin aragonès. Ara, quan es parlava de la llengua, ells en deien llengua valenciana, i a la cúria d'Alexandre VI hi havia un prefecte encarregat dels breus valencians, perquè els breus que el papa dirigia a la seva família o a la gent de València moltes vegades es feien en català i no en llatí. Jo tinc recollit l'equivalent a uns cinc volums de documentació de cartes en llengua catalana o valenciana. I no vull fer disquisicions sobre aquest punt, perquè una cosa és el nom (també la llengua flamenca es diu flamenca a Bèlgica i es diu holandesa o neerlandès a Holanda, i de fet, la gent culta, quan diu «flamenca» no vol dir que sigui una llengua diferent de l'holandesa)... Hi ha cartes de catalans, per exemple el cardenal Remolins, que era de Lleida, i el cardenal Castrepinós, que era del Rosselló, que escrivien la mateixa llengua que els valencians, evidentment. Agafant tota la correspondència que jo tinc que és en aquesta llengua i no en llatí, el material recollit ocuparia uns cinc volums.

R. B. Continuem amb això, que és importantíssim. Estic molt enfadat perquè no hem fet res sobre això, i és una de les nostres grans aportacions a la història universal, perquè els Borja tenien trenta-quatre facetes, amb tots els respectes per la moral però tenien trenta-quatre facetes, i no hi hem treballat gens.

M. B. ¿Només trenta-quatre?

R. B. N'hi ha cinc volums, de paperassa...

M. B. I si Déu em dóna encara uns anys de vida, espero poder-ho allargar. Tres volums es podrien donar a la impremta ja en el moment que estigués conjuminat el volum de la família dels Borja, perquè en aquestes cartes privades hi moltes al·lusions a personatges que surten documentats en aquest altre volum, de manera que una cosa condiciona l'altra. Com que no he tingut mai gens de pressa a publicar aquestes coses...

R. B. Per això heu fet tanta feina, perquè no heu tingut mai pressa. Teniu cinc volums en perspectiva...

M. B. Dels quals tres ja estan preparats, fora d'unes notes històriques que cal fer-les quan sortiran els volums de la història dels Borja.

R. B. Molt bé. Llavors, la història dels Borja és un altre llibre.

M. B. A part, és un llibre preparat pel Cervero, perquè la major part de la documentació la va recollir ell; jo hi vaig passar totes les coses trobades a València.

R. B. I això, també.

M. B. Això, esperem que ho patrocini la Generalitat valenciana.

R. B. O sigui, que és una pura falta de calés.

M. B. I temps, i gent preparada per fer-ho.

R. B. A TV3 han fet una sèrie sobre els Borja...

M. B. Desastrosa. És calcada d'una novel·la pseudohistòrica anglesa, i passada a film per una companyia angloitaliana.

R. B. I trobeu que és desastrosa.

M. B. Des del punt de vista històric. Us en donaré només dues dades: hi fan morir el duc de Nepi per causa de la gelosia de Cèsar Borja poc temps després de morir aquest, l'any 1498; aquest senyor va morir a Gènova l'any 1546, que ja està bé...

R. B. Quaranta-vuit anys de diferència.

M. B. I una altra cosa encara més important, perquè això era només una cosa de cronologia: quan Alexandre VI dóna dispensa del celibat a Cèsar Borja (que era cardenal i no pas sacerdot) per tenir un altre seglar per a la seva política, que llavors, som a l'any 98, era antiespanyola i filofrancesa, li fan dir: «Ara ja no seràs el cardenal Cèsar Borja, sinó don Cèsar Borja, pel servei d'Espanya»; això, en el moment que el treia del col·legi cardenalici per tenir un home d'armes per lluitar a favor de Lluís XII i contra Espanya, contra Ferran el Catòlic. Davant d'aquests disbarats, quan em van demanar si volia fer alguna cosa a propòsit d'aquesta filmació, vaig dir que d'una obra tan bèstia no volia parlar-ne ni a favor ni en contra.

J. V. És que ho tornen a passar aquest estiu.

R. B. Deu ser per recuperar el capital invertit. I, una altra cosa, a banda de les inexactituds històriques i...

M. B. Jo en vaig veure dos o tres capítols a Itàlia...

R. B. ¿I la psicologia dels Borja de l'època? ¿Hi surt ben reflectida, o no?

M. B. Home, hi ha una psicologia caricatural, perquè exagera alguns termes. I després hi ha una cosa essencial, el disbarat més gran: que és absurd i antihistòric pensar que tota la història dels Borja és feta d'una història familiar, i que l'única motivació que tenia Alexandre VI per als seus plans era enaltir la família. Alexandre VI era un home massa important i massa intel·ligent i no podia tenir només una visió; el que era gran, d'ell, és que va saber conjuminar una política familiar amb una política pontifícia, amb una política italiana, i, sempre que li convenia, amb una política hispanòfila o francòfila; i aquí hi ha la grandesa política d'aquest home. Per tant, resumir-ho tot en una pura política familiar és un error històric.

R. B. Propi dels bàrbars del nord. Continuem per aquí, sisplau.

M. B. No, si també en tenen la culpa alguns italians.

R. B. És la pasta (no la de menjar, sinó l'altra). Sé que vós teniu molt interès per la televisió. No patiu, no parlaré d'allò que no voleu que parli, no. Sé que teniu interès per la televisió, que la veieu.

M. B. Veig les coses que m'interessen i que em semblen que valen la pena.

R. B. Critiqueu-nos una mica, als periodistes; ¿què ens falta, als periodistes?

M. B. Però si jo no sóc periodista, ¿com puc fer una crítica de periodistes?

R. B. Home, vós teniu opinió: «Desastrosa, la dels Borja»...

M. B. Des del punt de vista històric. Des del punt de vista tècnic no ho puc dir perquè no sóc tècnic; des del punt de vista de la bellesa, em van semblar meravellosos alguns paisatges, algunes escenes de jardí, quant a color, quant a decorat, quant a la manera de portar les coses...

R. B. Però vós pagueu uns diners a l'estat...

M. B. Com que som en territori vaticà, no paguem a l'estat italià per la televisió de les nostres cases.

R. B. Carai, que bé que viuen, els capellans!

M. B. No tots.

R. B. Els cardenals. Jo tinc tres fills i m'agradaria que un fos cardenal; sempre l'hi dic.

J. V. No fotis!

R. B. Sí, home. Voldria que fos cardenal; ho tinc pensat així: «Tu, noi, et fas cardenal, i sobretot no te'n vagis a missions, vés al Vaticà...»

M. B. ¿«Et fas cardenal»? ¿Es pot fer cardenal, un mateix?

R. B. Jo us explico la meva pel·lícula; llavors voldria saber si aquesta pel·lícula és realitzable.

M. B. Dir «et fas cardenal» ja és irrealitzable, una falsedat, és una cosa tan inversemblant que, segons els teoritzants de la poètica i retòrica clàssiques, quan no hi havia una versemblança no podien entrar a interessar-se per les obres artístiques; les obres artístiques almenys havien de ser versemblants, com a mínim segons l'estètica clàssica. No és que digui que això s'hi hagi d'assemblar, però crec que un fonament sí, que l'ha de tenir, ¿no?

R. B. És a dir, que no voleu que us expliqui com tinc pensada la meva vellesa.

M. B. No, no. Expliqueu. Però és pura fantasia.

R. B. És clar, parlo de quan seré vell. Aleshores, jo li dic: «Tu, noi, fes-te cardenal; i no te'n vagis pas a missions, tu a Roma, al Vaticà. Aleshores et donaran un palau d'aquests renaixentistes, dalt d'un turó de Roma, ple d'escultures renaixentistes. Necessitaràs dos guàrdies suïssos a la porta, unes monges que et fan magdalenes, el cafè i el dinar. I aleshores, de tant en tant, em dius: "Pare, vine'm a veure."»

M. B. «Pare, vine'm a veure que tinc fred.»

R. B. Se'n riu, ¿eh? Llavors, jo, amb el meu fill cardenal («il cardinale»), me'n vaig a Roma com sigui, amb el tren, l'avió, el ferry...

M. B. Amb Vespino...

R. B. Això seria una americanada.

M. B. Doncs us hi acosteu bastant sense voler-ho, ¿eh?

R. B. No, perquè llavors jo ja seré gran, i no hi haurà ni dones ni enamoraments ni res d'això. És el que deia, que és el millor que té l'església: el noi allà dalt, cardenal, ¿oi?, amb un palau renaixentista dalt d'un turó, guàrdies suïssos, les monges que fan magdalenes. Llavors..., ¿com es diu «pare»?

M. B. *Bapo.*

R. B. Doncs, jo: «*Sono il bapo dil cardinale*», quan arribo a la porta del palau, i els guàrdies suïssos m'hi deixen entrar.

J. V. Se't quadraran.

R. B. Sí. «Vinc a veure el noi», diré. I llavors: «Què, noi, ¿com va, això?», i ell: «Bé, pare, bé. ¿Quants dies us hi estareu?» «No ho sé.» «Pare, quedeu-vos els dies que vulgueu.» I jo m'instal·lo al palau i les monges em fan l'esmorzar, i després...

M. B. Sopar, ¿no?

R. B. Sopo a Roma, després surto, em passejo pels jardins del Vaticà. Diuen: «*Qui è, questo*?» «*È il bapo del cardinale*.»

M. B. Això ha de ser a Itàlia, perquè de cardenals n'hi ha molts...

R. B. Diu: «*Cardinale Barnils...*» Jo em passejo i, després de veure les escultures renaixentistes, vaig a la biblioteca del palau del meu noi, el cardenal; miro els llibres, els manuscrits, i surto amb un cotxe, que suposo que me'l deixaria portar («Pare, agafeu el cotxe»), i me'n vaig al Vaticà, a veure el pare Batllori, que resulta que el conec de fa molts anys.

M. B. Quan sereu vell jo ja no existiré.

R. B. No se sap mai. Llavors: «Com esteu, pare Batllori? Us recordeu, quan vàreu venir un dia a la ràdio?» «Sí, sí, me'n recordo, fill meu.» Això, això és el que tinc preparat per a la meva vellesa: quinze dies així a Itàlia cada anyet. Bé, aquí acaba el meu conte. A més de l'element de realitat primer, que fos cardenal, ¿és possible, tota la resta? És a dir: ¿encara hi ha cardenals que viuen en palaus renaixentistes amb estàtues i monges que fan les magdalenes i tot això?

M. B. Actualment tots els palaus renaixentistes són en mans de l'estat, a Itàlia. A Roma, de palau renaixentista, fora del Vaticà, per a cardenals no n'hi ha cap. Hi ha cases grans, no renaixentistes sinó postrenaixentistes, on hi ha col·legis d'estudiants de l'Escola Diplomàtica del Vaticà i algun cardenal, perquè viu allà. Perquè un cardenal que visqui en un palau, això ja és una ficció; ja no hi ha palaus per a cardenals; abans sí: el cardenal Dobrandini tenia el seu palau, i el cardenal Farnese, el seu. Això sí, ja som en una pura ficció, hi ha palaus grans que tenen una part de les habitacions reservades a alguns cardenals; però de cardenal que tingui un palau per a ell sol, que jo sàpiga, no n'hi ha cap.

R. B. Ho lamento molt. No solament per mi i la meva vellesa, sinó també per l'església, com lamento que s'hagi tret el gregorià de les misses i les cerimònies litúrgiques.

M. B. Això és barrejar naps amb cols, ¿eh? És passar d'una cosa a una altra que no hi té res a veure.

R. B. Una de les coses bones de l'església romana del Vaticà era ser un exemple de qualitat de vida, com ara cases grans.

M. B. Però això no sempre era edificant, en un món de pobresa i de...

R. B. Però el Vaticà continua tenint molts calés. El que passa és que ara, en comptes de gastar-se'ls per viure bé, se'ls gasten com tots els que tenen calés: inversions...

M. B. Però sempre estan amb desfetes econòmiques; si no saben com pagar els deutes.

J. V. ¿De debò?

M. B. És clar. Sempre hi ha dificultats econòmiques, i molt grans. Estan preocupadíssims per aquests problemes.

R. B. ¿Us importa gaire, això?

M. B. És clar, que m'interessa, molt. Un cardenal, normalment, rep molt menys del que podria rebre una persona principal en un estat; fa uns quants anys cobrava el mateix que un professor d'universitat o poca cosa més.

J. V. ¿Un cardenal?

M. B. Un cardenal.

R. B. ¿I ara com està, això? ¿Quant deu cobrar, més o menys, un cardenal?

M. B. Això em sembla que no ho puc dir. Però, els anys vint, sé que se li passaven mig milió de lires, que eren cinquanta mil pessetes d'aquells temps, i amb això havia de tenir la seva casa i pagar el seu secretari. De manera que..., és una ficció, això dels diners, perquè sempre estan malament de diners.

R. B. La qualitat de vida, l'exemple d'una vida que feien, diguem-ne culta...

M. B. Jo crec que l'exemple ha de ser diferent per a un món del Renaixement que per a un món del segle xx; allò que era una cosa normal en aquell món ara seria realment antitestimonial des del punt de vista cristià; llavors no ho era, i ara, sí.

J. V. Però hi havia més pobresa abans que ara, ¿no?

M. B. Sí, però no se'n feia tant un problema politicosocial; la pobresa s'acceptava com un fet social que ja estava donat, però ara aquest fet social no s'admet.

R. B. ¿Creieu que el gregorià recuperarà el paper que tenia dins la litúrgia?

M. B. Un historiador no és un profeta; un home que estudia el passat ha d'entendre el present.

R. B. ¿Us agradaria que el gregorià recuperés el lloc que tenia dins l'església?

M. B. Lloc únic, no; el lloc únic que tenia abans, no. Un lloc més alt del que té ara, sí; sempre pensant en uns aspectes més aviat de culte i d'estètica que no pastorals. En principi, jo era molt contrari..., molt contrari, no, però tenia els meus dubtes sobre la destitució del llatí pel vulgar. Quan vaig veure el primer any que es van fer els actes de Setmana Santa (jo era llavors als voltants de Roma) i veia la participació del poble, amb un cant inferior al gregorià, però en una llengua que entenien, vaig pensar que també portava alguns avantatges el fet d'emprar una llengua que la gent entengués. Ara, una altra cosa és que, evidentment, el cant gregorià, des del punt de vista artístic, és molt més bell que no pas tota la música religiosa actual.

R. B. Sí, perquè això dels negres... «La vall del riu vermell» i tot això...

M. B. De fet, no nego que sigui necessari... Jo crec que és una cosa absurda imposar el gregorià als negres; ara, potser és tan absurd que nosaltres vulguem imposar el gregorià als negres com que els negres en vulguin imposar les seves cançons. Però tinguem en compte que el món actual, el món europeu, sobretot de la postguerra ençà, ha tingut una gran feblesa per la música dels pobles primitius, sobretot la música negra.

R. B. És remordiment, suposo.

M. B. No crec que sigui remordiment, sinó una actitud psicològica que fa que la gent europea hagi tingut ocasió de vibrar amb la música negra, perquè té uns valors de tipus estètic que potser abans no eren prou copsats i ara es copsen més fàcilment.

R. B. ¿Quants anys heu passat, al Vaticà?

M. B. ¿Al Vaticà? Voleu dir a Roma. Jo visc al territori que és extraterritorial i que pertany a la Ciutat del Vaticà, però que no és la Ciutat del Vaticà; és Itàlia, però té jurisdicció exempta del règim italià, i per tant nosaltres tenim la bandera vaticana a la nostra casa, i no paguem els impostos a l'estat perquè estem en relació econòmica amb el Vaticà. Per tant, en un sentit molt ampli, podeu dir que és el Vaticà, però jo no visc a la Ciutat del Vaticà, que és un lloc molt estret, molt petit i limitat.

R. B. ¿Quants anys heu passat a Roma, doncs?

M. B. Des del quaranta-set.

R. B. I us hi trobeu bé, ¿oi que sí?

M. B. Sí.

R. B. Molt bé, ¿eh?

M. B. ¿Depèn de què entengueu per «molt»?

R. B. La vida social: les reunions, els còctels, els soparets...

M. B. No m'interessen absolutament gens.

R. B. Però hi aneu. Quan us hi convida un príncep...

M. B. Algunes vegades sí. He tingut alguns amics d'aquesta classe social. Però no us penseu que els prínceps siguin gent que hagin de viure com un príncep del Renaixement, amb molts servidors i grans manifestacions externes. Un dels prínceps més rics (dels més rics perquè, a més de ser príncep de sang, tenia grans negocis) era un bon amic meu, no vull dir-ne el nom, tenia el seu palau als afores de Roma, però a Roma vivia en un apartament de tres o quatre habitacions; i a casa seva es parlava de tot, amb tota simpatia i confiança. Vosaltres us penseu que els prínceps italians actuals són com els prínceps del Renaixement, i hi ha una diferència molt gran: són burgesos, més educats, més cultes, més refinats, però segueixen una vida bastant semblant a la del burgès normal.

R. B. Llavors, una d'aquestes reunions socials que us conviden, algun sopar...

M. B. Això són moltes imaginacions.

R. B. Sou massa realista. No podeu ser tan realista; m'ho talleu tot.

M. B. Digueu, digueu. Però sou molt imaginatiu.

R. B. M'heu engegat per terra la meva vellesa, de «bapo di cardinale». Llavors, en una d'aquestes reunions que aneu, ¿quins personatges hi circulen? Prínceps romans; ¿què més?

M. B. Mira: hi ha una reunió, a la qual assisteixo molt sovint, d'un grup de persones de l'antiga aristocràcia italiana que provenen de famílies de la corona d'Aragó; noms com, per exemple, Flores, Santjust o Montcada...

J. V. ¿Montcades a Itàlia?

M. B. Sí, sí. El príncep de Paternò és Montcada, i el pobre vell, l'últim comte de Montcada, no volia morir sense veure el sepulcre de la reina Elisenda (perquè, per ells, la reina Elisenda és el súmmum de la família: va ser reina d'Aragó), i va morir sense poder-hi anar; tenia vuitanta anys, era un home que s'havia dedicat molt als negocis i era príncep de sang, de família; tenia un esperit de treball extraordinari. Doncs, aquests, es reuneixen en un cercle a Roma cada dos o tres mesos i m'hi inviten, i és una cosa molt interessant. N'hi ha un altre que és un Gargallo di Pontelentini, que és un Gargallo de la franja d'Aragó; aquests, quan vénen a Espanya, el primer que fan és posar-se a prop del rètol del seu poble, com els Alcaine a l'Aragó. Aquesta és la gran il·lusió que tenen, i és una cosa molt curiosa.

R. B. Som a les reunions trimestrals amb nobles italians d'origen catalanoaragonès, reunions típicament romanes, a les quals hi és convidat el pare Batllori. Ara, pare Batllori, el que voldria és el següent: que ens expliquéssiu a quina hora hi arribeu i la resta; jo no hi intervindré absolutament gens, i en Jordi, tampoc: «Arribo a tal hora, parlem d'això, bec allò, sopem...»

M. B. Per començar, aquesta gent, o almenys una gran part d'aquesta gent, no tenen servei i van en un *self-service* perquè allà poden estar més ben servits que no pas a casa; això en primer lloc. En segon lloc, moltes vegades ens reunim, sobretot a l'estiu, els diumenges a la nit, i llavors hi ha un *self-service*, simplement un bufet; cadascú presenta la seva ascendència, els treballs que ha fet sobre la seva família, les coses a què es dediquen; hi ha gent de tota categoria: gent dedicada a l'alta finança, gent que es dedica a la medicina, n'hi ha un que és catedràtic d'història de la historiografia; de manera que n'hi ha de tota mena.

R. B. I feu allò que se'n diu tertúlia, ¿no? Feu tertúlia i cadascú hi diu la seva i tot això.

M. B. Normalment, abans dels dies que no hi ha feina; per tant, sol ser del divendres al dissabte o del dissabte al diumenge. Demanen coses d'Espanya, de la política, de com va la democràcia, la monarquia, i coses d'aquestes.

R. B. El to general no és frívol, però en canvi segur que hi ha molt humor o molta ironia. ¿Com està, la famosa ironia, la famosa delicadesa, en el sentit de fina, italiana i romana?

M. B. Jo crec que el que tu en dius «delicadesa fina i ironia», paradoxalment, potser es troba més en el món, diguem-ne, clerical que no pas en el món dels laics i dels seglars; generalment hi ha una ironia molt subtil en el món eclesiàstic vaticà. Recordeu aquell diplomàtic italià que comentava «la frase és bonica: no recorda haver hagut de mentir»; jo, això, vaig tenir no diré la bogeria sinó la ingenuïtat de recontar-ho a un nunci que feia vacances a Suïssa, una temporada que vaig anar a Suïssa per practicar l'alemany, i aquest diplomàtic em va dir: «Reverend pare, ¿vostè no creu que aquest amic seu italià deu ser un antic alumne dels jesuïtes?» I jo li vaig dir: «No em consta. Però ens faria un gran paper si ho hagués estat.» Jo crec que aquest tipus d'ironia és més propi del món clerical que no pas simplement del món italià.

R. B. ¿Què es diu, en el món clerical?

M. B. Ara estic molt desconnectat del que se'n diu aquest món eclesiàstic. Els meus amics han mort tots a Roma. Formàvem un grup bastant considerat; com a personatges constants, érem el pare Albareda, llavors prefecte de la Biblioteca Vaticana, monsenyor Anglès, que era el president de l'Institut de Musicologia... Llavors, sí que teníem un contacte molt més gran, però d'ençà del Concili jo estic molt més distanciat d'aquest món viu vaticà, i fins fa gairebé uns quinze anys me'l miro molt des de fora.

J. V. El pare Batllori és un dels consellers, assessors de la Conselleria de Cultura de la Generalitat. La vostra feina dins aquest consell assessor, ¿per on va?

M. B. Jo hi estic com a president d'una comissió de promoció de la cultura fora de Catalunya. Dins tota la sèrie de comissions que hi ha, la meva té aquesta finalitat.

J. V. Per aquí ja hi han passat d'altres consellers i ens han explicat com va tot això; però, concretament, el vostre paper allà dins...

M. B. Bé. Jo hi assisteixo sempre que puc quan sóc a Espanya, tant si sóc a Barcelona com a fora; si m'avisen amb temps solc venir, sobretot perquè és al començament de la setmana i quan sóc a Madrid, els dies de feina són al final de la setmana (els divendres tenim la sessió ordinària a l'acadèmia i sempre cal preparar algunes coses); com que generalment són al començament de la setmana hi solc venir, però no sóc dels que hi assiteixen més (el vicepresident de la meva comissió, que és el Castellet, moltes vegades fa de president). Ara, d'aquesta comissió, el que vaig remarcar, quan vaig haver de parlar d'aquesta comissió i d'altres a la reunió que vam tenir amb el rei, és que em sembla que, quan es parla de cultura catalana de Catalunya enfora, caldria distingir primer Catalunya en relació amb les altres terres catalanes, i fins i tot amb l'Aragó. Per exemple: com sabeu, ara han arribat a un acord les dues generalitats, de Catalunya i de València, i el Consell Insular de Mallorca per acabar l'edició de les obres catalanes de Ramon Llull, a base d'un patronat de totes aquestes entitats i d'una comissió amb gent de tots tres llocs; és una manera d'expansionar la nostra cultura dins les terres catalanes. Un altre cas és, per exemple, el fet que alguns volen negar l'existència d'una primera actitud filohumanística de la corona d'Aragó, que és la més antiga després d'Itàlia; era una cultura catalanoaragonesa, perquè l'iniciador de la recerca de textos, Fernàndez de Heredia, era d'Amposta, aragonès de naixença radicat a Catalunya i de parla aragonesa (era un home medieval, però la recerca de nous textos és ja un fenomen de l'Humanisme). Llavors, jo estic una mica amb el doctor Pere Lluís i Font, de l'Autònoma de Barcelona, per mirar si es podrien fer unes reunions d'estudis internacionals sobre l'Humanisme catalanoaragonès i promoure la documentació que tenim a l'Arxiu de la Corona d'Aragó, encara no explotada, referent als contactes de catalans amb humanistes italians, sobretot a través de la cort d'Alfons el Magnànim, a Nàpols; això seria una cosa d'expansió de la cultura catalana en relació amb Itàlia i amb Avinyó (el mestre Heredia residia normalment a Avinyó). Després hi ha una projecció d'aquesta cultura que s'hauria d'estabilitzar: hi ha el projecte de crear, a Madrid, un institut de cultura catalana, no una casa regional, com ara, sinó un centre que pugui ser llibreria, que els llibres catalans que puguin interessar fora de Catalunya arribin ràpidament a l'abast de la gent d'allà; que hi hagi una biblioteca, perquè tots o quasi tots els llibres catalans arriben a la Biblioteca Nacional, però perquè estiguin catalogats cal esperar un o a vegades dos anys, i amb aquesta biblioteca els estudiosos podrien tenir aquests llibres a l'abast; que hi pugui haver presentacions de llibres, conferències, reunions...; és a dir, que sigui una presència de la cultura catalana com a cultura, no pas com a diversificació folklòrica. Això per un cantó. D'altra banda, un projecte molt important és el que ha dut a terme paral·lelament no precisament la Conselleria de Cultura sinó una comissió *ad hoc* que va crear el president Pujol sobre Catalunya i la descoberta d'Amèrica: l'any passat es va fer un simposi d'orientacions generals, l'any vinent se'n farà un altre sobre el comerç de Catalunya amb Amèrica des de la descoberta fins als temps presents; es tracta d'arribar a una visió general sobre els problemes a fi que l'any noranta o noranta-dos tinguem un o dos volums de resum de la presència de Catalunya a Amèrica que es pugui divulgar en català i d'altres llengües. Són diferents projectes que hi ha per a la promoció de la nostra cultura bastant concretats: alguns dins les terres catalanoaragoneses, els altres de cara a Madrid, els altres de cara a Itàlia i França (com és l'estudi de l'Humanisme a través d'Itàlia i Avinyó), i després sobre la presència catalana a Amèrica. Cal tenir present, la gent no se'n recorda, que el primer escrit, no documental sinó escrit (una petita obra), al Nou Món va ser el del pare Panes, que era un frare jerònim de Barcelona que va fer la primera descripció dels costums i la religió de les illes del Carib, sobretot l'Espanyola, l'actual Santo Domingo; aquest text no s'ha conservat completament, però n'hi ha molts fragments que han passat a textos del pare Las Casas, en versió doble, i hi ha un català exiliat a Amèrica que m'ha preparat una edició molt acurada, i encara en prepara una edició crítica, dels textos que pertanyien a aquest escrit. El primer escrit que no sigui document escrit a Amèrica, l'any 1498, és fet d'un català.

R. B. Em sento amb l'obligació moral d'aclarir-vos que, tant a nosaltres com a la clientela del programa que es manifesta, ens és absolutament igual que els de Madrid sàpiguen o no qui som, i la cosa de les amèriques encara menys. L'expansió catalana al món que ens interessa és que ens tradueixin a l'anglès i que vinguin grups de jazz a Barcelona. ¿Vós creieu, realment creieu, que a Madrid, no que siguin capaços, que no és la paraula, sinó que els interessa saber qui som?

M. B. A un grup els interessa, i convé que aquest grup augmenti fins que sigui més consistent.

R. B. ¿A fi de què?

M. B. Que hi hagi una més gran entesa i que sigui més respectada la cultura de Catalunya i Catalunya com a tal.

R. B. ¿I vós creieu que aquesta gent són capaços de respectar res que no sigui estrictament allò que ells són?

M. B. ¿No creieu que aquesta actitud vostra és una mica característica del temps del *Cu-cut!*?

R. B. ¿Del *Cu-cut!*? Jo crec que és característica del segle XXI, ¿eh?, del segle XXI. Fa cinc-cents anys que ens baixem els pantalons d'aquesta manera; ¿i què n'hem tret? Fa cinc-cents anys que demanem sisplau a tota aquella colla que ens entenguin, que ens comprenguin i ens estimin i que ens llegeixin; cinc-cents anys.

M. B. No ho crec. Aquest fenomen és molt més recent: cadascú ha seguit la seva vida i no tenien cap interès de fer-nos conèixer; això és una ficció, cadascú vivia a la monarquia dels Àustria i amb els Borbons pel seu compte i no tenien gens d'interès de fer-nos conèixer. La major part dels al·legats a favor de la independència de Catalunya a la guerra del 1640 eren escrits en castellà, en part per aquí i en part també per allà. De manera que és una mica de ficció, una pseudohistòria fantasiada.

R. B. O sigui: és mentida que la Guàrdia Civil sigui espanyola, és mentida que paguem més impostos que no pas ells...

M. B. És mentida que la Guàrdia Civil existeixi des de fa cinc segles.

R. B. Des del segle XIX. I abans, ¿què hi havia?: la Inquisició. I la Inquisició, ¿com ho entenia, això? ¿Ens estimava gaire, els catalans? I abans hi havia la Santa Hermandad, que ens adoraven...

M. B. Existia només a Castella, la Santa Hermandad, i no intervenia gens a Catalunya.

R. B. Sí, i el comte-duc d'Olivares... Em sembla que això de l'any del *Cu-cut!*, pare Batllori... Em sembla que això és baixar-se els pantalons.

M. B. Em sembla que això de l'any del *Cu-cut!* us ha dolgut. Actualment no hi ha tanta prevenció; ara més aviat hi ha un corrent de simpatia.

R. B. ¿Des d'on cap a on?

M. B. De Madrid a Catalunya; molt més que des de Catalunya cap a Madrid, potser.

R. B. Que espero que augmenti. ¿Però com podeu dir aquestes coses, quan no ens deixen veure el partit Metz-Barça des de Madrid? ¿Això és simpatia? Com que el Barça va perdre, potser diu: «No, no us el deixem veure perquè el Barça perdrà.»

M. B. No hi entenc, de futbol. Per mi, les coses importants de l'esport se senten i se saben per osmosi, sense haver de perdre gaire temps seguint la ràdio o la televisió o els diaris. Per mi, el més gran plaer del món és pensar que qualsevol diari del món que llegiré tindrà sis pàgines llargues d'esports que no m'interessen; per mi, això de poder passar aquestes pàgines sense que m'interessin, interessant-me tantes coses, és un plaer més gran que el que pugui tenir el més sibarita amic dels esports.

J. V. Doncs si us voleu morir de gust compreu l'*Sport*, que són vint-i-cinc o vint-i-sis pàgines, totes d'esports.

M. B. Llavors encara seria fer el ruc, de pagar per no llegir.

R. B. Tornem on érem: aquest corrent de simpatia que senten ells per nosaltres, ¿en què es manifesta?

M. B. No dic que ho sentin, dic que hi ha gent que... Jo no generalitzo. Sempre hi ha gent que s'interessa per les coses de Catalunya i hi té simpatia; això no es pot negar.

R. B. Anem al fons de la qüestió: ¿vós creieu realment que existeix allò que se'n diu Espanya? ¿Enllà de l'estat?

M. B. Depèn de quina idea tingueu d'allò que en dieu «Espanya».

R. B. És clar. Això s'ho va preguntar el PSOE a Girona i encara es reparteixen bufetades entre ells.

M. B. Jo hi vaig anar...

R. B. ¿Ah, sí? ¿I què, què?

M. B. Així com conservo encara un bon record de les trobades a Sitges d'un any abans, em va semblar una reunió que no treia cap a res. Perquè la qüestió no és preguntar-se «¿què és Espanya?», sinó, ja que Espanya com a estat existeix, ¿com és possible? Que nosaltres ens puguem entendre i respectar els uns als altres millor que no pas ara. Això era la qüestió, no aquesta purament metafísica de «¿què és Espanya?».

R. B. Vós i jo no estem gens d'acord sobre això de Roma i el Vaticà; però gens, ¿eh?

M. B. Hem d'acceptar les posicions dels altres, ¿no?

R. B. ¿Però a vós no us sembla que les coses estarien més bé si estiguessin com abans; és a dir, que l'església fos el que ha sigut sempre?

M. B. No, perquè la història és devenir; per tant, un autèntic historiador no vol mai que es repeteixin les mateixes coses.

R. B. Però si l'església és el màxim exponent d'allò que surt a la novel·la, que ho va treure de no sé qui..., que canviï alguna cosa perquè no canviï res. L'església és el màxim exponent d'això.

M. B. Sí.

R. B. A mi em sembla que últimament feu massa canvis.

M. B. Va passar massa temps sense canviar i, per tant, se n'havien de fer molts. I a propòsit del príncep de Lampedusa, una vegada vaig fer una planxa a casa d'uns amics romans, de família catòlica liberal (perquè passa sempre que les famílies amb qui més tracto després resulta que coincidim sempre que són catòliques liberals); hi havia la família que m'invitava, un nebot del príncep de Lampedusa i una escriptora que jo no sabia que, per un atzar, va tenir durant un any l'original del príncep de Lampedusa sense donar-ne el judici a l'editor i després, sense haver-lo llegit, li va dir que no pagava la pena de publicar allò. És clar, jo, sense saber aquesta historieta ni qui era aquesta persona (la coneixia, però no sabia la seva part en la no publicació a temps de l'obra), quan em van presentar el Lampedusa li vaig demanar si tenia un parentiu proper amb l'autor del *Gatopardo*; diu: «Sí, sí, és el meu oncle», i llavors li vaig dir que havia llegit l'obra amb molt d'interès i que havia vist la pel·lícula que..., i ell diu: «Doncs, miri, una persona que seu en aquesta taula va impedir que es publiqués a temps perquè la va tenir al seu calaix i, a més, en va donar un parer negatiu.» De manera que, de tant en tant, es fan planxes fenomenals; perquè, si hagués sabut això, ja no hauria demanat mai a aquell senyor si era nebot de l'autor de la novel·la.

R. B. El que està bé és que aquest nebot fos capaç de dir-ho; perquè això ho va dir en veu alta, que ho sentís aquesta senyora, ¿no?

M. B. Amb ironia es pot dir tot.

R. B. És clar. He après molt, avui.

M. B. ¿Que no n'hi ha, aquí, de catòlics liberals?

R. B. No n'hi ha: no hi ha catòlics ni liberals. Vós, quan va venir sa majestat el rei... ¿Com se diu, el d'ara? ¿El Borbó d'ara?

J. V. El Joan Carles. No sé si se li ha de dir Juan Carlos o Joan Carles.

R. B. ¿El vau veure?

M. B. Sí, com molta gent.

R. B. ¿Què us sembla, aquest xicot?

M. B. Home, que gràcies a ell encara tenim una mica de llibertat a Espanya.

J. V. ¿Sí? ¿Tan clar?

R. B. És una opinió, i a més lliga amb tot allò que diu, que Espanya existeix i tot allò. Està bé; cadascú té la seva... Mare de Déu, només faltaria! Contrari al divorci i tot això...

M. B. ¿Qui és contrari al divorci? ¿Vós? Jo no n'he parlat.

R. B. ¿Que en sou partidari?

M. B. Jo no sóc partidari del divorci. Ara, es pot preguntar a un catòlic si convé o no convé que hi hagi una llei del divorci.

R. B. Llavors, convé una llei de divorci dels matrimonis, però no convé una llei de divorci de les nacions.

M. B. Encara que ho agafeu per on us sembli, el que dic és que una cosa és que els catòlics trobin acceptable el divorci sobre el matrimoni catòlic, i una altra cosa és la conveniència o no que als estats hi hagi una legislació sobre el divorci.

R. B. El divorci de les persones.

M. B. De les persones. I això, prescindint de si el divorci és lícit o no en l'ordre moral; són dues coses diferents.

R. B. Al final m'ho fareu preguntar directament: ¿què penseu del dret d'autodeterminació dels pobles?

M. B. El dret a l'autodeterminació dels pobles és un dret natural. Però jo recordo sempre aquella frase de Prat de la Riba: el sol fet que es dubti que es formi una nacionalitat ja replanteja la posició de l'existència d'una altra nacionalitat diferent. Però si és així i burxem molt, com que normalment els nacionalistes catalans estrictes han de ser de totes les terres de llengua catalana, perquè identifiquen llengua amb nació, n'hi ha prou que hi hagi un gran grup de terres de llengua catalana que no vulguin saber res dels catalans, perquè hàgim de treure qualsevol veridicitat a aquesta utopia. Per tant, una cosa és el dret i una altra és la possibilitat d'accedir al dret.

R. B. Creieu en el dret i creieu que, en aquest moment, no hi ha possibilitat d'exercir-lo a les terres de parla catalana; ¿és això, el que voleu dir?

M. B. És evident que encara som al terreny de la utopia.

R. B. ¿I creieu que val la pena, la utopia? Com diuen els anarquistes, la utopia d'avui és la realitat de demà.

M. B. De vegades sí, de vegades no.

R. B. Sí, sí, tot és relatiu; estima Déu i fes el que vulguis. Creieu que paga la pena d'intentar... ¿Què s'ajusta més a la realitat: Espanya o lluitar a favor de conservar això que se'n diu Espanya, o bé lluitar a favor del dret a l'autodeterminació?

M. B. Tal com està la realitat, crec que el primer.

R. B. Està bé, això. Vós freqüenteu molt Madrid, ¿oi?

M. B. Bastant.

R. B. I què, ¿com està, allò? No per res; també m'interessen els oasis del Sàhara; vull dir que ja m'estan bé, aquests oasis, de vegades m'interessen.

M. B. Perquè, si no us interessava si Madrid s'interessa gaire per Catalunya, em sobta que em feu aquesta pregunta. És una mica contradictori.

R. B. No em decebeu, ara. El mariscal Montgomery tenia sobre la seva taula la fotografia del mariscal Rommel.

J. V. És bo, això! No ho sabia.

R. B. És imprescindible, això sí que ho vaig aprendre dels jesuïtes, conèixer l'enemic.

M. B. Doncs, ja que parleu del retrat, us diré encara una altra cosa que us sobtarà més: el nostre metge de capçalera a Roma és un comunista de partit (ell, la seva muller i el fill, tots metges) que té damunt la taula del despatx el retrat de Lenin sempre amb flors; i té tres comunitats importants de Roma que són clients seus, i ell s'hi interessa d'una manera extraordinària; però és un comunista de partit que a la seva clínica hi té capella amb santíssim...

J. V. Home, si la clientela és com dieu...

M. B. En té de tota mena. Quan va sortir la llei de l'avortament va suprimir la seva secció de ginecologia perquè no l'obliguessin a practicar avortaments, perquè creu que, per principis morals, això no pot fer-ho.

J. V. ¿Un comunista?

M. B. Un comunista. Jo, davant d'aquesta gent, *chapeau*, *tanto de capello*.

R. B. Aquesta no la sabia. Me l'apunto.

J. V. ¿On us esteu, a Roma?

M. B. En una casa que és al damunt del Janícul, a uns doscents metres de la plaça de sant Pere.

R. B. O sigui, com aquell palau del Renaixement que dèiem abans, però en forma de pis.

M. B. És un palau no del Renaixement sinó del Barroc; és una casa, una vil·la, i no un palau, del príncep Barberini, del qual encara en queda una habitació decorada molt bonica, que és la sala d'esbarjo, de conversa, de reunions...

R. B. Al final reconeixereu que vós viviu com a mi m'agradaria que visqués el meu fill.

M. B. No hi visc. Hi ha un conjunt de cases on hi ha una sala que és del final del segle XVII, ben decorada i que serveix per estar-s'hi, i després hi ha totes les oficines i despatxos, que són enterament diferents.

R. B. Amb jardí.

M. B. Amb una mica de jardí. Però això no és un palau només per a una persona, que els cardenals hi visquin com a prínceps, amb aquesta ficció que us penseu.

R. B. Acaba de parlar del palau Barberini, amb jardí...

J. V. ¿Quanta gent us hi esteu, aquí?

M. B. A la nostra casa, normalment, seixanta de fixos i deu de fluctuants.

J. V. En general, ¿com són, els hostes?

M. B. Mira, hi ha dues seccions estables: una d'historiadors, generalment dedicats a la història moderna, i els altres són els locutors de Ràdio Vaticana.

J. V. Ep! És una de les ràdios més importants del món; poca broma!

R. B. I ens deia: «Jo, en aquesta entrevista, a veure què diré»...

J. V. Sí, la ràdio li sonava a cosa estranya, i viu amb els locutors de Ràdio Vaticana.

M. B. Cadascú fa la seva vida.

R. B. O sigui, que vós domineu com aquell qui res, com a íntims, locutors de Ràdio Vaticana, i aquí ens feu el paperet: «Ai, ves, aquesta entrevista... ¿Voleu dir?...»

M. B. Mira, també us he dit una altra cosa: que no m'interessava gens el futbol. Però les nits de diumenge, quan es formen grups, alguns parlen de les qüestions del Vaticà, uns altres parlen de les qüestions de corregir proves i els altres parlen de futbol; doncs jo em poso a la taula de la gent que parla de futbol, perquè no m'interessa gens però encara m'interessa molt més que el món del Vaticà i que el de les proves d'impremta.

J. V. Parlem de Ràdio Vaticana. ¿En quins idiomes emet?

M. B. No us ho puc dir, però em sembla que deuen ser una trentena de llengües.

J. V. Una trentena de llengües...

M. B. Per exemple, hi ha totes les llengües eslaves, fins i tot les que són cooficials: hi ha transmissió txeca, transmissió eslovaca i transmissió croata...

J. V. ¿Emeten en català?

M. B. Home, com a llengua, no.

J. V. Ràdio Vaticana hauria de fer emissions en català.

M. B. Jo no pertanyo a Ràdio Vaticana.

R. B. No ens convé. Els reis de la corona d'Aragó van estar excomunicats tota la vida i s'ha de continuar la tradició. ¿Vaig bé o no?

M. B. Varen estar incomunicats des de la crida que els varen fer per anar a Sicília, l'any 1281, fins a la pau de Jaume II amb Bonifaci VIII; llavors varen ser excomunicats els reis de la casa de Barcelona de Sicília i el rei Martí, perquè es va considerar com...

J. V. ¿Martí l'Humà?

M. B. Martí l'Humà, perquè volia annexionar-se Sicília a través del seu fill; ell no va ser excomunicat, però sí el seu fill, Martí el Jove, rei de Sicília, que va morir excomunicat. Però aquestes excomunicacions polítiques no tenien cap valor. Mira, aquí la gent s'oblida d'un passatge molt important de la crònica de Desclot, que molts atribueixen al mateix bisbe de València, Gisbert de Botonac (de la Catalunya Nord, no sé si era del Rosselló o del Vallespir) —el Coll i Alentorn pensava que podria ser un Bernat Escrivà, que seria el nom de Bernat Desclot, però jo crec que és més probable que es tracti d'aquest Gisbert de Botonac—; segons la crònica de Desclot, quan el rei Pere el Gran es moria a Vilafranca del Penedès, va venir un frare franciscà que li va dir que estava excomunicat i que si no renunciava a la corona de Sicília es condemnaria; i va venir el bisbe de València i diu: «Vós sabeu que sempre us he donat bons consells; doncs jo us dic que una cosa és l'excomunicació externa del papa i una altra cosa és l'excomunicació dins l'ordre intern; com que el papa no pot ficar-se en coses de política, exteriorment heu d'acceptar, si sou catòlic, d'obrar com a excomunicat i no rebre els sacraments en públic; però en privat esteu enterament al marge d'això.» Aquesta és la posició catalana d'aquell temps. Ara no vingueu vós, en forma de catalanitat, a insistir amb una excomunió dels reis d'Aragó que el mateix bisbe de València se'n fumia, per no dir una paraula més grossa.

J. V. Bo, ¿eh?

M. B. I oblidem aquestes pàgines tan extraordinàries de les nostres cròniques...

R. B. Perquè no hem d'oblidar res, sóc partidari de la tradició màxima.

M. B. Ho sembla, perquè vós parleu dels reis d'Aragó com si fossin excomunicats i com si fossin sempre enemics del Vaticà. I els convenia estar-hi d'acord, perquè aquests reis varen poder ocupar Sardenya, que és un lloc tan important per a Catalunya a l'edat mitjana i, fins i tot, a l'època moderna.

R. B. Vós sou molt modern i molt iconoclasta, sou contrari a tota mena de tradicions. És cert que, a la tradició de la corona d'Aragó heretada després, els catalans som republicans liberals, enemics del Vaticà, gent estranya.

M. B. Totes les generalitzacions són falses. Perquè també hi ha hagut una gran part de catalans que han estat carlins. Una cosa és el món rural i una altra el món de la ciutat; per tant, no fem generalitzacions.

R. B. Hi ha uns tòpics que circulen, i el tòpic sobre la corona d'Aragó és que nosaltres sempre hem sigut gent així.

M. B. El tòpic té a veure amb la història, diguem-ne, externa, fantàstica, utòpica, popular..., però no pas amb la veritable història.

R. B. No hi estic d'acord. Crec que els mites i els tòpics surten de la realitat.

M. B. Accepto la vostra actitud com una...

R. B. ...prova de desconeixement de la història...

M. B. No, no. Jo respecto fins i tot el desconeixement de la història.

R. B. Els mites també són realitat.

M. B. Els mites, com que són un fenomen psicològic, són una realitat...

J. V. ¿Us enteneu bé, amb el Castellet, en aquestes qüestions que porteu al consell assessor?

M. B. Sí. Som molt bons amics.

R. B. Amb això de fer-se amic de Madrid, i tant!, que s'hi entén, amb el Castellet. I amb això de dir que els catalans vàrem anar a Amèrica a matar indis. Els encanta, això.

M. B. No...

R. B. No ens hi emboliqueu, sisplau.

M. B. ¿Però qui diu que els catalans hi van anar a matar indis? Els catalans hi varen anar a evangelitzar indis.

J. V. A fer negoci.

R. B. Sí. I, a conseqüència d'aquesta evangelització, no queda cap indi a tot el Carib.

M. B. Però no pas per culpa dels catalans.

R. B. Llavors, ¿per què ens hem d'embolicar amb la història de commemorar el descobriment d'Amèrica?

M. B. En primer lloc, perquè un dels fets que vinculen històricament Catalunya i Barcelona amb la història del descobriment, que cal tenir sempre en compte i la gent se n'oblida, són les butlles dites alexandrines, que no eren butlles sinó veus butllats: Amèrica es dóna als reis de Castella i Aragó, però la successió com a sobirans era pels que portessin el títol de Castella i Lleó, perquè la lluita era entre Castella i Portugal, i aquestes butlles hi eren per limitar el poder de Portugal, que sempre tenia moltes butlles; però, quan va morir la reina Isabel, el rei Ferran es va creure amb dret a la meitat de tots els béns que venien d'Amèrica per la corona d'Aragó (no n'estàvem tan aïllats), i al final ell considera que aquells béns eren béns: a la legislació de Castella (que encara ara és vigent) eren béns parafernals, que eren una aportació al matrimoni, i, per tant, una vegada havia mort Isabel, la meitat d'aquests béns parafernals pertanyien al rei d'Aragó (per tant, no n'estem tan aïllats); i després, al seu testament final, l'últim, quan nomena hereva d'Aragó, perquè Castella no li pertocava, i desfeia el seu testament anterior que donava la corona d'Aragó al seu nét Ferran (que després serà l'emperador Ferran I) i renuncia a favor de la reina Joana el que li pertocava d'aquesta meitat d'Amèrica. De manera que no n'estem tan allunyats: hi havia uns drets, als quals el rei va renunciar (que també es pot dubtar si hi podia renunciar o no).

R. B. Tot això que dieu són veritats d'historiador. Perquè si això fos veritat de veritat, avui dia la meitat d'Amèrica parlaria català.

M. B. Això és absurd. Dir-ho com una cosa d'un lloro, un moro, un mico i un senyor de Puerto Rico em sembla molt bé, és més dins el títol de la conversa, del programa.

R. B. Vós creieu en molt poques coses: no en mites, ni en llegendes, ni en res.

M. B. Com a mites i com a llegendes, sí.

J. V. Però històricament no serveixen, no són bones fonts.

M. B. Han format part d'una història poètica, d'una història màgica, però no són història.

R. B. Sou molt positivista, ¿eh? Molt positivista; és allò del José Antonio, que deia: «¡Ay del pueblo que contra la poesía que destruye no eleva la poesía que construye!»

M. B. A mi m'agrada més una frase de Comte, que la repetia molt Torras i Bages (encara que la seva història ideològica no és la meva), i que deia: «No es destrueix sinó allò que es reemplaça; un mite s'ha de destruir per un altre mite.»

R. B. O bé, com deia sant Ignasi: «Un clau es treu amb un altre clau».

M. B. Però això no ho deia sant Ignasi, això ho diu el poble més vulgar.

R. B. Això ho diu sant Ignasi, és una frase dels *Exercicis*.

M. B. No, als *Exercicis* no hi ha aquesta frase. Busqueu-l'hi.

SUMARI

AQUESTA NOVA EDICIÓ DE

El lloro, el moro, el mico i el senyor de Puerto Rico,

HA ESTAT COMPOSTA I COMPAGINADA ALS TALLERS DE VÍCTOR IGUAL,

IMPRESA ALS OBRADORS DE NOVAGRÀFIK

I ACABADA DE RELLIGAR A ENQUADERNACIONS ROMA,

EL DIA 6 DE NOVEMBRE DEL 2001